銀河叢書

海嘯

島尾ミホ

幻戯書房

目次

付録

装幀　緒方修一

海嘯

＊本書は、「海」一九八三年一月号、三月号、五月号、七月号、一九八四年五月号に掲載された未完の長篇小説「海嘯」をまとめたものです。
＊付録として、著者の遺稿の中から発見された第五章以降の構想メモ、および本作品と関連すると思われる「島蔭の人生」（「潮」一九七五年九月号掲載）を巻末に収録しました。
＊本作品には、今日の観点からみるとハンセン病（本文中の表記ではムレ〈癩〉）に対する歴史的な誤解や無理解、ハンセン病患者の方々に対する差別的表現とされる箇所が含まれています。例として登場人物がハンセン病を遺伝や呪術によって感染すると考える箇所などが挙げられますが、そのようなことは決して事実ではなく、また現在ではその治療法も確立されています。本作品において著者自身に差別を助長する意図はなく、一九〇〇年代前後の歴史的な時空間を舞台背景とする小説作品としてその叙述に必然性のあること、また著者が故人である事情に鑑み、原文どおりとしました。
＊表記は原則として掲載時のものに従いました。ただし、あきらかな誤記や脱字などを訂正したり、ルビを整理したりした箇所があります。また本文中、（　）内は著者自身による註釈を示します。

第一章　コーダン墓下の泉

身につけたものすべてを脱ぎ捨て素裸で泉の前に立っていたスョの肌は、明るい南島の月明りを受けて、白蝶貝から取り出したばかりの大粒の真珠の肌のように青白く濡れ光っていました。それに乳房を覆おうと両手で胸を抱きかかえるようにして立ったうしろ姿には、肩から腰のあたりにかけて十七歳とも思えぬ程ふくよかな肉付きが見えました。

長いためらいの後にやっと心を決めたスョは、かすかにふるえる足を恐る恐る前に出し泉にはいろうとして、思わずぎょっと立ちすくみました。すぐかたわらの木でミャーティコホー（猫のように啼く梟）の不気味な啼き声がしたからです。

すると、今自分がしようとしていたことの空恐ろしさが噴き上がってきました。スョは大きな吐息をつき、胸をかかえていた腕の力も抜け、両手をだらんと落として、じっと泉の面をみつめました。

泉の中程には滾々と絶え間なく清水が湧き出ていて、水面に月の光に煌めく紋を画き、その端が崩れるように溢れ出ては前の小川へかすかな音をたてて流れていました。泉全体が心の洗われるような幽かな美しさに包まれていました。

（私は今この清らかな泉を自分から穢そうとしたのだわ。なんと恥知らずな怖ろしいことだったでしょう。きっと心が暗闇に閉ざされていたにちがいない。でもこんなことをしてはならない。どんなにつらくても、自分が受けた運命なら自分で受け止めていかなければいけないわ）

　そうスヨは自分に言い聞かせ、泉にはいることは思いとどまる気持ちになりました。しかしどうしても昨日浜辺で出会ったムタおじの異形の姿が目の前にちらついて離れず、心が千々に乱れ、嗚咽がこみ上げて思いきり泣きました。


　昨日の夕方のことですが、髪を洗う布海苔《ふのり》を摘みに岬の方まで出かけての帰り、スヨは白く長い砂浜を一人で歩いていました。真っ赤な夕陽は対岸の山の端にまさに沈もうとして、空一面が燃え立つ炎の色に染まり、海はその入り陽の光を照り返して黄金色の小波を煌めかせていました。折りしも珊瑚骨片の散らばる白い砂浜までも茜一色に染めてしまいそうなその夕陽を全身に浴びて、汀《みぎわ》に着けた丸木舟から降り立とうとしている一人の男の姿がスヨの目にはいりました。それはまるで一幅の絵でした。

　筒袖の裾短かな仕事着を着け、肩に担いだ櫂の先に魚籠をぶら下げたその恰好は、一人で漁に出ての帰りにちがいありません。やがて汀伝いに歩き出した男を見ていると、遠目にも何だか奇妙な恰好だと気づきました。あなうらでしっかと大地を踏みつけるのではなく、右足が地面につくかつかぬうちに素早く左足を前に繰り出して、からだをひょこひょこと揺するようにしているのです。その度に櫂の先にぶら下げた魚籠が跳ね上がって左右に揺れ、まるであやつり人形の踊りさながらでした。

はじめスヨはその男が誰なのか見定めがつきませんでした。小さな島の集落の内では見覚えのない人などいる筈もないのに、どうして思い出せないのかといぶかしい気持ちでした。

既に山蔭に沈んだ夕陽の残照を背に受けるように、汀を危うげな恰好で歩いて来た男は、つと立ち止まりました。お互いの姿がはっきりとわかる近さになっていたので、なおよく確かめるつもりでその顔を見たスヨは、「あっ!」と小声を上げて立ちすくみました。全身に鋭い痛みが走ったと思いました。氷の針がからだを刺し貫き、爪の先から砂地へと突き抜けたようでした。とたんに冷気が五体を襲い、地が揺れたようなふるえがきて、歯の根が合わず唇もわななき、立っているのがやっとでした。その男は見るのがつらくなる程もおどろおどろしい形相だったのです。鼻は無く目も口も定かではありません。顔じゅうがお多福豆大のじくじくした赤紫色の爛れた瘡に覆われ、頭の毛などほとんどが抜け落ち、腐った肉塊を見るようでした。櫂を押さえた腕も一面にだぐだぐと赤黒い結節で腫れ上がり、手の指も半分先が無く、蟹が足を曲げて甲羅にくっつけたように見えましたが、そんな手でどうして櫂があやつれるのでしょう。膝のあたりから切れた右足は、仕事着の裾と一緒に芭蕉縄で青竹に括りつけてあり、左足のくるぶしだったあたりが、摺子木のようにつるりとしていました。

（ああ、こんな姿にはなりたくない）暗い疑念と絶望の思いがスョの胸の内を駈け巡りました。

男はスョをちらっと見たようでしたが、すぐについと向きを変え、彼女の視線を逃れるように、あわてざまに魚籠を一層はげしく揺すりながら、ひょこひょこと淋しげなうしろ姿を見せて歩み去って行きました。

我に返ったスョは大きな溜め息をつきました。そしてそよとの風も無い夕凪の中に、かすかな悪臭が立ち迷っているのに気づきました。浜辺に打ち上げられた魚が腐っているのかと見廻しましたが、それらしいものはありません。でもすぐにそれが暮れなずむ浜辺を魚籠を振り振り遠ざかって行ったあの男が残したにおいだと気がつき、スョは一層切なく救われない気分になりました。

あれはムレ（癩）のムタおじにちがいないとスョは思いました。彼は集落の方へはほとんど足を向けないので、年久しくその姿を見る機会のなかったスョが、変貌の余りの甚しさに、とっさに彼とはわからなかったのです。ムタおじがまだ集落の内に住んでいて、スョも朝夕顔を合わせていた時分は、ムタ兄と呼ばれて、背は高く筋骨もたくましく、高い鼻に黒々とした眉と大きな目の好ましい若者でしたのに、今目の前に見たムタおじはからだも縮んでずっと小さくなって見え、人間がこうも変われるものかと思える程に、全く別人のようになっていたのでした。

小柄で色白なキクおばと二人だけで、集落からかなり離れた海辺の渚近くに生えたガジュマルの老樹の蔭に、ムタおじは粗末な小屋を建てて住んでいました。年よりはずっと若々しく見える器量よしのキクおばは、いつもこざっぱりした木綿の紺絣の筒袖の働き着をきりりと着て、蜘蛛絞りの腰巻を少しだけ裾からのぞかせ、藍染めのウチョッキ（被り物）で多過ぎる黒髪を包み、如何にも働き者といった感じを漂わせながら、自分の家の廻りの畑を耕し、山から薪を切り降ろし、いつ見てもせっせとせわしげに働く姿が見かけられました。まるい顔を引き立たせる澄んだ黒い目には翳りがなく、誰と会ってもにこにこと挨拶をかわす明るい様子からは、とてもムレになった夫と暮らしている影などうかがえませんでした。それに心根のやさしい彼女はそんな重い病の夫を大切にし、夫婦仲も至って睦まじいと噂されていたのです。十七歳のスヨには夫婦のあいだのことなど想像もつきませんでしたから、そのキクおばが今見たばかりのあのムタおじと長い年月を一緒に暮らしてきた深いえにしなどに理解の届く筈もなく、ただ不思議なこととしか思われませんでした。スヨは又、ムレだとはっきりわかったムタおじが、キクおばに寄り添うように付き添われ、丸木舟に乗って集落を離れて行った日のこともはっきり覚えていました。身内の者だけに見送られ、まだ若々しかった二人が泣きながら舟を漕いで遠ざかって行くのを浜辺で見ていたのは、小学校一年の秋の暮れなずむ黄昏どきのことでした。その時は二人の悲しみなどわからぬままに、遠い気持ちで眺めていたのでしたが、今は身に沁みてよくわかる気がするのです。それはスヨがムタおじと同じ病に罹ってしまったと思うからでしょうか。彼と出会ってスヨは改めてこの病の怖ろしさを思い知った気持ちになっていました。

二箇月程前になりますが、左の二の腕の裏側が小さく薄桃色に染まっているのにスヨは気がつきました。はじめのうちは虫にでも刺されたのかと別段気にも止めずにいたのですが、日毎に少しずつ赤味を増していくようなので、ネブトゥ（腫れ物）の前兆ででもあるのかと思い、浜木綿《はまゆう》の葉を焙って貼りつけ、その上を押さえながら、

「ガブガブ　イジンナ　ネブトゥネブトゥ　イジンナ
ヒリャヒリャ　ナーレ　ヘーク　キリリ　キリリ」

と呪文を唱えなどしていました。

それが或る朝はっきりと形をなして膨れ上がっているのを見て、スヨははっと全身が冷水を浴びたように冷えました。もしかしたらこれは癩ではないかと思ったからです。その時以来スヨははげしい苦しみにさいなまれるようになりました。夜、寝床にはいっても輾転反側して寝つかれず、あれを思いこれを考えると目は冴えるばかり、夜が更けてやがていくらかうとうととしたかと思うと、もう暁を告げる鶏の声が聞こえはじめ、そのまま次の日を迎えるようなことが続きました。

明るい太陽の光に照り輝く庭のハイビスカスや火焔木の濃緑の葉、その枝先に咲く真っ赤な花々などどれを見ても、まるで色褪せたものとしか映らなくなりました。廻りの物と自分の間には目に見えぬ幕が降ろされてでもいるかのように、万象が生気を失って遠退き、どれも焦点を結ばず、その実体がじかには伝わってこなくなってしまったのです。心は宙に浮いたようにいらいらして落ち着きません。スヨは頭が変になったのかと不安になりました。生来まじめな働き者の

スョのそれまでは、毎朝早くから夕方遅くまで、せっせと布織りに精を出していましたのに、機《はた》に上っても一向に筬《おさ》を打つ気になれず、杼《ひ》を手にしたまま呆んやり腰かけて時を過すことが多くなってしまいました。

娘の常ならぬ有様は母親のウチョにはすぐに見て取れました。気になるので何かと語りかけてみるのですが、スョは生返事をするばかりで、肩を落としふさぎ込んだままなのです。あれこれ考えたウチョはもしかしたら誰か好きになった人でもいるのではないかと早合点しました。そしてそれ程まで想いつめているのなら、なんとか叶えさせてやりたいとさえ考えたのでした。

或る朝、夫のサキトが漁に出かけた後、ウチョはトーグラ（炊事や食事をする棟）に娘を呼んで顔をのぞきこむようにしながら殊更におだやかな調子で話しかけてみました。

「スョ《スョ》　ウラヤ《お前は》　クノグロヤ《この頃は》　ガンシ《そんなに》　キーヌ《気が》　ハレラングトゥンシ《晴れない様子を》　シュンムンナ《しているのは》　ヌーカ《何か》　ウメグトゥバシヌ《思い事でも》　アティヤアランナー《あるのかねえ》」

するとからだを堅くしてじっと目を伏せていたスョの頬につと涙の伝わるのがわかりました。つづいてその大きな目から次々と涙が溢れ出てきてとまらなくなったのです。

「ガンシ《そんなに》　ナカンティム《泣かなくても》　イッチャヤッドヤー《いいのよ》　ワハサントゥキンニャ《若い時には》　ウメグトゥヤ《思い事は》　タルニム《誰にでも》　アッドゥシュン《あるものなんだから》　チュウリシ《一人で》　ガンシ《そんなに》　ムンウメベヘリ《考え事ばかり》　シューラングトゥンシ《していないで》　トー《さあ》　アンマン《母さんに》　カタティンニ《話してごらん》」

しかしスョはやはりうつむいたまま黙って泣きじゃくるばかりでした。

「ガンシ《そんなに》　ナチベヘリ《泣いてばかり》　ウラングトゥンシ《いないで》　トートー《さあさあ》　アンマン《母さんに》　カタティキキャチンニチョー《話して聞かせてごらん》
ウメケヘタンチュウバシヌ《好きな人でも》　ウティナー《いるのかねえ》　ウラガ《お前が》　ガンシガディ《そんなに》　ウモトゥンチュウヌ《想っている人が》　ウンム
ンナリバヤ《いるのなら》　アンマガ《母さんが》　キバティ《つとめて》　ウメヌ《想いが》　カノユングトゥンシ《叶うように》　シュンカナン《してあげるからね》　トー《さあ》　ウッリ《それは》
ヤダーヌターリ《何処の誰なの》」

それを聞いたスョは押さえていた思いが堰を切って溢れ出たかのように、

「アンマー《母さん》」

と叫んでその膝にしがみつくようにうつ伏すと、わっとばかり声を上げて泣きました。

「キムチャゲサヤー《かわいそうに》　カンシガディ《こんなにまで》　ウメティメティヤ《想いつめて》」

肩をふるわせて泣く娘の背をやさしく撫でながら、ウチョは自分も言うに言えぬ切ない気分に陥っていきました。

と突然スョが身を起こし、着物の左の袖をたくし上げて二の腕を出すと、母親の目の前につきつけるようにして見せました。咄嗟のことにあっけにとられたウチョは、涙に濡れた娘の目が妙にきらきらと輝き、深く思いつめた様子に溢れているのがわかりました。そして、

「アンマー《母さん》　ワンナ《あたしは》　カンシナティドヤー《こんなになってしまったのよ》」

と悲しげに訴えるスョの二の腕の白い肌に浮かび上がった赤紫の結節をはっきりと見たのです。ウチョはそれが癩であることは日頃その人たちを見ていたのですぐにわかりました。まるで暗く不吉な魔の爪跡のようでした。

「スヨ！」

声をつまらせ言葉を失ったウチヨは、娘の手を強く握り締め、わなわなとふるえるほかはありませんでした。

その日以来スヨの家族には言いようのない悲しみが漂うようになりました。それまではこれという物思いもなく親子三人が肩を寄せ合うようにして、ささやかながらも幸せと思える日々を送り迎えていたのでした。サキトとウチヨは二人ながらからだが頑丈で働き者の夫婦でしたから、それ程不自由な思いをしない暮しが出来ました。又一人子のスヨも幼い頃から利発な子で、年頃になっては人からも器量よしと褒められ、行く末の楽しみな娘でした。この家族にとっての毎日の夕食時は、取りわけ楽しいひとときといってよかったでしょう。畑仕事の合い間にサキトはよく漁に出ていましたが、たいまつを焚いての得意な夜のいさりで取ってきた海の幸を惣菜にした夕餉のときなど、かねがね人一倍甲高い声で話すウチヨは、身振りを一層大きくして賑やかにしゃべり続け、それを聞きながら黙って晩酌の盃を傾けるサキトは、時折思い出したように冗談を飛ばしてはまぜかえしたりしたのでした。それをそばで見ていてスヨはお腹をよじって笑いころげ、その恰好が又おかしいといって夫婦が声を上げて笑うなど、三人の賑やかな声は金竹《きんちく》の生垣を越えて道の方にまで聞こえたので、通りかかった人はその如何にも楽しげな笑い声に思わず足を止め、垣根の内へ笑顔を向けないではいられない程でした。それがその日以来この家族からの笑い声は聞けなくなってしまったのです。

親も子も互いの胸中を察し合う余りに、かえって黙りがちとなり、重苦しい空気が家の中に立ち籠め、捌け口のない悲しみに覆われてしまったそんな折りしも、スヨは浜辺でムタおじに出会ったのでした。それはスヨにこの上なく強い衝撃を与えました。いずれは自分もムタおじのようになるのかと思うと、居ても立ってもいられず、遣り場のない思いにさいなまれ、昨夜は一睡もしないままにあれこれと思い悩んだのでした。そのあげくの果てに苦しみから逃れられるたった一つの方法に気づいたのです。それはムレは初期に人にうつせば治る、と言われていることの実行です。まず泉に浸って肌に染みついた病菌を洗い落とすのです。もしそのあと泉の水を飲んでうつった人が出れば、スヨのそれは治る筈でした。しかし集落の人々の命の泉を自分の病菌で汚してしまうなどということは、スヨにとっては考えるだけでも空恐ろしいことでした。といってこれから先の一生をその病を背負って生きて行くことも、とても堪えられそうでありません。では泉に浸るよりほかに方法がないではないか、いやそんな怖ろしいことは出来ない、といつまでたっても考えは堂々巡りをして同じ処に戻ってくるばかりでした。でももし集落の内の誰かがムレになったとしたら、朝夕をどうしてその人と顔を合わせていられるでしょう。幼な児は菌に犯されやすいというから、去年生まれたばかりの隣のマー坊にうつりでもしたらどうしよう。そう思うと銀色のうぶ毛に覆われたふっくらした頬や、紅葉に似たかわいい両手の指をひろげてにっこり笑うマー坊の笑顔が目に浮かび、スヨは一層つらい思いに苛まれるのでした。しかしそれと重なってすぐにムタおじの姿が目の前にちらつき、思いは迷い、考えあぐねた末に、夜更けてからそっと家を抜け出し、物に憑かれたようにスヨは泉へ来てしまったのでした。

泉はコーダン墓がある小高い森の裾にありました。絶え間なく湧き出る澄み透った真水は、どんな日照り続きにも枯れることなく、溢れ出て前の小川に入り森に沿ってミャー（集落の行事を行う広場）の横へ導かれ、集落を横切るように流れて海へ注いでいました。

一般の墓地はずっと奥まった谷あいにあるのに、ムレだけを葬るコーダン墓が何故人里近い森に、しかも集落に唯一つの水源だという泉のかみ手にあるのか、今では誰も知っている人はいなくなりました。いずれにしろ森は集落を二分するかのように、その中央に突き出た恰好で横たわり、コーダン墓はその森の端近のあたりにあったのです。墓地といってもそれらしい様相は土饅頭のほかには何もなく、ただ死人が出た当座だけ、花や香が手向けられる位で、あとは花立ての竹筒や湯呑茶碗などの散らばっているのが垣間見られるだけで、斧を入れたことのない木々が鬱蒼と繁り、いつも妖気のようなものの漂う薄気味の悪い場所でした。ムタおじの上に死が訪れたなら、この墓地へ葬られることは決まっていますが、この私もここへ入れられるのだろうかと、スヨは遣る瀬ない気持ちになりました。

中天に昇った月の光に照らされて、コーダン墓の森は黒々と静まりかえっていました。時折ぱさっと大きな音を立てて飛び立つ鳥の羽音があたりの静けさを破るほかは、ミャーティコホーの啼き声が細く長く尾を引いて聞こえるばかりです。まるで猫が鳴いているような長い余韻を引くその声は、墓地に眠るムレの怨みの声のようでもありました。まして鬱蒼と広がった奇怪な枝の間に髪の毛のような薄気味の悪い長い気根を垂らしたガジュマルの枝葉のかげなどから聞こえてきたりすると、それが啼くと死人が出るという言い伝えが如何にも真実に思えてきて、今夜は誰の魂を死神の手に引き渡そうとしているのかしら、と不気味に思えてくるのでした。

清水の溢れ湧く泉にぼんやり目を落としたまま、スヨはかなり長いあいだを素裸のままで立っていました。さまざまな思いが渦巻きもつれ頭の中を乱れつつ去来する中から、遠い幼い日の悪夢に似た恐怖の記憶がなだれるように胸のうちに甦りました。何の因果であんな目に会い、十年も経た今、又こうして苦しまなければならないのかと思うと、改めて身も世もない悲しみが噴き上がり、暗い末すぼまりの考えに落ちて行くばかりでした。ところがふと、いっそのこと死んでしまえばと思った時、なぜか急にきりりとした一条の覚悟めいた明りがさしてきたのです。

「チャー《そうそう》　モーリスィリバ《死んでしまえば》　イッチャスカナー《いいのだわ》」

声に出してスヨははっきり自分に言い聞かせました。

（そうだ、これから先、親も子も世間をはばかりながら身を縮める思いを続けるよりも、短く授かった命と諦めていっそ私が死んでしまった方がどれ程よいか知れない。むしろその方が娘の醜く崩れて行く姿を見続けなければならない親たちの悲しみや苦痛を多少とも少なくするのではないかしら。娘に死なれた当座は悲嘆にくれたにしても、いずれは必ず諦めに変わっていく筈だ

わ）

そう思い決めると不思議に心は静まり、あれほど乱れていた気持ちがうそのようにおさまっているのに気づき、素裸で立っていた恰好が急に恥しくなって、泉のそばの木の枝に懸けておいた着物へ手を延ばしました。しかし思い返してすぐには着ないで、小川の水で手拭を絞り、顔とからだを丁寧に拭き浄めました。これが今生の見納めかと思うと、椀を伏せたような両の乳房やふっくらした腰のあたりのわれとわが肌にいとおしさがこみ上げ、撫でさするようにゆっくりといつまでも拭いていました。

長いあいだ夜気に晒していたからだはさすがに冷えこんでいたので、冷たい手拭で強くこするとほんのりと赤味がさしてきて、さっぱりした気持ちになりました。そして桃色のメリンスのお腰を巻き、白い晒木綿の肌襦袢を着けた上に紺絣の単衣の着物を着て、赤と白の市松模様の半幅帯をきつめに結ぶと、スヨは身も心もしゃきっとなりました。

コーダン墓の森の裾を流れる小川沿いの野菊が咲いた小道には、生木の杭の天辺に小さな板切れを打ちつけた台が、五、六間置きに打ち込まれていて、その上に燃え残りの蠟燭や蠟涙の残っているのが見えました。これは五日程前に後生の世へ旅立ったヤメおじの野辺の送り灯をともした名残りで、死人の出た家から墓地までの葬列の通る道筋に立てられる習慣でした。夏草の繁るミャーのあたりには柩を叩いた青柴のぱさっ、ぱさっという湿った音がまだ漂っているようでした。私にはこの送り灯もミャーでの集落の人々との最後の別れの式もなく、身内の者だけにひっそりと担がれて、行く処も墓石さえ立てられないコーダン墓なのだと、スョは淋しい気持ちになりました。

降るような虫の声のすだく夏草を踏みしだきながらミャーを通り抜け、その前を太陽の通い路さながらに集落の東西に伸びた白い一筋道に出てしばらく進むと、再び先程の小川が道を横切る場所にぶつかり、その上に土橋の架かっているのが見えましたが、其処にやって来たスョが何気なく、いつものように両足を交叉させたぎこちない歩き方で橋を渡ろうとして急におかしさがこみ上げ、思わずくくっと笑いました。今更ジロムングヮを怖がるなんて何のことでしょう。耳無しのころころと太った小豚のジロムングヮは、この土橋の下に住みつき、夜になるとぴょんぴょん飛び跳ねながら出て来ては、人の股下をくぐり抜けようとしたのです。ジロムングヮは殊に若い女の股下を好んで狙いますが、もしくぐり抜けられてしまうと、その人の命の綱は縒りが甘くなり、やがては切れて死んでしまうといわれていました。だから黄昏の時刻から真夜中にかけてこの土橋を渡る者は、両足を交叉させ、股をくぐられないように注意しなければなりません。物心つく頃からその習慣が身に染みついていたので、今から死のうとしているのになお思わず足をよじったことがスョにはとてもおかしかったのです。でも声を出して笑ったあとは、なぜか心がなごみました。そして丈高の金竹の生垣にはさまれた集落の本通りの白い道をしみじみした気持ちで振り返る余裕さえ生じていました。道の上には猫の子一匹見当たらず、又物音一つしないで静まりかえっていましたので、かえって耳の底でじーんとした音が鳴っているように思えました。生垣を越えて伸びた背の高いパパイヤの木が白砂の敷かれた道に黒い影を落とし、家々の垣根うちから夜香木の花の甘酸っぱい香りがあたり一面に匂っていました。青い月光を受けた金竹の葉末の露が白珠のように輝き、道の白砂につけられた掃き目は夜目にもあざやかに浮き上がって、昼間通い馴れた馴染みの道とも思えず、見も知らぬ場所に誘い込まれたような不思議な気配に包まれていました。

スョはずっと遠い日にも今夜とそっくりな白い道に佇んだことがあったのを思い出しました。それは彼女が十三歳の正月を迎えたばかりの春浅い頃のことですが、島一円に流行った麻疹《はしか》に罹って、二週間もの間は高熱が寄せたり引いたり一向にはかばかしくなく、意識が朦朧となって生死の境を彷徨っていました。或る晩夢とも現《うつつ》ともつかぬ状態の中で、美しく刈り込まれた丈高な金竹の生垣に縁どられた、どこまで続いているのか行き着く果ての知れぬ程の長い長い道にスョは立っていたのです。道幅一杯に敷きつめられた白砂の上の掃き目が真っすぐに伸びたその遥かなあたりには、何やら人影らしいものが現われていて、スョに「おいで、おいで」としきりに手招きをしていました。全体がぼーっとぼやけ、殊に下の方が霞に包まれたようではっきりは見えませんでしたが、白い衣装の袖のあたりを振りながら、「おいで、おいで、早くおいで」としつこく手招きを繰り返しました。ところが何を思ったのかくるりと背を向けてすーっと歩み去ろうとしたそのうしろ姿がいやに真っ黒に見えました。奇妙に思い目をこらすと、その人は振り返って又白い姿になり、「早くおいで、早く早く、さあ早く」と急き立てるのです。あとについて行けば何かとても幸せに満ちた場所に連れて行ってもらえそうなのですが、そうすればもう絶対に戻っては来られない気がしてきて、いずれにしても親の許しを得てからにしようと、「アマハチ《あっちの方へ》　イジー《行っても》　イッチャリヨンニャー《いいですか》」と叫びました。すると「イジャナランドー《行ってはだめ》」と言う母の声が聞こえてきたのに、どこにいるのか姿が見えません。白装束の人影は道の先で引きつけるように一層強く手招きするので、気持ちはついそちらに傾き、「イキョーロイー《行きますよ》　イジムイッチャリ《行ってもいい》ヨーロガー《でしょう》」とけだるい眠いような気持ちで繰り返していますと、今度は母と父が一緒になって、「イジャナランドー《行ってはだめ》　イジャナランドー《行ってはだめ》」と必死に叫んでいる一段と大きくなった声が聞こえてきました。行こうか行くまいか、思いあぐねて困り果てているうちに、いつの間にか吸い込まれるようにスョは深い眠りに落ちていったのでした。

　どのくらい眠ったのか、ふと目覚めたスョの目に、雨戸の節穴から差し込んだ朝日の光の輪の中に、外の景色が逆さまになって小さな写し絵のような影を落としているのが目にはいりました。夢の続きにいる心地でぼんやりそれを眺めていると、夜を徹してまんじりともせずにスョを覗き込んでいた母が「ウビティ（気がついた）」と息をつまらせたような声を出してスョの上に泣き伏したのでした。

　あの時自分が迷い込んだ不思議な場所が丁度此処とそっくりだった、とスョはその晩の道を再びまざまざと見る思いがしました。幼い頃から通い馴れた集落の道はいつもと少しも変わらぬ筈なのに、何故今宵は何か特別な道ででもあるかのように、心に沁みて見えるのか、もしかしたら、いつか見たあの白い道はやはり死出の旅への道であったのか、と妙な気持ちになりました。

夜は一層更けわたりましたが月はなお中天を離れず、灯火の洩れる家とてなく、集落はしじまのうちに物皆が深い眠りに落ちているようでした。

この白い道は、死神に魂を捉まえられた人の生霊《いきりょう》が、真夜中に墓地へ通う道筋だともいわれているのですが、今死のうとしている自分も既に死神の手に捕えられてしまっているのかも知れない。そうだとすれば私の生霊は十日程前から、夜毎に自分の屍の葬られる墓穴を覗きに墓地通いを続けていた筈だ、とスヨは思いました。いいえ、私は海で死ぬつもりなのだから、その生霊はきっと浜辺に佇んで自分の沈み行く波間を見つめて立ちつくしているにちがいない、そしてギンタおじにはもう見えているのかも知れない、と思いました。島の人たちの日常の中には古い昔が今もなお生きていて、イノチブ（寿命）が薄れかけた人のいることを知ったミャーティコホーがその家の屋根の上で啼くと、死神がその人の生霊を呼び寄せて墓地へ誘うのだといって恐れるのですが、死神に呼ばれた生霊が現《うつ》し身に抜け出し、宿っている生き身の姿になって墓地へ急ぐ有様を見ることが出来るのは、集落の中で「コーマブリ（死の前兆を予見出来る人）」と呼ばれるギンタおじ唯一人だけでした。雨戸も開かぬのにすーっと外へ突き抜けた生霊が足早に墓地へ急ぎ出すと、ギンタおじはどんなに深い眠りに落ちていてもぱっと目が覚め、生霊の姿がまるで目の前の出来事のようにはっきりと見えました。そんな時のギンタおじはすぐに跳ね起きて、彼の家に近いこの白い道に駈けつけ、両手を拡げて生霊に立ちはだかり、「ヌーガ《何故》　アガンハゴサン《あんないやな》　トゥロハチ《処へ》　イキョーチャシュン《行こうとするのだ》　アマヤ《あそこは》　イキュントゥロヤアランドー《行く処じゃないぞ》　トートー《さあさあ》　ヤーハチ《家へ》　ムドレムドレ《帰れ帰れ》」と語気荒く叱りつけては出て来た家の方に追い返していたのです。そのまま通してやればその人は必ず死んでしまうからですが、死神に誘われた生霊は何が何でも墓地へ行こうとして、頑なにギンタおじと争いました。たとえ一晩位ギンタおじに負けても次の日の夜更けには又墓地に通おうとしました。そして生霊とギンタおじの争いは一週間も十日も続くのですが、その勝負如何によって、その人の生き死にの運命が決まったのです。しかしギンタおじが、止めるにも及ばないと思った人の場合は、黙って生霊を通してやっていました。私の場合はどうなっているのかしらとスヨは思いました。人の運命が見通せるギンタおじには、私の行く末も見えているにちがいありません。もし語ってもらえるものなら聞いてもみたい。いいえ、今更そんなことをしても同じこと、われとわが行く末を既に決めてしまったのだから。生きている限りはつらい病を背負ったまま、父母も共々苦しみもがかなければならないのなら、自分の取る道は死ぬよりほかにはないと、スヨは思い定めてしまったのでした。

浜辺に出ると潮風が頬に吹きつけ、強い磯の香がからだじゅうに沁みわたるようでした。左右に突き出た岬は墨絵のようにおぼろに霞み、そのあいだに両腕にかかえられるような恰好で静まりかえった入江が山中の湖さながらに横たわっていました。渚近くにはアダンやユウナの木が生え並び、その枝蔭の暗がりの中で、浜木綿の花が甘い香りを放ちつつ白い手毬のようなまるいかたちをぼーっと浮き上がらせ、沖の裾礁《きょしょう》では突き当たった波が、群れ泳ぐ魚の背鰭のように夜目にも青白くその穂をひるがえらせていました。そしてかすかな波動が裾礁内のおだやかな海面を伝って汀の砂浜にやさしく打ち寄せ、砕け散る波にたわむれる夜光虫が銀の光の帯となって広がりました。

雲一つ無い空に月がなおも高く登ると、潮のすっかり引いた入江に広々とした干潟があらわれ、あちこちに舫う丸木舟や板付け舟が鯨がおかに打ち上げられたかのように、細長い姿を露わにして、渋柿色の舟肌一杯に月光を吸い、昼間見るよりもぐんと大きな感じで、死んだようにひっそりとうずくまっていました。

スョには父の丸木舟はすぐにわかりました。一見どれも皆似通って見えますが、舳先や艫などにどことなくその持ち主の性格に似た特長が出ていて、見馴れた人には容易にその見分けがついたのです。

ところでスョは潮が満ちて来なければ舟は動かせないことにはたと気づきました。やみくもに浜辺に出ては来たものの、潮の満ち干のことはうっかりして考えませんでした。しかし一人では舟を水際まで押し出すことなどとても出来ません。上げ潮まで待つほかはなく、スョはそうしようと心を決めて舟端をまたぎ、中にはいりました。板付け舟とちがい、底がころころした不安定な感じでした。もう五年も前になりますが、この丸木舟を造るために父のサキトはほかの仕事をすっかり放棄して山にはいったのでした。そして一人でこつこつと何箇月にもわたって大木を刳り抜いていました。夕食時に一合ばかりの焼酎で晩酌を嗜んでいたサキトは、いかつい日焼けした顔を囲炉裏火で赤銅色に火照らせながら、その日の仕事の捗り具合いを身振りをまじえて、如何にも楽しげに語っていたものでした。いよいよ完成した晩の得意げな様子といったら、まるで天下でも取ったようだ、と妻のウチョが笑った程でした。サキトはそれまで使っていた板付け舟が古びて痛みがひどく、舟底に溜まる垢を汲み出すのに手間がかかると嘆いていたのに、もう岬の畑に通うにも漁に出るにも心配がなくなった、と心底満足そうでした。それに人々の手を借りて山から舟を降ろした日のお祓いの行事やそのあとの祝いも大賑わいで、サキトは身分に不相応な位の派手な散財も惜しまずに振舞ったのでした。新しい舟に乗る時はウチョまでがいそいそと誇らしげに見えました。

父のこの舟が私を海の彼方の祖霊のいるところに運んでくれるのだわ、と思ってスョは舟板をさすっていました。

人は海の彼方から生れ来て、死ねば再びそこへ戻って行くのだと島の人々は信じていますから、旧暦の八月に行なわれる先祖迎えのシバサシ祭の夕方には、海の彼方から訪れる祖霊が潮に濡れた足を乾かし易いようにと、家の門口にフシ草、藁の束、籾殻を重ね置き、その上で炭火を焚いて迎えたのですが、スョはその祖霊の住む海の彼方のニライ・カナイの国へ行きたいと願ったのでした。

しかし溺死体となって人目に晒すことは恥ずかしい、誰にも知られぬように自分を葬りたいし、殊に両親には絶対にわからせたくない、と思いました。島の民謡にも残るあの伝説の娘のように、刳り舟に運ばれ何処かの島に流れ着いて生きながらえていてくれるだろうというかすかな望みをでも、父と母には持っていてもらいたいものと、スョは思ったのでした。避けることの出来ない事情から両親の手で無理矢理に押し流されたその娘の小舟には、数日分の食物と水とが乗せてあっただけで櫂も錨も無く、ただ波のまにまに漂い流れるより仕方がなかったのですが、スョは自分で舟の方向を決め櫂を漕ごうと思いました。集落の入江を脱け、向かいに横たわる島との狭間の海を漕ぎついで、外海に出てしまえばあとは力の続く限り海原の果てに向かって進んで行くだけのことです。そして櫂を持つ手の力が尽きたところで、海の底の国へ降りて行けばいい。「ガンシスィロー（そうしましょう）」とスョはつぶやき、両親が何も知らずに眠っている家のあたりへ目を向けました。

（伝説の娘はほかの島で新しい生活に恵まれたというけれど、私はたとえ何処かの島へ流れ着いても、おかに上がるわけにはいかないのだわ。私の病が治らない限りは住める土地などこの世のどこにもありはしない。今でこそただ腕の内がわに赤紫の結節がちょっと出ているだけだけれど、いずれはきっとあのムタおじのようになって、「ヤシャンムン」とさげすまされるのは決まっている）

スョにはその時のみじめな自分の姿が目に見えるようでした。それにしてもムレの人たちだけの住むヒジャ（人里離れた海辺）に行く気にはどうしてもなれませんでした。向かいの島に渡る途中、舟の上からヒジャの木の蔭や岩穴に垣間見る異様な気配の隠れ里は、身の毛もよだつ化外の場所としか思えず、そこに住む人々が自分の行く末の姿となった今でさえ、なおかかわり合いたくないよそごととしてしか受け取れなかったのです。

月の朔《ついたち》と十五日には定まりのようにその人たちは、小舟を漕いで島々を巡る慣わしがありました。五、六人ずつ連れだっては次々と集落の家々を廻り、米や味噌や黒砂糖などの食べ物、それに鍋釜、茶椀、針糸、褸衣などの生活品から果ては酒、煙草、現金に至るまでを物乞いして歩くその行動も、スヨにとっては厭忌される夢の中での出来事のような怯えの元であったのです。不自由なからだの首からうす汚れた白木綿の三角袋を吊るし、テル籠を背負って歩いて来るその痛々しい姿に出会った者は、誰とても何者かを恨まずにはいられない気持ちになりました。

集落ではその人たちを、ヒジャヌチュウ（ヒジャの人）と呼び、その三角袋の中に乞われた品物を入れるため、家毎に長い柄をつけた柄杓を用意して待っていました。主婦たちも廻り来る客人に出来るだけのことはしたいと、なるべく家を留守にしないように心掛けていたのです。しかし学校の行き帰りなどにその一団とぶつかった子供にとっては、それは恐怖の入り交ったまことに異様な一日でした。その日は朝方から夕暮れまでヒジャの人の訪れの切れることがなく、そんなに沢山の人数が何処に住んでいたのかといぶかしく思われる程でした。常日頃集落と接触のないヒジャの人たちは、月に二回のこの日だけは半ば当然の慣わしとして家々を訪れて歩きましたが、かつてはそこで暮らしていた集落の日常に触れた懐しさと、喜捨を受けることへの心の揺れなど、交々の思いで胸裡は満たされていたことでしょう。ヒジャの中ではおそらく互いに助け合い、愛を語り、子をもうけ家族をこしらえなどして、喜びにも悲しみにも織りなされた日々を送っているにちがいありませんが、スヨはどんなことがあっても、あのヒジャにだけは行きたくない、いいえ、行く位なら此の身を死に追いやった方がどれ程ましか知れはしない、と身ぶるいする思いで自分に言い聞かせていたのでした。私をこんな境涯に陥れたのも、元をただせばあの人たちではないか。幼かった頃のあの日のことさえなかったら、死を決意する程のこんな懊悩もしなくてもすんだし、若い娘らしく希望を胸一杯にして生きて行けたでしょうに。忌わしいあのことがあったばかりに、私は身体にも心にも癒やしようのない深い傷跡を負って、私の人生が無茶苦茶にされてしまったのだわ、とスヨは思いました。それに深い傷跡を受けたのはスヨだけではありません。彼女の母のウチョも又悩みました。スヨの肌のどこかにたとえ蚊に刺された程の小さな赤味がさしてもひどく怯えるようになっていました。潜伏の長い病気だからと、いよいよの発病の切っ掛けになるような生臭物などをウチョは決して娘には食べさせませんでした。スヨの肌が人一倍きめ細かで、いつも上気したように薄桃色に見えることにさえ不安の種は尽きませんでした。

「ワラベヌトゥキン《子供の時分に》　ハダムチヌ《肌の色が》　アンマリ《あんまり》　キュラサンワラベヤ《きれいな子供は》　トゥシグロナリバヤ《年頃になれば》　ヤシ《悪い》ヤンビョクヌ《病気が》　イジュムチュッドヤー《出てくるそうな》」

などと人が言っているのを耳にすると、すっかり鬱ぎ込んでしまい、そんな晩は父親のサキトまでが苦り切って横を向き、焼酎をがぶ呑みして荒れていくのでした。

島では旧暦の三月ともなると、若緑に色づいた山の木々がもくもくと萌え立ち、山や岬を覆うように群生した蘇鉄の照り葉も輝きの色を一層濃く現わして、そのあいだに群れ咲く数知れぬ白百合は白妙の布を拡げ干したように見えてきます。真っ赤な大粒の野苺や木々の実もたわわに実り、山鳥が啼き交わす高らかな声が谷々に響き渡って、物皆に活気が満ち溢れるので、つい人々の心も浮き浮きとしてくるのでした。その上おだやかな晴れた日和の続くことが多く汗ばむ程の陽気なので、島の人たちは三月小夏と呼んでその季節の訪れを待ち望んでいました。

スヨが七歳になった年のあの日も、そんな春の一日でまことに長閑な日和でした。

十五日の大潮でかなり遠くまで干潟になった浦々を辿りながら入江口のフユカゲ岬を廻ってマチアミ崎の方にまで、スヨは大勢の子供たちと連れだって貝採りに出かけました。マチアミ崎は白い砂浜が長く続き、渚に沿ってずっとアダンとユウナが群生していました。白い幹から出た枝根を蛸の足さながらに絡ませたアダンの木の枝々には、パイナップルかと見まごう実が成り、濃緑の葉を繁らせたユウナの葉の間には月見草に似た黄色のやさしげな花が群れ咲いていて、絶え間なく吹く海風にそよいでいました。その根方のあたりには渚が迫っていて、波に打ち寄せられた珊瑚骨片や薄桃色に光る桜貝、紫紺の斑点や朱と黄の縞模様をつけた宝貝など、色あざやかな様々の貝殻が、強く照りつける南島の真昼の太陽の日射しを受けてまぶしい程に耀いていました。白砂を浅く掘っただけでも、輪脈を浮き上らせた白一色の美しい二枚貝のハマグルがいくらでもころがり出て、面白い程に採れました。そしてうっかりすると顔にしゅっと潮水を吹きかけられたりするのでした。

このあたりは季節毎の魚の群れが交替した波打ち際近くまで寄って来るので、網を仕掛けるのに絶好の浜でもあったのです。マチアミ（待ち網）の名も多分そんな事情からつけられたのでしょう。白い砂浜が尽きて、東端の岩場へうつる手前にはカキの築かれた場所がありました。カキというのは島に古くから伝わった漁法で、沖に向かってかなり広い範囲に低く積んだ石垣を袋のように巡らした囲い漁場のことなのです。満潮時には石垣の環が海中に没してしまいますが、潮が退きはじめると再び現われてきて、海水の湛えられたその中に海の生き物が取り残される仕掛けになっていました。底の白砂にはヒリャネズミ（平目）やガサマ（蟹）が潜んでいて、そばに来た人の足をくすぐるようにかすめて逃げたり、又雲丹やなまこやさまざまな貝が群をなしたまま藻を被ってじっと隠れていたりしました。子供たちがそれを見つけようものならそれこそ歓声を上げて喜んだのでした。澄み透った海水の中を、色とりどりの熱帯魚の群れが珊瑚礁の蔭を出たり入ったりするのを見ていると、すぐにも掴まえられそうなのですが、さて手を伸ばすとついと身を捩って逃げてしまうので、銛や網を持った大人でないと手に負えず、子供たちはもっぱら礁の岩蔭にへばりつくように坐っている蛸や石垣の間に潜むスビッグヮ（宝貝）、ヤドマ（蜘蛛貝）、クッキャール（舞の袖貝）などの貝類を見つける方に熱中するのでした。

　スョが藻草を被ったティラダ（籬《まがき》貝）のサハタ（つがいの群れ）を見つけていちどきに籠が満たされた時は、そんなことなど滅多にないので、跳び上がりたい程嬉しくなり、「サハタヌウタドー（つがいの群を見つけたわよ）」と叫んでみんなに自慢したのでした。その日はどの子供の籠も持ちあぐむ位にたくさん採れ、つい時が経つのを忘れていました。

　ですから、カキの囲りに寄せていた波が次第に膨れ上がって石垣の上を越しはじめ、やがてうねりさえ伴ってきたことに気付いた年嵩の子供は、驚いてあたりを見廻し、あわてざまに叫んだのでした。

「ニャー《もう》　ミチシュドー《満ち潮だぞ》　ムドロヤー《帰ろう》」

　腰をかがめ、うつむいて貝採りに夢中になっていたほかの子供たちも、思わず背中を伸ばして沖の潮並みや西山の入り日を振り仰ぎ、自分たちが帰る時刻をかなり過ぎてしまっているのを知って、「ディディ《さあさあ》　イショガティ《急いで》　ムドロ《帰ろう》」と戒め合いながら、石垣の上を浜に向かってはだしでぴょんぴょん牡蠣殻をよけよけ跳ねるように駈け出しました。

　マチアミ崎の砂浜にも波は中程までもゆったりと寄せて来ていて砂あぶくを浮かべ、上げ潮であることをはっきりと示していました。島の子供たちは潮の様子や空模様から海の変化をよく見分けることが出来たのです。

　男の子はとかく遅れがちの女の子を気にして振り返りながらもどんどん引き離して先になって

しまいました。長い白い砂浜を渡り切り、大きな岩がごつごつと連なるフユカゲ岬のあたりでは、すっかり遅れた女の子たちが、先の方で何かを囃し立てるような男の子の喚声を聞きました。それに子供の泣き声とわめきちらすような大人の声までも混ざって聞こえてきましたが、岬の鼻がかげになって何が起こったのかはわかりませんでした。しかしすぐに腕白者のマサジやケンドの叫んでいる言葉がはっきりと聞き分けられました。

「アレー《やーい》　アレー《やーい》　ムレッグヮヌクヮー《乞食の子》　サラヌクヮー《癩病みの子》」

「アレー《やーい》　アレー《やーい》　シッタリムレヌクヮー《じくじく癩の子》　アレー《やーい》　マガリムレヌクヮー《神経癩の子》　アレー《やーい》」

咄嗟に女の子たちは只ならぬ危険を予感しました。なぜかわからないが早く逃げなければいけないと思ったのです。銘々が誰からともなく貝の入った籠を小脇に抱えなおして、一斉に走り出しました。口をきく者は一人もおりません。岬の端を廻ると、男の子たちは既にずっと先の方に行ってしまっているのがわかりました。女の子たちが波打ち際の方へ自然に寄りかたまったのは、姿の美しい一本松を天辺に生やした立神岩が右手に見えるワカレハマの手前の処で、五、六歳ばかりの女の子が両手で顔をこすりながら泣きじゃくっているそばに、険しい形相をした男女の大人が二人、逃げて行く男の子たちに向かって狂ったように石を投げつけていたからです。二人ともヒジャの人であることはすぐにわかりました。

ところが後から駈けて来た女の子を見た男は、急に思い変わったように、

「ウレ《それ》　ウレ《それ》　ウンクヮンキャ《その子供たちを》　ミンギ《擱まえろ》」

と叫んで波打ち際に走り寄って来ました。

予感の当たった女の子たちは必死になって駈けました。はだしのあなうらに牡蠣貝や磯棘を踏んづけても立ち止まるどころではありません。

「あっ」

砂浜に埋まっていた珊瑚礁片につまずいたスヨが叫び声を挙げて前にのめりました。持っていた籠が手を放れ、中の貝があたり一面に散らばりました。たくさんのティラダが仰向けになって朱色の肌が光り、真っ白なハマグルの輪脈が目に沁みました。あわてて起き上がったとたんにスヨは男の手で肩をぐっと抑えつけられていたのです。

「わーっ」

思わず男を振り仰いだスヨは大声で泣き出しました。すぐ目の前に癩に崩れた怖ろしい顔があったからです。

「ウタミ《ウタミ》　ウラダカ《お前も》　ミンジュリ《摑まえていろ》」

呼ばれた女は駈け寄って、スヨの帯に手をかけました。女も男も変わらぬ面相でした。怖ろしさの余りスヨは肩のあたりで切り揃えた髪の毛が全部天に向かって逆立ったかと思いました。からだじゅうの血が足の裏から砂に吸い取られるようで、激しい寒さに襲われ、立っているのがやっとでした。首はがくがくとうそのように動き、からだが前後に揺れました。はたからはあんなにふるえてよくも立っていられるものだと見える程でした。口の中はからからに乾き、声など一声も出てきません。顎はうわうわとわななき、歯も音をたててぶつかり合いました。大きく開いた目は焦点が定まらず、何も見ていないのと同じでした。

片膝を立てて腰を落とした男は、スョの顔を両手で挟み込み、自分の顔を彼女のやわらかな頬に押しつけ、

「ウラダカ《お前も》　ワーキャネシ《儂らのように》　ムレーナレー《ムレになれ》　ムレーナレー《ムレになれ》」

とぶつぶつ言いながらこすりつけてきました。そして小さな耳を口に噛んでしゃぶり、うすい唇をこじ開けて幼ない舌を吸ったり舐めたりしました。にがい泡だらけの唾液がスョの口の中一杯に広がり、血膿や唾液が入ったのか目の中がひどく痛みました。

「キンハッティ《着物を剝いで》　ハダカナスィ《裸にしろ》」

スョの肩を抑えていた女は、男の言うままにスョの赤いメリンスの帯を解きにかかると、男も手伝って紺絣の単衣をもどかしげに脱がせ、赤い木綿の小さな腰巻も取り去りました。そしてまる裸にした幼女のからだを男がしっかりと抱き、そのうなじや胸やか細い腿のあたりまで狂ったように舐めました。

一方女は海の中へはいって行って膝のあたりまで浸かると、沖に向かい何度も潮水を跳ね上げながら、呪文を唱えはじめたのです。それは「ムレヌタハベグトゥ（癩者の呪い）」といわれている呪いでした。その呪いをかけられると、ムレになると恐れられ、実際にそうなった者もいたのです。物乞い廻りを邪険に扱い娘二人が呪われてムレになったブギンシャ（物持ち）の例もあ

りました。

「ムレヌタハベグトゥ」を終えた女は再びスョのそばに来て、

「イイウカゲ《いい気味だ》　イイウカゲ《いい気味だ》　ワーキャベヘリ《わたしたちばかり》　ムレムレチイヤッティ《ムレだムレだといわれ》　クダメラッティ《軽蔑されて》　オーシ《たまる》ユンニャ《ものか》　シマジョヌムンヌ《島中の者が》　グスト《みんな》　ムレナリクレバ《ムレになれば》　イッチャンヨ《いいんだ》」

と荒げた声で恨み事を言い、なおスョの背中やお尻に自分の顔や手の膿をこすりつけました。

二人は自分たちの運命の惨めさを呪い、心の奥底に積もり積もった恨みと、これまで受けてきた癒やすことの出来ないさげすみに対する復讐の思いを、この幼女に向けて一度に噴き出させたようでした。そして自分のしていることに次第に興奮してきて増々気持ちを昂らせ、惨酷な様相をさえ加えてきました。

「ヤハラサン《やわらかい》　アマドゥ《あそこが》　イチバン《いちばん》　ウティリ《うつり》　ヤッサムチュッドヤー《やすいそうだぞ》」

鼻が潰れ空気が抜けて聞き取りにくいふがふがの声でそう言った男は、スョを抱き上げ砂の上に横たえました。そして股を開き、あたりを舐め廻していましたが、何を思ったのか赤黒く腫れた中指まで刺し込んでしまったのです。

口を半ば開き魂が抜けたようにうつろな目をあけてされるがままになっていたスョは、「あっ」と小さく叫ぶと、張りつめた糸が切れるように気を失いました。それでも男はなお自分の着物の前もはだけたままで、死んだふうにぐったりとなった裸の幼女にむごい呪いの仕打ちを執拗につづけていました。

そんな有様を傍《かたわら》で黙って見ていたもう一人の幼女がおりました。それはさっき男の子たちにからかい囃されていたこの二人の娘なのですが、顔立ちのととのった吹き出物一つないきれいな肌の女の子でした。継ぎ布の当たった洗い晒しの棒縞の男の子用の着物を着て、裾から垢に汚れた小さな脛とはだしの足をのぞかせ、赤茶けた縮れ毛の髪に結んだ赤い小布を海からの風にそよがせていましたが、そのそばには物乞いの貰い物を入れた二つのテル籠と三角袋が物悲しげに投げ出されておりました。

着物の前もはだけたままで、小さな赤い腰巻を右手で胸のあたりに抱え、左手で赤いメリンスの帯を引き摺りながら、スヨは長々と続く入江沿いの砂浜を歩いていました。歩く度に股の間から血が流れ出そうになり、痛みがずきんと頭に響きました。それを顔を顰めて堪えながら泣くことも忘れ放心したようにやっとハマグマの小さな浦まで来た時に、母のウチョと出会いました。ウチョッキで髪を包んだ野良仕事のままの姿で息せき切って駈けつけて来たウチョは、うつけたように前をはだけて歩いて来る我が子が見えた時、「スヨが《スヨが》　ムレン《ムレに》　ミンギャッタドー《摑まえられてしまったよう》」と子供たちに知らされて咄嗟に最も怖れたことが、遂に現実となってしまったのを悟りました。ウチヨはからだをぶつけるように走り寄ってスヨを抱きかかえました。そしてあわてて娘のからだに目を走らせたのです。腿の付け根に鮮血が流れているのを認めると、さっと頭の血の気が退き、砂浜にぺたりと腰を落とし声を上げて泣きました。

「あああ」

身の置きどころもない悲しみとくやしさが込み上げ、頭を強く振りながらこぶしで砂地を叩きました。

夫のサキトと一緒になってから十三年もの間子宝に恵まれず、あちらの神こちらの神と願をかけて歩いてようやく授かったたった一人の娘でしたから、何物にも代え難い掌中の珠のようにいとおしみ育ててきたものを、やっと七歳になったばかりで、こんなむごい目に会わさなければならないとは。ウチョは神も何も有るものかと思いました。ヒジャの人たちに呪いをかけられることを恐れて、彼等を怒らせないようにとどれ程気を使ってきたか知れませんでした。乞われれば出来るだけのことをしてきたのも彼等への思い遣りからばかりでもなかったのです。それなのにあの怖ろしい「ムレヌタハベグトゥ」の呪いが事もあろうに自分の娘のスョの身に振りかかってこようとは、その上こんなひどい仕打ちまで受けて、一体どういうことなのでしょう。ウチョは目の前が真っ暗になり、息苦しく、気が変になってしまいそうでした。そのうち頭に箍《たが》を嵌められ強く締めつけられたようになってきて、重くて座っていられなくなり砂浜に倒れ込みましたが、「うおー　うおー」と野獣のような咆え声まで突き上がってきて、手足を引き攣らせながら砂の上をころげ廻りました。何よりも先にスョのからだを洗い潔めてやらなければならないことさえ忘れてしまったのです。スョはそんな母を怯えた目で見ていました。入江も岬もすっかり夕闇に包まれた波打ち際を、連れ立った二羽の浜千鳥がちっちっと鳴きながら、つつつと走ったり止まったりしているのを目の片隅に捉えながら。

「うーん　うーん」

何か唸り声が聞こえたと思いスヨは耳をすましました。こんな夜更けの浜辺では、ケンムン（河童に似た妖獣）かモーレ（海の上の亡霊）にちがいないとぎくっとして、目を声の方に向け、耳をそばだてると、やがてがやがやした人声と共に集落と浜辺の境のユウナの並木のあいだから、戸板を担いだ数人の人影が出て来ました。戸板の上には人が寝ているようでした。ああ、人間でよかった、とほっとしたスヨの耳に、訴えるような若い女の声が入ってきました。

「アゲーヤ《ああ》ディ《痛い》　アゲー《ああ》クヘサ《苦しい》」

そしてその声に覆いかぶさるように、感情を無理に押えた別の女の声も聞こえました。

「キバリヨー《しっかりして》　キバリヨー《しっかりして》　キムチュ《気を強く持ってね》ーサムティヨー」

乱れた足音は、真っ直ぐスヨの方にやって来ました。そしてその中から一人の男が腰をかがめながら近寄って来て、スヨに声をかけました。

「ヤマカゼアタリヨーティ《毒蛇に咬まれましたので》　ムコンジヌ《向かい島の》　イシャサマヌ《医者さまの》　メーハチ《処へ》　イキャンバ《行かなければ》　ナリヨーラン《なりませんが》　ムン　フネッグヮ《舟を》　カラチヤムロレヨランカヤー《貸してはもらえないでしょうか》」

その男が言い終るのももどかしげに、四十がらみの女がスヨのそばへ駈け寄って来ました。

「ワーキャヤ《私たちは》　タノウラヌ《タノウラの》　ムンダリヨースカ《者ですが》　ワーキャクヮーヌ《私の娘が》　ハゴムヌン《ハブに》　クヮーレヨティ《咬まれて》

カンシナリョーティ《こんなになってしまって》　ナンギシュウリョーンムン《難儀をしています》　ヘーク《早く》　ムコンジヌ《向かい島の》　イシャサマヌ《医者さまの》　メーハチ《処へ》
ティレティ《連れて》　イキブシャリョーンムン《行きたいのですが》　ドーカガナシ《何とか》　フネッグヮ《舟を》　カラチヤ《貸しては》　ムロレヨランカ《もらえないでしょうか》
ヤー　フネッグヮヤ《舟は》　ムドリン《帰りに》　クンキンポナン《この辺に》　ウチウキョーンカナン《置いておきますから》　ドーカガナシ《どうぞ》
タスケユムチ《助けると》　ウモティ《思って》　フネッグヮ《舟を》　カラシンショチタボレー《貸してください》」

泣かんばかりに頼む切羽つまった女の声に押され、スョは思わず承諾をしてしまいました。
「オー《はい》　クンフネヤ《この舟は》　ワーキャ《私の処の》　フネアリョーンカナン《舟ですから》　トー《さあ》　ヌティウモリンショレ《乗っておいでになってください》」

ハブに咬まれた娘を戸板に乗せ、山一つ越したタノウラの集落から此処まで運んで来るのには、かなりの時間がかかっている筈です。もう毒が大分からだに廻っているのか、娘ははげしく喘いでいました。目を近づけると人間の頭や顔がこんなになるかと思える程に異様な大きさに膨れ上がっていました。おそらく頭のあたりを咬まれたにちがいありません。
「キバレヨー《しっかりしておくれ》　シジヤナランドー《死んじゃいけないよ》　イキチュティクレレヨー《生きていておくれ》　イキャナ《どんな》　カタワナティム《かたわになっても》　フリムンナティム《気狂いになっても》　イキチサイウリバ《生きてさえいれば》　イッチャヤッドー《いいんだよ》」

母親は一刻もじっとしてはおれぬらしくしゃべり続けていました。大きな不安のために気が転倒しているようでした。

娘と母を舟にうつし乗せた男たちは、砂浜の上の丸木舟をまたたく間に波打ち際へと押し出し、波に浮かぶや否やさっと跳び乗って、「ウレッ　ウレッ」と掛け声を出し力強く櫂を合わせながら、みるみるうちに沖合いへ漕ぎ出て行ってしまいました。

「フレムンナティム《気狂いになっても》　ヌーナティム《何になっても》　イキチサイウリバ《生きてさえいれば》　イッチャッドー《いいんだよ》　ウヤユクマサキ《親よりも先に》
モーリシーヤナランドー《死んではいけない》」

月光にかすむ海上に遠ざかる舟の中からは忍び泣くような母親の声がなおか細く聞こえていました。

「イキャシ《どんなに》　ナリウクレティム《ひどい姿になっても》　イキチュティクレレョー《生きていておくれ》　モーリシーヤナランドー《死んじゃいけないよ》」

海風に送られて途切れがちに聞こえてくるその声が、スョには自分の母の泣き声のように思えてきました。

第二章　浜祟り

疾風に追われて走り去り走り来る灰色の雲の切れ目に半月が見え隠れし、入江も岬もどんよりと暗く煙っていました。強風に吹き揉まれてうねりを高めた波は、岸に向かって荒れ狂う白い大魚の群れとなって、背鰭をひるがえしつつ次々と重なり押し寄せ岬の岩礁に打ち当たっては、地を揺るがす轟音を響かせて、蒼ざめた飛沫を高々と吹き上げていました。

岬の端《はな》の崖下では、海側へ傾いたガジュマルの老樹の枝々に、海からの風がまともにぶつかって、ひゅうひゅうと鋭い悲鳴を上げ続け、垂れ下がった無気味な長い気根が根先を乱して千切れるばかりに吹き散っている有様が、巨大な魔妖なものが無数の長い手を狂い振っているように見えました。

こんな風の強い荒れた夜更けに、たった一人で私は何故岬の端のごつごつした岩の上になど立っているのかしら、とスョは淀んだにぶい意識の中で考えていました。海風が生暖かく頬を打ち、むしむしと全身が汗ばみ、へんに気色の悪い感じでした。

と、岩かげから背の高い若者の姿が現われ、急ぎ足に近寄って来たかと思うと、いきなりスョの肩に両手をかけました。あたりはうす暗く物皆が朧に霞んでいるのに、その若者の顔のあたりだけは妙に明るく、面ざしがはっきりと浮き上がって見えました。色白でおとがいのとがった細面の顔は、島ではあまり見かけない顔です。切れ長の涼しい目でじっと自分を見つめるその顔にスヨは全く見覚えはありませんでした。いぶかしくもまた怖ろしく黙って見上げていると、若者はつとスヨを抱いて、「あなたが好きです」と言ったのです。抗いともありませんでした。そして若者はなおも両腕に力を加えながら、耳元に小声で何事かしきりに囁いているのです。よく聞き取れぬもどかしさもあって、スヨは途方に暮れました。ただキョラサン ヤマトグチナリバヤー（綺麗な内地の言葉だわ）と思っていました。若者の熱い息が頬の間近にかかり、抱きすくめられた胸のあたりはひどく熱っぽくなって、今にも呼吸が詰まりそうでした。「放してください」と叫びたいのをじっとこらえていると、突然「ううう ー」と身を振りしぼるように悲しげな嗚咽の声を出した若者は、スヨを抱きしめていた手を放してうずくまり、顔を覆って泣き出したのです。それが余りに切なさそうなので、訳のわからぬままにスヨまでがつい悲しみにさそわれて涙をこぼしましたが、頬を伝うその冷たさでふと眠りから覚めたのです。

（なんだ、夢だったのか）と再び眠りに戻ろうとすると、又しても「ううう ー」という切なげな声が耳に入ってきたので、スヨはすっかり目が覚めてしまいました。あたりは夜の深い闇の中に沈んでいて、顔を左右に動かしても何も見えず、やはり夢だったのかと思った時、三たび「ううう ー」という呻き声が今度ははっきりと聞き取れました。

「マタ《また》　ジュウガ《父さんが》　イミミチ《夢を見て》　ニョーティ《魔されている》　ウモユル」

とつぶやいたスヨが、「ジュウ（父さん）」と鼻にかかった甘え声で、いつもするように添い寝の父の懐に手を入れ、胸に顔をうずめようとして、思わずぎくりと身を引きました。ごわごわした胸毛のあたりがびっしょりと汗で濡れ、胸が激しく波打っていたからです。

「ジュウ《父さん》　ヌーガ《どうしたの》」

「カワッタカ《なんだか》　クッタン《苦しくて》　オーシラムチョ《堪らないんだ》」

「ハゲ《まあ》　ヌーガカヤ《どうしたのかしら》　アハガリ《明りを》　ティキティンニョーロイ《つけてみましょう》」

枕もとのマッチを手でさぐり、部屋の隅の提げランプの芯に灯をともすと、明りに照らし出された父の顔は、真っ赤に上気して額に脂汗を滲ませ只事ではありません。驚いて額に掌を当てると燃えるような熱がありました。

「アンマ《母さん》　アンマ《母さん》　ウズミンショリ《起きてください》」

傍に寝ている母親を手荒に揺り起こしても、昼間の畑仕事の疲れでぐっすり寝入っているウチヨは、「うーん、うーん」と生返事を繰り返すばかりで、寝返りを打つとすぐにまた眠りに戻ろうとするので、

「アンマ《母さん》、ジュウガ《父さんが》　ヤッケナド《大変よ》」

と大声を出すと、

「ヌッチ《なんだって》」

いっぺんに目の覚めた声を出してがばと跳ね起き、夫の顔にからだごと覆い被さるように近寄りました。

「ジュウ《父さん》　ヌーガ《どうしたの》　イキャーシンショチ《どうなさったの》」

サキトは大酒に深酔いしたような真っ赤な顔の充血した目を妻の方へ向けましたが、すぐ又閉じてしまい、苦しいのか顔を歪めながら口を半ば開けて荒い息で喘いでいました。

ウチョは夫の手を握り、

「ハゲー《ああ》　イキャースィルカヤー《どうしよう》　イキャースィリバ《どうしたら》　イッチャルカヤー《いいのかねえ》」

としばらくは気もそぞろでしたが、ややあって気持ちを取り直し、

「スョ《スヨ》　ヘーク《早く》　ウジ《おじさんを》　トゥモーシッコー《呼んでおいで》」

と命じました。

その声に弾かれたようにはだしのまま表へ飛び出したスョは、間もなくサキトの兄のトミフクを伴って戻って来ましたが、彼は弟の様子を見ても別段驚いた風も見せず、ちょっと首をかしげただけで、

「クッリャ《これは》　クサヤ《クサ(フィラリア)》　アランカヤー《じゃないかなあ》」

とゆっくりつぶやくように言い、サキトの額に手を当て、

「チャー《そうだ》　ヤッパリ《やっぱり》　クサダロ《クサのようだ》　フトン《蒲団を》　ターティ《二枚》　カプスィティ《被せて》　ウシッキリバドゥ《抑えつければ》　イッチ《いい》ヤッドー」

そう言ってスョに押し入れから蒲団を出させてサキトに被せ、その上に自分も覆いかぶさるような恰好で抑えつけにかかりました。そして「ワーキャヒッキャ《儂たちの血筋は》　クサヌヒッキャ《クサの血筋じゃ》　アランムン《ないんだが》ジャスカ《なぁ》　ヌーガカヤー《どうしたのかなぁ》」と独り言を言い、首をかしげて考えこむ様子でした。島ではクサ（フィラリア）は血統の病気なのだと信じられていたのです。

「クッター《苦しい》　クッター《苦しい》　フトン《蒲団を》　トゥリー《取れ》　イキヌ《息が》　ティマロチシー《詰まりそうだ》」

蒲団の下からサキトのか細い声が聞こえていましたが、トミフクは取り除こうとはせず、

「クサナリバ《クサなら》　イイクサ《ひとしきり》　アスィ《汗を》　イジャスィバ《出すと》　スグ《すぐに》　ウサマユッドー《おさまるから》　クネレ《我慢しろ》　クネレ《我慢しろ》」

と自分も顔を赤くして益々強く抑えつけました。クサは罹る人も多い島の風土病ですから別段恐れることもないとトミフクは思ったのです。

「フトン《蒲団を》　ハディリチョー《剝いでくれ》　ニャー《もう》　イキヌ《息が》　キリロチシー《切れてしまいそうだ》」

伯父の顔色を見ていたスョは、余りに切なげな父の声に堪らなくなって、伯父のからだを手荒に押しのけ、

「フトン《蒲団を》　トゥティタボレ《どけてください》」

と被せていた蒲団を引き剝がしました。サキトはぐったりとなって肩で大きな息をしていました。おろおろしたウチョは為すすべも知らぬふうで、ただ夫の手を握り涙声で呼びかけるばかりでした。

「ジュウ《父さん》　ジュウ《父さん》」

背も高くがっしりしたからだつきのサキトは、外見にふさわしく内臓なども丈夫に出来ているにちがいなく、「イシカネニンギン」（石と鋼で出来たような達者な人間）と自分で言う通りに頑健そのもので、子供の時分から病気というものをしたことがなかったのでした。それが突然に思いもかけぬ重い症状に襲われ、真夜中だったこともあって介抱の三人は全く途方に暮れてしまいました。

　ところでスヨはふとミノンマ婆さんのことを思い浮かべました。集落では大抵の急病をミノンマ婆さんの灸か、ギンタおじのクチイリ（キッキョ〈聖なる川〉から汲んだ水に呪文を入れて病人のからだに吹きつける呪禱）に頼っていたのですから。

「ミノンマ《ミノンマ婆さんに》　トゥモーシー《来てもらって》　ヤチュ《やいとを》　ヤチムレバ《すえてもらったら》　イキャーリヨールカヤー《どうでしょうか》」

「チャー《そうだね》　ウッドゥ《それが》　イッチャンヤー《いいかも知れないねえ》　トー《それじゃ》　スヨ《スヨ》　ヘーク《早く》　ミノンマ《ミノンマ婆さんを》　トゥモーシーコ《お連れして来なさい》」

　ウチヨが言いも終わらぬうちにスヨは下駄をつっかけるのももどかしく家を出ると、人影の跡絶えた青白い月の夜道を神山の麓にあるミノンマ婆さんの家に向かって駈け出しました。

　金竹の生垣に挟まれ曲りくねって続く集落の細い脇道は、寝待ちの月の煙るような淡い光に包まれ、行く手は薄霧がかかったように一層ぼんやりと霞んで幻の国への通い道でもあるかのようにしーんと静まりかえっていました。生垣の根方で降るように鳴きさざめいていた虫の群れは、せわしげなスヨの下駄の音が近づくとぴたりとその音を止め、通り過ぎるとすぐにまた一斉にもとの賑やかさに戻るので、まるでスヨの足音に合わせて寄せては返す音の波のようでした。

神山は集落の南東のはずれにありました。ミノンマ婆さんの家はその裾に一軒だけぽつんと離れて建っていたのです。山には数人のカミンチュ（神人）の女が祭に籠る以外は、神罰が降ると言って誰も畏れて足を踏み入れませんので、老松がこんもりと繁り、昼もなお暗い深い森になっていて、如何にも神域らしいおごそかな感じの場所でしたが、しかしまた妙に引きずり込まれるような不気味な気配も漂っていました。そしてその裾を縫うようにさわやかな音をたてて流れる清らかな小川もまた、カミンチュたちが神山に籠る前の斎戒沐浴の場所でしたので、キッキョと呼ばれていたのです。ミノンマ婆さんは、そのような場所の側に数々の花やパパイヤ、バナナ、ザボンなどの果樹を種類多く植えた手頃な庭も持って、八十七歳の齢を重ねてもなお矍鑠《かくしゃく》として田を打ち、畑を耕やし、家畜を飼い、貧しいながらも日々の糧には事欠かずに、永年潔い程のさわやかな独り暮しを続けていました。

　誰にも気兼ねすることもない独り寝の熟寝《うまい》のさなかに突然呼び起こされたミノンマ婆さんは、息をはずませて語るスヨの言葉を聞くと、真夜中にもかかわらず、

「ウッリャ《それは》　ヤッケナクトゥジャ《大変なことだ》　ディディイショガロ《さあさあ急ごう》」

と素早く身繕いをすませ、線香と艾《もぐさ》の入った竹筒を抱えると、白髪をきちんと束ねた小柄なからだに負けん気を漂わせながら、九十に近い年寄りとも思えぬしっかりした足取りで、心急くスヨの早足にも遅れずに、アダンサバ（アダンの葉で編んだ草履）を履いた小さな足をすたすたと運んでくれました。

ミノンマ婆さんはサキトの容体を一目見ただけで、これはクサではないと言い切りました。たぶんカゼイキェ（山や墓地で魔妖なものに行き会って罹ると言われる急病）だろうと、汗で濡れた着物を脱がせからだの隅々までしらべてから、

「カゼイキェヌクルアダヤ《カゼイキェの時の赤紫の痣は》　ミリャランバヤー《見えないねえ》　カゼイキェネシ《カゼイキェのように》　シュンムンヤー《思えるのに》　フシギナカ《おかしいね》ナ」

と考えこんでいましたが、思い定めたふうにサキトのからだをスョに拭わせ、自分は中指の先を舐め舐め、首筋の灸点を圧えてはそこにかなり太くまるめた艾をのせて灸をすえはじめました。すると馴れた手つきのミノンマ婆さんの、両の手首から指先までに施した水草の花のくずし形や鎌や矢印などハヅキ（入れ墨）の紋様が、ランプのにぶい光を受けて生き物のように揺れ動き、玄妙な呪力が息づいているように見えました。

　昔の島の女たちには、ハヅキを施される際の痛さを我慢するつもりで婚家先の辛さに堪えられるようにと、両の手首から指先までの甲にさまざまな紋様の入れ墨を彫り入れる習わしがあって、それにはまた女の持つ呪力を一層強める願いもこめられていたのでしたが、今ではそれも年老いた女にしか見受けられなくなってしまいました。ミノンマ婆さんのハヅキは寄る年波のせいか、墨の色も褪せ、形もいく分くずれていました。しかし灸をすえる指先は、老齢にもかかわらず、いささかの衰えも見せず、うす暗いランプの灯の下でも狂いなく、灸点はぴたりと決まっていたのです。

灸は親から授かった業《わざ》だからと、誰からも報酬は頑として受け取ろうとせず、人助けこそ使命と思いこんで生きて来たミノンマ婆さんのいっこくさは、むしろ頼もしさを増し加えるようで、あたりに漂いはじめた艾の匂いと相俟ち、廻りの人を如何にも効能あらたかな気分に引き入れました。灸は続けなければ効かぬ治療ですから、あとは自分がするつもりになっていたスヨは、ミノンマ婆さんの手つきをしっかりと見ていました。その灸点は首筋のうしろから背中を通りふくらはぎへと左右に一対ずつすえられ、前に廻って鳩尾から臍の廻り、その下の丹田、更に膝頭下の三里へとくだっていきました。そのあいだじゅうサキトは苦しげな喘ぎをやめず、全身から汗を吹き出させていました。

　灸がすむとミノンマ婆さんはちょっと手を胸元に当てて衿繕いをしてから、じっとサキトをのぞきこむようにしているウチヨとスヨに向き直り、

「アチャハラヤ《あしたからは》　ウリキャドゥシ《あんたたちで》　ヤキヨヘー《すえなさいよ》　ティッヌネーチン《一つの灸点に》　ナナヒディッ《七火ずつ》　ヤカンバナ《すえないと》
ランドヘー《いけないよ》　ガンシシー《そして》　ネーハッサングトゥンシ《灸点をはずさないように》　カナラティ《必ず》　ネーヌウィーナン《灸点の上に》　フトゥウチ《艾を置いて》
ヤキヨヘー《すえなさいよ》　アンマル《あんまり》　ネティヌ《熱が》　サガランキンニャ《さがらない時には》　バシャンファ《バナナの葉を》　シキャチ《敷いて》　ネプスィリバ《寝かせると》
ネティトゥティ《熱をとって》　イッチャヤッドヘー《具合がいいよ》」

　一心こめて治療を終えたあとの安堵の表情を、皺の深い顔と細くなった目に湛えながら、ミノンマ婆さんは灸のすえ方や気をつけなければならぬ点などをこまごまと教え、サキトの額の汗を掌でちょっと拭うと、熱で火照った彼の手を力づけるようにしっかり握り、

「クンヤチョシ《この灸で》　ラクナリュンハッドヘー《楽になれる筈だからね》　ガンバ《じゃあ》　マタ―《また》　アチャー《あした》　チーミリュンカナンヨ《来てみるからね》ー」

と言い置いて、送って行くと言うスヨを押し留め、すっかり更けわたった夜道を背中をしゃんと伸ばして、すたすたと帰って行きました。

ミノンマ婆さんがいる間はウチヨもスヨも気強い思いでしたのに、彼女が帰ってしまうと急に心細くなって互いに顔を見合うばかりでした。弟に似た逞しいからだつきのトミフクも着物の袖から太い腕を見せて胸のあたりで組んだまま、膝を正し、ただ黙って坐っていました。

夜が明けるまでこうして病人を見守っているのかと思うとなんとも心細く、スヨはつい涙を溢れさせました。灸の後もサキトの苦痛は一向にうすらぐ様子を見せず、まるで火の玉を抱えこんで煮え滾ったようにからだが火照ってきて、絶えまなく汗を吹き出し、息遣いも乱れが激しくなってきました。

「ヌーカ《何か》　ミショラシュン《飲ませてあげる》　クスリヌ《薬が》　アリバ《あれば》　イッチャリョーンムンヤー《いいのにねえ》」

ウチヨが訴えるように話しかけてもトミフクは、

「ウィントノチハチ《ウィントノチ(上のお屋敷)へ》　イキバヤ《行けば》　クスリヌ《薬は》　アッリヤシューロガヤー《あることはあるだろうが》　カンシュン《こんな》　ユナハ《真夜中に》　アセ《オクサマを》ウズミンショラチヤ《お起こしするわけにも》　ナランダロナー《いくまい》」

と相変わらず腕組みのまま弟の様子を見やるだけでした。

「ワーガ《あたしが》　アセメイジ《アセの処へ行って》　ウダヌム《お願いを》　シーキョーロイー《してきます》」

堪らなくなったスョが言葉をはさみましたが、

「ガンシュン《そんな》　ブリェナ《失礼な》　ウヤグモサンクトゥヌ《わきまえのないことが》　スィラレンニャー《出来るか》」

トミフクは律義者らしく取り合おうとはしません。

「シュンバム《だけど》　クンママシューティ《このままにしておいて》　ジュウガ《父さんが》　イキャーカナリバ《どうかなってしまったら》　イキャーショーリ《どうしますの》　ワーガ《あたしが》イジキョーロ《行ってきます》」

突き上げられるように立ち上がったスョは、雨戸を開けて外へ出ると、集落でウィントノチ（上の御屋敷）と呼ばれている山を背にした高台の屋敷へ急ぎ向かいました。


切り石積みの高い石垣の横の、裏門の石段を上がってウィントノチの屋敷内に入ると、書院、母屋、中屋、厨《くりや》、鍵屋、高倉、酒造場、厩《うまや》などの幾棟もの建物が茅葺きの屋根を重々しく連ね、月光の下で浮かび上がるように建っていました。スョが裏門横の細長い厩の側を足音を忍ばせて通ると、何個所にも仕切られた囲の中の馬の一頭が、人の気配で耳聡く目覚め、太い鼻息を吐きながらひづめで床を叩く音が闇の中で思わぬ大きさに聞こえたので、スョは「ウフチ《起こして》　クネレ《ごめんね》へー」と小声で言いながら母屋へ近づいて行って、寝所のあたりの側屋戸《そばやど》に顔を押しつけるようにし、「アセー　アセー」とおとないの声をかけました。すると中から間を置かずに「はい」と返事が返ってきて、「ヌーガ（どうしました）」と言う声と共に板戸が開き、アセ（奥さま）が姿を見せましたので、スョは手短かに父のことを話し、何か適当な薬があれば戴きたい旨を申し述べました。
「クスリヌクトゥヤ《薬のことは》　ワンユクマ《私よりも》　ミナドゥ《ミナの方が》　ワカトゥンカナン《よくわかっているから》　ウフチッコイー《起してきましょうね》」
そう言ってアセは奥へ引っこむと、程なく娘のミナを連れて来たのですが、真夜中の突然のおとないにもかかわらず、二人の身仕度がす早く整えられていたことに、スョはすっかり感じ入ってしまいました。イイチュンキャチバヤー（いい家の人たちはちがったものだわ）と思ったのです。

　スョの繰り返しての頼みを聞いたミナは、病人の様子を見ないことにはどんな薬をあげていいかわからないから、ともかく一緒に参りましょう、と言ってくれました。

　小走りになったミナの後を追いながら、スョは自分がとても涙脆くなっているのがわかりました。この人は私の父のために私よりも急いでくれている！　一緒に遊んだ子供の頃もどことなく思い遣りのある印象は受けていましたが、今も変わってはいないようだと思いました。島の小学校を卒業するとすぐに東京の学校に入り、長年の勉学を終えてこの春帰ったばかりのミナは、言葉もすっかり東京弁をこなし、身の廻りの総てが都会風に変わっていて、もう滅多なことでは近づけない遥かな人のようでしたのに。

　ミナは先ずサキトの腋の下に体温計を挟み、右手首を軽く握って脈搏を数えていましたが、つと眉根を寄せて下唇を嚙みました。それからランプの灯に体温計をかざして水銀の目盛りを読んだあと、四十度二分にも上がっているから冷たい水で冷やすようにと言い置いて、薬を取りに戻って行きました。ミナの表情を食い入るように追っていたスョは、そのわずかの変化にもどきどきしていたのですが、とにかく言われた通りすぐに水甕の水で手拭いを絞って病人の額にのせました。しかし如何にもなまぬるい感触なので、冷たい水を汲んでこようと思ったのです。

「アンマ《母さん》　クンムィッタ《この水は》　カンシガディ《こんなに》　ヌルーサシュリバ《なまぬるいから》　イジュミイジ《泉へ行って》　ヒグルミディッグヮ《冷たい水を》
クディキョーロイー《汲んできましょうね》」

「チャーガンシジャヤー《そうだねえ》　コヘサティム《御苦労だけど》　キバティ《そうして》　クリリヘー《おくれ》」

天秤棒の両端に手桶を荷ない、はだしですたすたと泉の方へ急ぎながら集落の本通りの白い一筋道の所に来た時に、スョはふとどこかに両手を広げて立ったギンタおじの姿が見えるのではないかという思いに襲われました。するとぞーっと背筋に冷たいものが走りました。もし父が死神に呼びつけられているのなら、この道で現し身を抜け出て墓地の方へ急ぐその生霊と、それを押し止めようとするギンタおじが争っているにちがいないのです。スョは立ち止ってあたりを見廻しました。しかし白砂の敷きつめられた白い道には人影らしいものも、魔妖なものの姿も無く、金竹の生垣に挟まれて淡い月の光に煙る白い一筋道が浮き上がるように見えているばかりでした。スョは天秤棒の先の手桶を両の手で押え持って足音のしないようにギンタおじの家の前に近づくと、門の横に手桶をおろし、両手を合わせて深いお辞儀をしました。

「ギンタウジ《ギンタおじ》　ドウカ《どうぞ》　ジュウ《父を》　タスケティタボレ《助けてください》　ムシカ《もしも》　シニガムヌ《死神が》　ジュウ《父を》　ティレティ《連れて》
イキョーチシュンキンニャ《行こうとするときには》　ドーカ《どうぞ》　イッショイッパイヌ《あらん限りの》　チキャラ《力を》　イジャチ《出して》　ウィームドチ《追い返して》

タボレ《ください》」

小声でつぶやきながら願ううちに気持ちの亢ぶってきたスヨは、門の前に土下座して、

（ギンタウジ《ギンタおじ》　ジュウ《父を》　タスケティタボレ《助けてください》　シニガミン《死神に》　ワーイヌチトゥ《私の命と》　ケーティ《取り替えて》　タボレーチ《くれるように》
ウモッタボレー《おっしゃってください》）

と願いを一層深めました。スヨは自分が火焙りになることで父に代われるものならそれもいい、また海の底へ入れば父の命が助かるというのなら、今すぐにもそうしたい、何処かにそう命じてくださる神があればどんなにいいかと、心底から思いました。地面に額をすりつけるようにして涙を溢れさせながら祈ったスヨは、やがて立ち上がって再び天秤棒を肩にし、小走りに泉へ急ぎました。あの晩あれ程に思い乱れて歩いた白い一筋道なのに、今はそれさえ遠いことのようで、ただ父が死にませんように、そのためならどんなことでも致しますと願う一念で胸は一杯でした。

コーダン墓下の泉は相変らず滾々と冷たい清水を湧き溢れさせていました。心せくまま柄杓を水面に叩きつけるように気ぜわしく汲みながら、スヨはギンタおじの門の前でひどく時間をかけてしまったように思え、二つの手桶が満たされるまでのわずかなあいだももどかしく、こうしている間にも父に急変が訪れているのではないかと、胸さわぎがしてなりませんでした。水が桶一杯になると、走っても水が揺れこぼれないように、木の小枝を手折って桶に浮かせ、肩に荷なった天秤棒をしなしな撓わせつつ、小走りに駈け出していきました。

ミナは既に戻っていましたが、スヨの帰りを待ち兼ねるように、自分の家から持って来た水枕

に汲みたての冷たい水を入れ、手拭でくるんでサキトの頭の下に挿し入れ、額にも冷たく絞った手拭をのせました。サキトには痙攣が現われていました。からだじゅうの筋肉をこわ張らせ、歯を食い縛って両手をきつく握り、胸をそり返らせては足を踏ん張るようにするのです。スョは自分が泉へ行っている間に一層悪い状態になっていたので、地団駄を踏みたい衝動を怺《こら》え、痙攣でつっ張る父の足を両手でしっかり抑えました。痙攣の間隔はだんだん短くなって強さを増し、トミフクは胸を、そしてウチョとスョとミナが三人がかりで足を抑えるのに、汗をかく程も精一杯の力を出さなければなりませんでした。ミナは言葉にこそ出さなかったものの、これは破傷風の痙攣に似ているようだと不安に思いました。

囲炉裏にかけた鍋の中には、弦に繋いだ白い糸の先に結びつけた注射器と注射針がぐらぐら煮え立っていました。それが消毒のためとわかると、設備のない場所でのミナの咄嗟の処置にスョはまたまた感じ入りました。ミナは腕時計を見て「もう三十分たっています」と言いながら、医者が往診の時に持ち歩く黒皮の鞄から金属性の大小二つの容器を取り出し、小さい方に入った酒精綿で自分の手を消毒し、煮沸消毒の出来た注射器をたぐり上げてその先に針をつけ、大きい容器からは注射液の入ったアンプルを三本出し揃えてその先も酒精綿で消毒すると、ハート形の小さな鑢《やすり》で首の所を傷つけてぽきんと音をたてて折り、注射器の針をその中へ入れて液を吸い上げました。そしてスョにサキトの上膊と下膊を両手でしっかり抑えさせ、自分は関節の内側をぽんぽんと叩いておいて酒精綿で拭き、青く浮き上った血管の中に注射針を手ぎわよく差し込むと静かに液を注入していきました。かすかに漂うアルコールの匂いは、かたずをのんで見守る三人の胸にふと医院にいるような安堵の思いをさそいました。

「これで幾分でも楽になれたらいいんですけど」

注射を終えたミナはこう言い、なお少し眠れるようにと、白い散薬の包みを二つ混ぜ合わせ、サキトに少し横を向かせて口の中に入れ、持って来た口長の吸い飲みで水を飲ませました。これらの手つきは如何にも豊富な経験に支えられた医者のように見え、病気のことなら何でもわかっているような熟練と自信が感じられました。この人なら父の苦痛も取り除いてくれるにちがいないとスョはひとまずほっとしたのでした。

しばらくすると薬が効いたのかサキトは静かな寝息をたてて眠りに入りました。痙攣も徐々に間遠となり、激しかった息遣いもどうにか納まったようで、ウチョも張りつめた表情を少しゆるめて、ミナに囁くような声でたずねました。

「カンシ《こんなに》　アタダン《突然》　ネツヌ《熱の》　イジュン《出る》　ビョウキヤ《病気は》　ヌッチイュン《なんという》　ビョウキダリョールカヤ《病気でございますか》
ー　キニュガディヤ《昨日までは》　イキャム《どうも》　アリョーランタンムンドー《なかったんですよ》　キニュンユル《昨晩》　サデニンジョトゥ《網の仲間と》
マゼン《一緒に》　マチャムザキハチ《マチアミ崎へ》　マチャミ《待ち網を》　シーガイキョータンムン《仕掛けに出かけて》　イショム《漁も》　ジーキ《とても》　ウマレタ《弾んだ》
ムチチ《と言って》　イウダカ《魚を》　イキャーサム《たくさん》　ムッチ《持って》　スィカマ《今朝方》　フェーサ《早く》　ムドティキョータンムンドー《帰ってきたんですけど》
アサバン《朝御飯を》　ミショチッカラ《戴いてから》　カワッタカ《なんとなく》　ドゥヌ《からだが》　ダルサムチ《だるいと》　ウモチ《言って》　ヤスモタンムン《やすみましたが》　ヒン
マハラダカ《昼からも》　ダルサヤ《けだるさが》　キリラムチチ《取れないと言って》　ハテッカチム《畑へも》　ウモラティ《出かけず》　ヤーナンティ《家で》　サデティ《網の》

クレヌンキャ《繕いなど》　シューリョータンムン《していましたところ》　ユマグレンニャ《夕方には》　ニャー《もう》　イキャムネムチチ《どうもないからと》　ユーバン《夕御飯も》
ヌンキャダカ　イイフサ《いいかげん》　ミショチャスモヨータンムン《戴いて寝ましたのに》　ユナハナティッカラ《夜中になってから》　アダタン《突然》　カンシ《こんなに》
ナリョーティドー《なってしまったんですよ》」
「これまでにもこんなことがありましたの」
「アイ《いいえ》　ハジムィティダリョーッドー《はじめてでございますよ》」
「近頃怪我をしませんでしたか」
「アイ《いいえ》　ガンシュン《そんな》　クトゥム《ことも》　アリョーランドー《ございません》」

最初ミナはサキトが強い日射しの下で長時間働いたせいで、日射病に罹ったのではないかと思ったのですが、このところの数日は曇天続きだったと気づき、その考えは打ち消しました。風土病のフィラリアともちがうようだし、破傷風にしては傷の跡はないと言うし、顎や口内に変化も見られないので、見当がつかなかったのですが、とにかく脈搏が乱れて高熱を出していたので、葡萄糖液に強心剤とビタミン剤を混ぜて注射し、解熱と睡眠の薬を服用させて応急の処置をとったのでした。

ミナのてきぱきとした処置を、腕を組んで身じろぎもせずに見守っていたトミフクは、サキトが眠って一応様子が納まったのを見届けると、「ヌーカ《何か》　アリバヤ《あったら》　マタ《また》　アビガコーヨー《呼びに来なさい》」とスヨに言い、明日の仕事もあるからとことわりを言って、帰って行きました。大きなからだのトミフクが居なくなると、部屋の中が急に広くなって見え、ふっと寂しさが、女三人の心に忍び入ったようでした。それからしばらく彼女たちは黙ってそれぞれに病人の寝顔を見ていましたが、やがてミナがウチョに少しやすむようにすすめました。しかし彼女はとてもそんな気にはなれぬらしく、水枕の水を取り替えたりして、あれこれこまめに面倒を見ては夫の顔をのぞきこんでいました。

重い夜の静寂を切り裂くかのような一番鶏の時の声が、「クックウーウー」と高らかに暁の到来を告げたあと、力強い羽ばたきが聞こえていましたが、程なくしてあちらからもこちらからも次々に家々の鶏が鳴き出し、それに呼応し裏山からはひときわ高く澄んだ山鳥の声や賑やかに群がり鳴く小鳥たちのさえずりが聞こえてきて、しばらくのあいだは集落がいっぺんに目を覚ましたような賑わいに包まれました。

夜を徹してうす暗いランプの下で病人を見守る息苦しさに沈み込んでいた三人の女たちは、その賑わいを耳にするとからだ全体の緊張がゆっくりとほどけていくようでした。

ランプの灯油も尽きたらしく、炎が次第に細くなってきたので、スョが吹き消して雨戸を開けると、ぱーっと薔薇色の光が昧爽の朝の空気と共に部屋の中に射し込んできました。東の空には真っ赤な南国の夏の太陽が炎の塊のまるいその姿をまさに岬の山の端に現わそうとして、前触れの耀く光の箭《や》を放射状に放ち広げ、空一面を薔薇色に染めなしていました。それはまた眩ゆく反射して山の峰々や茅葺きの屋根を寄せ合う未だ覚めやらぬ集落の上にも降りそそぎ、大空も大地も一色の光の波に包み込んで煌めき輝いておりました。

朝日の光にさそわれたのか庭先のザボンの木の枝から、大きな雄鳥が勢よく庭土の上に飛び降りて来てばたばたと羽ばたくと、それが合図のように、家畜小屋の止まり木にいた放ち飼いの鶏たちも次々に飛び降りて小屋の外に出、羽根づくろいをすますと急しげに土を掻いて餌をあさり、子山羊や子豚までが柵の隙間から庭先に潜り抜け出てせわしげに駈け廻りはじめました。その頃になるとあたりはすっかり明るくなって、

「スィカマンキャヤ　ウガミンショーロ《お早うございます》」

「ウガミンショーロ《お早う》　ウラダカ《あんたも》　イジュミハチナ《泉へ行くの》　ディディ《さあさあ》　マゼンイキョー《いっしょに行きましょう》」

「オー《はい》　ガンバ《それじゃ》　マゼン《いっしょに》　ティレディレウモロヤー《連れだって参りましょう》」

などと挨拶を交わしつつコーダン墓下の泉へ水汲みに急ぐ女たちの賑やかな話し声が表の方から聞こえてきて、今日もまたいつもと変わらぬ暑い夏の一日がはじまるのだという思いにさそわれるのでした。

ぐっすりと寝入っているサキトの様子に、もう心配はないと見たミナは、何かあったらすぐ知らせて欲しいと言い置いて、明け方のさわやかな空気の中をウィントノチに帰って行きました。

太陽がかなり高く登った頃に目覚めたサキトは、心配気にのぞきこんでいるスョを認めると、怪訝そうにたずねました。

「スヨ《スヨ》　ユビヌ《昨夜の》　ウナグイシャサマヤ《女の医者さまは》　ダーハラ《何処から》　トゥモーシッチ《お連れしてきたのか》」

「ジュウ《父さん》　アッリャ《あの方は》　ウィントノチヌ《ウィントノチの》　ミナカナ《ミナ嬢さま》　アリンショチャドヤー《だったんですよ》」

スヨがそう言っても信じられないふうに、熱でうるんだ目を天井に向け、呆っとした面持ちをしていました。サキトには昨夜高熱にうかされたことや、またそのさなかに天女が天降ったかのようなウナグイシャサマ（女の医者さま）に息も絶え絶えの苦痛を救ってもらったことなど、すべて神隠しの最中の出来事のようで、何だか不思議な夢見心地になっていたからです。しかしまたすぐにうつらうつらと眠りの中にさそい込まれていきました。

そのあとどれくらいサキトは眠ったでしょう。ふと昨夜熱にうかされていた最中に感じた白百合に似た芳香がまたもや漂ってきたように思えて、うっすらと目を開けてみました。すると思わぬ近さに薄桃色に映えたまぶしい程に目の大きな若い女の顔があったので、思わずどぎまぎして目をしばたたいてしまいました。咄嗟にはスヨかと思ったのですが、どこかちがっていたのです。

「気分は如何ですか」

流暢な内地言葉の澄んだその声を聞いたサキトは、ああ昨夜のウナグイシャサマだと思いました。そしてよく見ると、それは紛れもなくウィントノチのミナカナ（ミナ嬢さま）にちがいありません。やはりスヨの言うように昨夜自分を介抱してくれたのは、見知らぬウナグイシャサマではなく、この娘だったのだろうか。しかし目の前にいるこの娘とはどこかがちがうようなのです。

あのウナグイシャサマは並の人間とは思えない玄妙な雰囲気の中で自分を介抱し、耐え難い苦痛をやわらげ、やがて夢心地のうちに深い眠りへいざなってくれたのでした。

幼い頃からその成長を見知ってきたサキトにとって、ミナとて集落の他の子供と変わりはなく、いつまでも幼い頃の印象ばかりが強く残っていて、年頃になってもただだからだつきが大きくなったというだけで、その実感は伴わなかったのですが、今目の前に、紫矢羽根の御召の着物に白地に真紅の牡丹を刺繍した帯を胸高に締め、背筋を伸ばして自分を看取っているミナを眺めると、これまで見てきた彼女と同じだとはどうしても思えなかったのです。小娘とばかり思っていたのが、犯し難い気品さえ備わったひとかどの婦人と見受けられました。

「脈を拝見」

ミナは古びて綿の固くなった、男くさい汗のにおいの染みた木綿蒲団の中に手を入れ、胸のあたりにのせたサキトの手首を軽く握りました。するとサキトはなんだか尻込みしたい妙な気分になった自分に驚きました。海山での荒仕事で日焼けし節くれだった中年男の手を、若い娘が蒲団の中でためらいもなく握っている事態は如何にも奇妙なことに思えたのです。医者と言えば男とばかり考えていたサキトは、女の医者など聞いたこともなく、まして当の自分がそれもうら若い女医に診てもらうなど思ってもみないことでした。と言うより、病気をわざわざ医者にかけること自体集落では余り例のないことでした。サキトは患者の立ち場を忘れ、蒲団の中で若い娘に手を握られているのだという思いだけがからだじゅうを駆け巡り、浮き浮きしたような、しかししてはならないことをしているようなおかしな気持ちになって心を揺れ動かせていましたから、動悸はどきんどきんと一層高鳴ってくるようでした。

サキトの枕許で不安を隠そうともせずにミナの診察を見守っていたウチョとスョは、体温計の目盛りを示したミナから、

「七度五分に下がりましたから、もう大丈夫だと思います」

と告げられると、思わず大きく息をつき、ほっとした表情を浮かべました。スョは昨夜からの彼女へのさまざまな感謝の思いを内におさめながらも黙って深いお辞儀をするのが精一杯でしたが、ウチョは感情を隠そうとはせず、袖口を目頭に当てて涙を拭いながら、真情を面に浮かべて礼を言っていました。

「ユビヤ《昨夜は》　ニャー《もう》　イキャーシ《どう》　ナリョンムンカヤーチ《なりますことやらと》　キモムコーティム《気が気では》　アリョーランタンムン《ありませんでしたのに》　ナムウカゲサマシ《あなたのおかげさまで》　イヌチ《命を》　ムラヨーティ《戴くことができ》　カンシ《こんな》　アリギャテサンクトゥヤ《有難いことは》　アリョーランドー《ございません》　フント《本当に》　アリギャテサマアリョータドー《有難うございました》」

控え目に受けて聞いていたミナは、スョの手も借り、もう一度昨夜の手順で注射をすませると、

「もう解熱剤もいらないと思います。また夕方来てみます」

と言い置いて帰って行きましたが、そのうしろ姿をサキトは思いの定まらぬまなざしで生垣の外へ消えて行くまでもずっと追い続けておりました。

ミナが去った後には白百合に似た香りがかすかに漂い残っているようでした。

三日ほどたって父親の容体も安定したので、スヨは母が準備した背負籠一杯の野菜を、ウィントノチのアセの処へ背負って行きました。ウチヨは夫の命を救ってもらった感謝の気持ちを、こんな形ででも現わさないではいられなかったのです。金子などとても受取ってもらえる筈もありませんでしたから。

心のこもった野菜の贈物を受けたアセは、快くその厚意を受けた後で、これからはこんな気遣いはしないようにと言って、かえってサキトへの病気見舞にと、縁起がよいとされた鰹節やサンザタ（黒糖の中では最高品として珍重された粉状の灰色のもの）等をスヨに持たせました。ミナもまた、スヨに似合いそうだと言って、光る珠をちりばめた赤い飾り櫛と桃色地に桜の花の刺繡を施した縮緬の半衿に、空色の忘れな草の刺繡のある白いハンカチまで添えて半紙に包んで手渡しました。彼女は父親の突然の患いで心を痛めている幼友達をせめてこんな形ででも慰めたかったのです。心が弱っていたスヨは二人の厚意に思わず胸がこみあげ、しばらくは涙を怺え、顔を上げ得ないでおりました。

たった二度の注射と一服の散薬で、今にも息が絶えるのではないかと思えた程の激しい苦痛からたちまちにして救われた父を目のあたりに見た晩から、スヨは自分に取りついた病魔を追い払ってくれる注射や薬がもし此の世にあるものなら、どんなにしてでも手に入れたいという思いが心から離れませんでした。

（もしかしたらミナは知っているのではないだろうか。彼女が東京で通った学校というのは医者の学校だったのではないかしら）。彼女が父に施した適切な手当てのあらましを見て、スヨは確信のようなものさえ持ちはじめました。しかしだからと言ってすぐにも彼女の処へ出かける勇気はなかったのです。人に恐れられる自分の病気のこともありますが、すっかり都会風になってしまったミナには近寄り難い気がしましたし、身分のちがいなど考えなかった子供の時分のようなわけにもいかず、どうしても気おくれがしたのでした。

一方、ウチヨも、こんなにはっきりと一晩で重病が治った例をこれまでに見たことはなかったので、もしかしたら不治の病と言われる娘の病気も、治してもらえるかも知れないと考えました。あの晩のことは、ミナが夫のからだに入り込んだ悪霊を特別な呪力で追い出してくれたにちがいないと思えてならなかったのです。それならばスヨからも悪霊を追い出してもらいたい。そう思うとじっとしてはおられず、すぐにスヨに一度診てもらってはどうかとすすめました。しかしスヨはなかなか決心がつきませんでした。今のところ両親の外には誰にも気づかれずにすんでいる自分の病気を、自分と余り年のちがわない幼友達のミナにまで知られることはどうにも気が重く、すぐにはその気持ちにはなれなかったのです。しかし母親のウチヨの身となればどんなことでもためしてみなくては気がすまず、娘の顔さえ見ればくどくどとかき口説くのを止めようとはしませんでした。

半月も経つと、サキトは寝ているウモテ（母屋）からトーグラ（炊事と食事をする棟）へ来て食事が出来るまでに回復しました。するとウチョはこうして親子三人水入らずの食事が叶えられるのもあのミナカナのおかげ故としみじみと語って、またしても行って診てもらってはと、娘にすがるような目を向けるのでした。母親の視線をかわすようにして囲炉裏の自在鉤に懸かった鉄鍋の味噌汁から立ちのぼる湯気を見ていたスョは、どうしてよいかわからずに溜め息をつきました。しかし夫の突然の病に動転して食欲を失い、たった半月で顔の皺を殖やして、もともと色黒の肌を一層くすぼらせてしまった小柄な母が、近頃は目までかすみがちとて目脂《めやに》を溜め、しょぼしょぼさせているのを見ると、ひとしお哀れに思えてきて、母の気持ちがおさまることなら、自分の恥は忍んででもその言うことを聞いた方がいいような気になってきて、うつむき加減にぼそっと承諾の返事をしてしまいました。

「アンマー《母さん》　ガンバ《それでは》　アンマガウモユングトゥンシ《母さんの言う通りに》　ショールガー《します》」

それを聞くとウチョはぱっと顔を明るくし、スョの気が変わるのを怖れるかのように、急いでつけ加えました。

「ハゲーイッチャタ《ああよかった》　ガンシシークリリヨ《そうしておくれ》　ガンシシークリリヨ《そうしておくれ》」

とにかく一刻も早く娘からムレの病を追い払いたいウチョは、すぐにでもミナが叶えてくれそうな気分になっていましたから、娘がその気になったこの機を逃がしてはならじと、自分でも気恥ずかしくなる程わざとらしく表情をやわらげ、やさしげな声を出して娘を急きたてました。
いつになく取ってつけたような声音の妻と、余り気乗りしない風情でやおら立ち上がって行った娘の様子を見て、病気で気弱になっていることも手伝い、ひどくやりきれない思いに襲われたサキトは、きせるを灰吹きに殊更に強くぽんぽんと叩きつけ、莨《たばこ》を詰めては一服吸うだけでまたすぐに次の莨を詰め代える仕草を黙って何回も繰り返していました。

今にも沈みそうな細い上弦の月が裏山の松の梢に懸かり、あたり一帯がうす靄に包まれた静まりの中で、しめり気を帯びた白砂の道にスヨのためらいがちに運ぶ下駄の音だけがしめっぽくたよりなげに響いていました。途中で何度引き返そうかと立ち止まったかわかりません。でも家を出る際に自分に向けられた母のすがるような悲しげな瞳を思い出しては、再び前へと足を運びはしたものの、心は少しも先に進み行かず、とつおいつして立ち止まっては歎息をつき、「アンマー」と低く母を呼ぶことを繰り返しました。そして集落の中程を流れる小川のほとりまでどうにか重い足を運んで来た時、川岸の石垣のかげや小川の流れに突き出た石の上のあたりから、ころろろ、ころろろと、虫の音と聞き紛う程に高く澄んだヒメアマガエルの群れ鳴きが、ひとしお沁み入るように聞こえてきました。鮮やかな緑色で彩られた小指の先程の小さな蛙は、夜もすがら何を思って鳴き続けるものやら。子供の頃にそれは大水に流されて死んだ母蛙を偲んでいるのだと聞かされたことがありましたが、あれやこれやうら悲しく、声のするあたりをのぞき見たい気持ちになって、スョは路肩の方に寄って行きました。すると蛙たちは一斉にぴたりと鳴きやんで、代わって浅い川底の小石にせかれて軽やかな音をたてているせせらぎが耳にはいってきました。夜目にもほの白く光るその流れは、白い腹を見せて泳ぎ下る小魚の群れのように見えました。スョは沈黙してしまった小さな緑色の蛙に語りかけたい思いでその場にしゃがみこみ、足もとの雑草の葉を千切って唇にあて、草笛にして「庭の千草」を吹きました。その懐しい調べはスョを安らいだやさしい気分にさそいました。それを仲間の声とでも思ったのかヒメアマガエルはまたころろろ、ころろろと鈴をころがすような透き徹った声で次々に鳴きはじめました。やがて草の葉を川面にそっと流しやったスョは、いっそこのまま家に引き返そうかと思いましたが、それは出来ずに、やはりウィントノチに向かう外はなかったのです。なお鳴き続けるヒメアマガエルを驚かさないようそっと忍び足でその場を離れながら。

　無花果型の小さな手提げランプの揺れ動くぼやけたまるい灯影は、スョが歩く度に白砂の敷かれた道の上に輪になって重なり、真新しい白木の下駄の赤い鼻緒を白砂に鮮やかに浮き上がらせて、娘らしくふっくらした肉づきのいいスョの足を美しく照らし出していました。ふとスョは、私の足もいつまでこうして下駄など履いて歩けるのかしらと思い、急に切なく胸がつまってきました。あの浜辺で出会ったムタおじの怖ろしげな両足がまざまざと目に甦りました。思わずぶるっと身震いをした時、身体の均《つ》り合いを失い「あっ」と小声を上げ、危うく踏み止まりました。落とし穴に落ち込みそうになったのです。しかし「カンシャントゥロナン《こんなところに》　カンシャンクトゥ《こんなことを》シーアリバー《してあるわ》」と独り言が出て、つい声を上げて笑ってしまいました。集落の道は小学生が受け持ちを決めて、毎日の朝と夕方に清掃をするので路上には塵一つ落ちてはおらず、白砂にも掃目が鮮やかに通っていましたが、一箇所だけ不自然にふくれた砂の下に金竹の小枝を組んだ落とし穴がこしらえてあったのです。きっと腕白小僧たちが清掃の帰りぎわに面白がっていたずらを仕掛けて置いたにちがいありません。そんな罠にまんまと掛かろうとした自分の恰好がスヨはなんだかわけもなくおかしくなってしまったのでした。そして砂を入れて穴を埋めていると、なぜか急に明るい気持ちになりました。心の内にわだかまっていた遣り場のないもやもやした思いが霧散して、何かしら底力のようなものが身内に湧き上がってきたのが不思議でした。

（きっと世の中には予期しないことが多いのでしょう。落とし穴をこしらえる者がいればそれに落ちる人もいる。私はたまたまムレという病の落とし穴に落ちてしまっただけ。これとて身に受けなければならないさだめなら、いつまで嘆き悲しんでいても仕方がない。こんな処でぐずぐずしていてもはじまらないから、さあ、ウィントノチへ急ぎましょう。あんなに母からすすめられてもその気になれなかったのは、自分の病気が集落に知れわたるのが怖ろしかったからだけれど、いくら隠し通そうとしても、いずれは私のからだがだんだん醜く崩れていくのを止めるわけにはいかないのだし、そんな姿を人々に曝すようになるのは、流れ行く月日にまかせるほかはないのだわ。私は何を怖れためらっているのか。仲よしだった幼友達のミナカナに知られるのは如何にもつらく恥しい思いがするけれど、それをためらっているよりも、彼女に相談してよい薬や治療法などを教えてもらうことの方が大事なのに。ミナカナなら多分その薬にもくわしいにちがいないし、母が言うようにとにかく早く彼女に頼んでみましょう)

そう思うと瘧《おこり》が落ちたように、スヨの身内に希望さえ湧いてきました。そしてこんなに弾んだ気分になれたのも久し振りだと思いました。なんだか足許まで軽くなって、手提げランプを振り振り道を急ぎました。

ウィントノチの裏門の石段を上がると、屋敷内の幾棟もの建物は夜の静寂《しじま》に黒々と静まりかえっていましたが、渡り廊下で母屋に続いた離れの一棟だけに灯がともり、灯影に揺れる人影が白い障子に写し出されていました。するとその廻り廊下にミナと並んで腰をかけ、絵本などを見せてもらって無邪気に遊んだ子供の頃が思い出されました。

「ミナカナー《ミナ嬢ちゃん》　ミナカナー《ミナ嬢ちゃん》　アッポヤー《遊びませんか》」、裏門に立って思いきり大きな声を出して呼ぶと、「イー《はーい》スヨー《スヨー》　カンコーバー《こっちへいらっしゃい》」と家の中からも大声の返事が返ってきて、二人は毎日のように一緒に遊んでいたのでした。

スヨは障子に写る人影へ近づき、廻り廊下の柱の横に立って「キョーロ（ごめんください）」と小声でおとなうと、「はい」と調子の高い返事が返ってきて、障子はすぐに開かれ、灯火を背にしたミナが、「あら、いらっしゃい」と驚きの声を出しながらにこやかに迎えてくれました。

その笑顔を見ると、スヨは張りつめてきた緊張がすっとほどけてしまうような安堵の気分で満たされました。そしてやっぱり子供の頃のミナちゃんと変わっていないわと思い、この分ならどうにか打ち明けられそうだという気持ちになれました。

「さあ、どうぞ、お上がんなさい」

ミナはきれいな東京弁で言い、障子を大きく開けるあいだも微笑を絶やしませんでした。沓脱ぎ石の上に自分の下駄を揃え置こうとしたスヨは、大きな玉石の上に、朱塗りの台に草履表を張った珍しい履物があるのを見て、母が縫った鼻緒をかけただけの父の手造りの粗末な自分の下駄は、そっと石の横に降ろしました。この家の娘と自分との相違をはっきりと見せつけられたように思えたのです。さっきミナの笑顔に接した時の身近な思いはさっと遠退き、場ちがいな処へ臆面もなく押しかけて来たという後悔に似た思いが湧いてきました。ミナの使っている歯切れのいい東京弁にもひどく気おくれを感じました。

十畳の部屋には、壁に沿って並べられた木造りの本棚に、書物がぎっしりと詰まっていました。あいだの襖を開け放った次の八畳の部屋の真ん中に敷かれた真新しい綸子の夜具には、派手な花模様がついていて、敷布と枕かけの白さが目に沁みるようでした。ミナは読書をしていたらしく机の上には皮表紙の部厚い書物が開かれていました。部屋の中央に天井から吊るした大型のランプがあかあかとともっているのに、机の上にもまた五分芯の据えランプを置き、白い紙がまぶしい位明るく照らされていました。普通百姓の家では行燈か三分芯のランプがせいぜいなのに、一つの部屋で大型のランプを二つも一緒にともしているのを見た途端に、まあ贅沢なと思い、今歩いて来た深い闇の名残りの中で、スヨは目も心も急には明るさに馴染まぬ落ち着きのなさに戸惑いました。早くこの場に馴れようと、胸を張る気持ちで息を深く吸いこんでもみましたが、ミナが程よく膨らみを持った大島紬の座蒲団を押入れから出してすすめてくれた時も、そっと横に押しやって畳にじかに坐ってしまいました。するとミナはすかさずに、

「どうぞお当てなさい」

とすすめるのでした。机の前に置かれた普通の物よりひと廻りも大きな真っ赤な緞子の座蒲団に坐って、両手を膝の上に揃え、真っすぐにスヨを見つめたその姿は、如何にも長年続いた旧家の娘らしい落ち着きを備えていました。からだつきも見事で、輪郭の整った色白の面立ちに大きな黒い目がひときわ目立ち、形のよい唇に紅を少しさしただけなのに、明るい灯火の光を受けて顔全体が上気したように薄紅色に輝いていました。白地に臙脂の椿の花と、冴えた緑色の葉の模様とが鮮やかに染め出された友禅の着物を着け、淡い桃色の地に着物と同じ椿模様が織り出された綴れ織の帯を締めたその何やら華やいだ姿を見ていると、背にした机の上の青磁の花瓶に生けられた赤い薔薇の花と咲き競っているようにも見え、スヨは自分のような百姓娘が烏滸《おこ》がましくよくも押しかけて来たものだという気持ちになってきて、思いつめた決心も急に凋んでいくようでした。ともすればくじけそうな気持ちを立て直して挨拶の言葉をのべた後は、自分の用向きをどう切り出せばよいか、目を畳の上に落としたままあれこれ思い迷っておりました。一方ミナはスヨが来たのはきっと父親のことにちがいないと判断しましたが、いつまでも言い出し兼ねてい

る様子なので、自分から話の糸口をほどいた方がよさそうに思え、

「お父さんはもうすっかり快くおなりなの」

と問いかけてみましたが、スヨは、

「オー《はい》　ウカゲサマシ《おかげさまで》　ニャー《もう》　イイナリョーティ《だいぶよくなりました》」

と軽く頭を下げただけで、また黙りこくってしまうのでした。


向かい合って坐った二人は、実はからだつきから、丸い顔、大きな目、はっきりした眉、形のよいうすい唇などから、紅をさしたような血色のいい肌、ふくよかな頬のあたりまで、瓜二つと言える程もよく似ていて、姉妹だと言っても疑う人は居なかったでしょう。ただいっしょに並べて見れば、ミナの眉の間が広々としているのに、スヨのはやや狭い感じを受けました。そしてミナが都会風で贅沢な装いと落ち着いた雰囲気を身につけているのにくらべると、スヨの木綿の紺絣の着物に赤白の市松模様の半幅帯を腰がくびれる程も強く締めつけて座蒲団も敷かずにかしこまっているところなどは、如何にも田舎の百姓娘そのままの感じに見えました。しかし二人の雰囲気にはどことなく実の姉妹のような似通いがありました。どちらもかけがえのない一人娘として両親に溺愛されてきたために、万事に甘えが現われて、それが面差しや容姿に滲み出ていたからかも知れません。

スヨの心に乱れのあったせいか、しっかり閉めたつもりの障子に少し隙間が残ったらしく、あ

るともなしの夜風がしのびやかにランプの灯を揺るがせ、ふわふわと灯火が大きく燃え上がりましたが、それは一瞬だけのこと、すぐまたもとに戻って静かに燃え続けていました。その炎の揺らぎで、きれいに磨かれていたランプの火屋に一刷けの薄墨色の霞が懸かり、心なしか灯火の輝きがかすかに翳ってきたようでした。

それをしおにスョがミナの目をきっと見つめるようにして言いました。

「ムレ　ノーシュン　クスリヌ　アリョールカヤー」

それは挑みかかるような怒った早口の口調でした。しかし咄嗟のことにその意味を受け止め兼ねたミナが、「え？」と聞き返すつもりの視線を送りやると、大きく見開いてじっと自分の返事を待っているすがりつくようなスョの目とぶつかりました。そしてミナはたしかに「ムレ」という言葉を聞いたのだということに気づいたのです。反射的にスョの父親の発熱は癩の前兆だったのかと、背筋に冷たいものの走るのがわかりました。

「ムレ《ムレを》　ノーシュン《治す》　クスリヤ《薬は》　アリョーランカヤー《ありますでしょうか》」

もう一度スョが切羽詰った声で繰り返しました。しかしミナは何と答えてよいかわからず、

「さあ、あたし癩病のことはよくわからないわ」

と口ごもる外はありませんでした。

「イシャサマヌ《お医者さまの》　ナムアティム《あなたでも》　ワカリンショランナー《おわかりにはならないのですか》」

「あたしお医者などじゃないの」

「ヤマトナンティ《内地で》　イシャサマヌ《お医者の》　ガッコウ《学校を》　イジンショチャンムンダリョーロガ《出られたのでしょう》」

「いいえ、あたしはただの女学校を出ただけよ」

「シュンバム《でも》　ワーキャジュウ《うちの父の》　アガンシガディ《あんなに》　キッタタン《きつかった》　ビョウキ《病気を》　チボンナンティ《いっぺんに》　ノーチ《治して》　クリッタボチャスカナ《くださったではありませんか》」

「あれは、脈が乱れていたので、葡萄糖液に強心剤とビタミン剤を混ぜた注射をして、解熱と睡眠の薬を飲んでもらっただけだったのよ」

「ガンシ《そんなに》　サマダマナクトゥ《いろいろのことが》　シンシ　ヨラレユンムンナ《お出来になるのは》　イシャサマヌ《お医者さまの》　ベンキョウ《勉強を》　シンショ《なさって》　チアティダリョーロガ《いるからでしょう》」

「いいえ、特別に勉強などしたことはないのよ。ただ母の実家がずっと医者の家でしょう。だから親戚にも医者は多いし、あたしは子供の頃から医院の薬局などに始終出入りしているうちに、いつとはなしに薬の名前位は覚えこんでいたの。それにあたし、去年一年はずっと肋膜炎で東京の病院に入院していたの。だから注射のやり方を見ているうちに覚えちゃったの。この島にはお医者さまがいらっしゃらないから、天候が荒れた時に病気にでもなったらもうどうしようもないでしょう。家族の急病の時の当座の間に合わせにと伯父の処から注射液や薬を少しは持って来て家に置いてあったの。あなたのお父さんの時はたまたまそれが役に立っただけなんです」

「トウキョウヌ《東京の》　ビョウインニム《病院にも》　ムレンキキュン《ムレに効く》　クスリヤ《薬は》　アリョーランカヤー《ないのでしょうか》」

「さあ、レプラのことはあたしはなんにも知らないわ」

スヨがどうしてそんなに癩にこだわるのか、もしかしたらやはりサキトの発熱と関係しているのではないか、などとあれこれ考えると、ミナの不安は急にむくむくとふくれ上がっていくようでした。

二人の間に沈黙が流れました。

やがてスヨが居ずまいを正し、表情を堅くしたかと思うと、唐突な感じながらきっぱりと言いました。

「ワンナ《あたしは》　ムレ《ムレに》　ナリョーティドー《なってしまったのです》」

ミナは自分の顔からさーっと血が引くのがわかりました。そして同時にスヨにさとられてはまずいと狼狽したのです。しかしスヨにはミナのその心の揺れがぴりりと伝わっていました。言いにくいことを口にしたあとのスヨはむしろさっぱりした気分になっていて、冷静にミナを眺めるゆとりさえできていました。父の治療の時にはあんなに落ち着いていたこの人が、こんなに顔色を変える程の衝撃を受けているのは、やはりムレは怖がられている通りの不治の病だったのだと、スヨは不思議にどしりと納得の出来た思いになっていたのに、ミナの方はふるえ出さんばかりの恐怖を抑えるのがやっとの様子で、黙りこんでしまったのです。微笑をたたえていた頬はこわばり、話の継ぎ穂を探そうと焦っても言葉が見つかりませんでした。

しかし、母の願いと自分の望みをかけて恥を忍んでやって来たことが空しい見当ちがいとわかったスヨが、急にからだじゅうの力が脱け、手足が萎えていくのを覚えたとしても無理はなかったでしょう。絶望はじわじわとスョを襲ってきました。二つのランプに照らされた明るい部屋は翳りを帯びて感じられ、空気の中には無数の赤や青のシャボン玉ようのものがゆらゆら揺れながら目の前を飛び交っているようで、目眩がしてからだが前に傾きそうになるのを、やっと支えていたのでした。

二人の耳には柱時計の時を刻む音がかちかちとひどく大きく聞こえていました。やがて、振り子だけがかすかに空気を動かしていたまわりの沈んだ静けさを破って、「ぼーん、ぼーん」と柱時計が十一時をゆっくり打ちはじめました。思わずそちらを見上げたミナにつられて同じ時計に目を向けたスョは、もう自分は帰らなければならないことをはっきりとさとりました。

「カンシ《こんな》　ユル《夜分》　アタダン《突然》　キョーティ《お伺いして》　ブレショータ《御無礼しました》　ガンバ《それでは》　クリシ《これで》　ムドリョーロイ《帰らせて戴きます》
アリギャテサマアリョータドー《どうも有難うございました》」

「じゃさようなら」

ミナはどう対処してよいかわからぬ複雑な感情の中で、敢えて引き留める気にはなれず、半ば無意識で立ち上がって自分から障子を開けました。スョが訪ねて来た時には、あんな余裕が示せたのに、帰り際は心此処に非ず、憮然とした顔つきで、縁側から降り立つスョを見やるだけでした。

スョはミナが自分を恐れている心の裡がよくわかりました。それは自分がミナの立ち場になっても恐らく彼女と同じ気持ちに陥ったことでしょう。現に自分も恐怖の余りに死を選ぼうとさえしたのですから。スヨは黙って深いお辞儀をすると、肩を落とし、小さな手提げランプで足許を照らしうつむきがちにのろのろと暗い闇の中へ消えて行きました。

ミナはスヨの姿が見えなくなるのを待ち兼ねるように部屋じゅうを開け放ち、スヨに出した座蒲団を指先でつまんで庭に投げ出しました。癩菌がそこらじゅうに充満していると思えたのです。着物で覆われない部分や手の毛穴からももう癩菌が浸入しはじめたかのようなむず痒さがからだじゅうを走り、恐怖で頭がくらくらしてきました。早く消毒しなければと気ばかりあせりました。まず母屋の納戸の薬品棚からアルコールの入った瓶を三本と脱脂綿の包みを三つ程抱えてくると、引火しないようにランプを消し、懐中電灯の明りだけにして置いて、髪を解きました。それから脱脂綿にどっぷりアルコールを滲ませ、地肌から髪の毛先までをごしごしとこすって消毒し、続いて身に着けていたものを全部庭に投げ出し、真っ裸になって顔と言わず手と言わず、脇の下、足の裏までからだじゅうを余すところなくアルコールで拭いました。そのあと肌着だけを着けて、机や本箱、隣室にのべられていた夜具の類まで、部屋にある物総てをアルコールを滲ませた脱脂綿でせわしげに拭き廻り、再び納戸から石炭酸の入った紫色の瓶を持ち出してきて、鼻を突く特臭のあるその液をバケツに入れて水で薄め、棒の先に巻きつけた布で、畳や縁側をごしごしとすっかりこすり終えてから、部屋を閉め切って外へ出ると、沓脱ぎ石の上やスヨが歩いたと覚しい庭土の上、更に裏門の石段に至るまで石炭酸の液を振り撒いて歩きました。

啻《ただ》ならぬ物音と石炭酸の強い臭いに何事が起きたのかと、不審に思った母親が起きてきてみると、肌着姿に手拭で顔を覆って目だけを出したミナが、庭先で着物や帯や座蒲団などに火をつけてどんどん燃やしているので息を呑みました。咄嗟に娘が気が狂ったと思ったのです。ミナはスヨが坐らずに横に置いていた座蒲団の綿がくすぶって燃えにくいのに苛立ち、その上に石油をかけているところでした。

「ミナ」

母親は娘を刺戟しないように心を使いながら声をおさえて呼びかけました。しかしミナは「あっちへ行って」と後手に追い払う仕草を繰り返すばかりで振り向こうともしません。鼻を突く強い石炭酸の臭いをからだじゅうに滲み込ませ、肌着だけのあられもない姿で顔を覆った手拭からぎらぎら光る目だけを出して、真夜中に庭先で身に着けた総ての物を焼き尽くそうなどと気狂い染みた振る舞いをして、一体娘の身に何が起こったのかと、母親は呆然と立ち竦むばかりでした。

「一体どうしたと言うのです」

「私の部屋にムレが来ていたのよ」

「何をわけのわからないことを言っているのですか」

「ほんとうにそうなのよ」

「ミナ、一体どうしたのです」

母と言葉を交わしているうちに幾分か興奮のおさまったミナは、「絶対に人に言っちゃ駄目よ」

と前置きをして、スヨのことを手短かに話しました。娘が発狂したのかと胸を突かれた母親はようやく納得はしたものの、それにしてもいささか常規を逸したミナの行動はやはり心配でした。そして静かに宥めるようにつけ加えました。

「癩菌はそんなに簡単にうつるものではありませんよ」

それを聞いたミナは胸の亢りがいくらかおさまりました。すぐにも癩菌に取りつかれるのではないかと恐怖の余りに無我夢中でやってしまった自分の行ないを、気持ちが静まるにつれて振り返る余裕も出来、改めて恥ずかしい思いに襲われました。肩を落として帰って行ったスヨの寂しげなうしろ姿が目に甦り、申し訳ないことをしたと思う後悔の念も起こってきました。（さぞかし思いあぐねた末に相談に来たにちがいないのに、私は彼女の言葉に耳を傾けようともしなかった。なぜもっと親身に聞いてあげなかったのかしら。この先彼女がどうなるかはとても気掛かりだけど、私にはどうしてあげることも出来ないわ。しかしせめてやさしい言葉でもかけてあげればよかった。私はただもう癩の怖ればかりが先に立って、すっかり取り乱し、彼女の気持ちを思い遣ることが出来ずにすげなく帰してしまったんだわ。スヨはどんな思いで帰って行ったかしら）と、今更に詮のないことながら、切なく胸が痛んでなりませんでした。

スヨが重い足を引き摺るように帰り着いた我家のうす暗い六畳の部屋には、父のサキトが臥せった蒲団の側で、母のウチヨは、からからと糸車を廻し糸繰りをしながら娘の帰りを待ち侘びていました。肩を落とし目を赤く泣き腫らして戻った娘の姿を一目見て、サキトはしわぶきを一つしたきりで、すぐに寝返りを打って背中を向けてしまいましたが、ウチョは何も言わずに黙って、膝の上に上がって来た飼い猫のタマの背中をゆっくりと撫でさすっているだけでした。

夏が去り、秋が来て、渡り鳥の群れの大海原の果てに南下して行く姿が日毎に数を増していく頃になると、南の島にも、海を渡ってきた北からの冷たい風が吹きつけ、沖の珊瑚礁のあたりで波が砕けて蒼白い飛沫を上げる荒れた日もありました。しかしまた入江の内に波一つ立たず、真っ赤に熟れた蘇鉄のつぶらな実に強い日射しが降りそそぐ夏のような日も少なくなかったのです。

サキトは来る日も来る日もただ呆んやりと為すこともなく日を送り迎えしていました。あの発熱の日以来、なんとなくからだがだるく、手足にも力がこもらず、どうしても気根が出ないので外へ出て働く気にはなれず、ついぶらぶらと家の中で過ごすことが続いていたのでした。気を揉んだウチョが種々のティヨウジョウ（自家治療）を行なったり、灸をすえたり、ナナシュバレー（打ち寄せる波頭から七回にわたって汲み受けた潮水を金竹の葉につけて家じゅうを祓う）やドゥバレー（からだの祓い）をしてみたり、ホーシャ（病の呪いをする人）を頼んできてホー（呪文を唱えての祈り）をさせたり、ユタ神（占いと口寄せをする人）の占いに従ってさまざまの祭を施すなど、尽せるだけの手は尽してみたのですが、病状は一向にはかばかしくないままに月日は流れて行きました。

いつものようにスヨは機《はた》に上がって布を織っていました。朝から小雨が音もなく降ったり止んだりして、庭土を黒く湿らせ、庭先に咲いた白菊の馥郁とした香りが部屋の中にまで漂い流れていました。雨気を含んだ部屋の中の空気がひんやりと重く澱み、スヨが手を動かす度に、軽々と走る梭《ひ》と強く打たれる筬《おさ》の音だけが、同じ間隔を置いてからから、とんとん、とその澱みを解きやるように聞こえていました。

サキトはその日も雨の中を野良仕事に出かける妻のうしろ姿を気力なく見送り、自分は家の中に居残っていたのでした。そしてスヨの織る機の横に来て、膝を抱え所在なげに坐り、細目に開けた障子の間から、庭の彼方の裏山のあたりを遠い目をして眺めていました。すると雨の中に煙る裏山の森が、丁度あの網待ちの晩に見た、淡い月光に包まれ陰々たる夜気の中に黒々と静まりかえっていたマチアミ崎の深い森の姿と重なってきて、その森の中へすーっと吸い込まれるように肩を寄せ合って入って行った二人連れの若い男女のうしろ姿まで浮かび上がりました。何だかその時のいやーな気分がまざまざと甦り、全身粟立つ思いに襲われました。

それは旧暦五月の立ち待ち月の晩のことでしたが、サキトは十人の仲間たちと一緒にマチアミ崎へ漁に出かけたのです。白く長い砂浜の尽きるあたりに築かれたカキ（南島に古くから伝わった漁法で、浜から沖に向かってかなり広い範囲に低く積んだ石垣を袋のように巡らした囲い漁場）の近くに網を仕掛けて潮の退くのを待つ間、浜辺では焚き火を囲んで焼酎を飲みながら、みんながそれぞれに勝手なことをがやがやと声高にしゃべり合っていたのですが、そのうちに一人また一人と砂浜に横になり、やがて高鼾をたてる者さえも出てきました。皆が寝込んだのでは仕事にならないと、律儀者のサキトは一人起きて、膝を抱え沖の方へ目を向けて網番をしていました。空にはおどろおどろしたさまざまな形の雲が素早い速度で駈け抜けるように月の面《おもて》を掠めて走り去り、海面も砂浜も朧に霞んで、沖の方からは変になま暖かい風が吹き上がってきて、何やらうす気味悪い気配が、海の上にも砂浜にも一面に立ち籠めていました。「ミョーナカナ　ソーサンユルジャ（妙にぞっとするような晩だなあ）」とサキトは独りごちていましたが、そのうちに怺えきれない程の睡魔に襲われ、つい横になってしまいました。と、夢ともうつつともさだかならぬ中で、波打ち際から髪を唐結びに結い紫色の着物を着流した若侍（ワハサムレ）と、風呂敷包みを胸のあたりに抱えて、紫頭巾で顔を隠した若い女が寄り添うようにサキトの方へ歩いて来て、仰向けになっていた胸のあたりを着物の裾も触れんばかりにして跨ぐと、そのまま白い砂浜を森の方へすーっと歩み去って行きました。その時サキトのからだの中を何とも言えぬ厭な悪寒が走り、しばらくは金縛りにあったようで身動きが出来ませんでした。程なく我に返ったサキトががばと跳ね起き、二人連れの消えて行った森の方を見やったのですが、森は何事もなかったように黒々と夜の静寂の中に眠っていました。妙な夢を見たものだとサキトは思いました。さっき跨がれたと思った胸のあたりが、何か湿った土塊でも入り込んだかのように変に重苦しくなっているのに気づきました。（でもあれは本当に夢だったのだろうか。いや儂はたしかに眠り込んではいなかった。眠りに落ちたと思ったとたん、すぐ目が覚めた筈だ。マチアミ崎は妖しい場所とはかねがね聞いてはいたが、あの二人連れは一体何者だったのだろう、今時あのような古めかしい恰好をするなど唯事ではあるまい。もしかしたら儂は魔妖なものの姿を見てしまったのか。それでその祟りを受けているのか。たしかに胸のあたりを跨がれたと思ったとたんに悪寒が走り、そのあとの自分のからだが自分でないような変な気分になってしまった。一体この胸の中の不快なものは何だろう）とサキトは思ったのでした。その翌晩のことです、あの得体の知れぬ熱にうかされたのは。それ以来ビニャムン（半病人のような状態）になってしまい、胸の中の不快な塊はあの晩のまま今も一向に消え去ろうとはしないのでした。そして気分が鬱々と晴れやらぬばかりか、突如として訳のわからぬむらむらとした憤りが込み上げてきてじっとしておれなくなり、スヨやウチヨを訳もなく怒鳴り散らし、その後は言いようのない空しさに襲われて、自分で自分がどうなっているのかわからなくなり、我と我が身を扱い兼ねていたのでした。サキトは自分の病気がマチアミ崎の網漁の晩に、不思議な二人連れの姿を見てしまったあのこととどうしてもかかわりがあるように思えてなりませんでしたが、そのことはたとえ妻にも決して話そうとはしなかったのです。もし口外すれば、何かもっと恐ろしいことが起こりそうに思えてならなかったからでした。

サキトはひそかに、（ワービョッキャ《儂の病気は》　ミノンマガ《ミノンマ婆さんが》　ウモチャングトゥンシ《おっしゃった通り》　ヤッパリ《やはり》　カゼ《カゼ》

イキェ《イキェ》　アタロヤー《だったのだろう》　トゥシキャタヤ《年寄りは》　ウトゥルシキャムンジャ《怖ろしいほど偉いものだ》）と感じ入っていました。この数箇月の間、ユタ神やホーシャなど多くの人に診てもらいましたが、あの世で苦しんでいる先祖が供養をして欲しい為の知らせだとか、或いはクサだ、いやタダヌカゼハラヌダレ（ただの風邪からの疲れ）などとあれこれと見立てられても、どれもなんだか納得致し兼ねるものばかりでした。あの発熱の晩ミノンマ婆さんは一目見るなりずばり「カゼイキェ」だと言い切ったのですが、サキトにはそれがやはり正しかったように思えたのでした。

父の患いが気掛かりで自分のことがなおざりになりがちだったスョは、自分にかまけて圧し潰されそうな暗い気持ちの日々だった以前よりは、何故か気分がいくらかは晴れて、布織りに精の出せる日もあるようになっていました。もっともそれには腕に吹き出ていた結節が枯れてきて、薄茶色の跡を留めただけに収束し、ほかには別段の症状も現われてこないことも与っていたにちがいありません。それにしてもこの父の病がきっかけとなって、その生涯が大きく左右されることになろうとは、スョには伺い知るよしもありませんでした。

第三章　月光と闇

入江一帯には雲一つない青空から強い太陽が照りつけ、その明るい光を受けて白い砂浜に散らばる珊瑚骨片や色とりどりの貝殻は眩しい程に輝いていました。入江は潮が引くと遥かな沖合まで干潟となって、その中程のあたりから波打ち際にかけてびっしりと生えたオーサ（海苔の一種）がまるで緑のビロードの敷物を敷きつめたように濡れ光り、白い砂浜と青い海のはざまでひとしお鮮やかな情景を見せていました。

その砂浜で幼い女の子が二人、正座して向き合い、砂の上に両手をついて深い辞儀を仕合ったり、膝の前に置いた貝殻を両手で丁寧に持ち上げては口許に運んでお茶を飲む仕草を繰り返したりして、ままごと遊びに余念がありませんでした。

渚に生えたユウナとアダンの並木には絶え間なくやわらかな海風が吹き寄せていましたが、ユウナの梢に咲き残っていた季節はずれの黄色い花二輪がいやいやでもするかのように首を振る傍で、白い棘でふち取られた細長いアダンの照り葉は、互いに触れ合ってさやさやと音をたて、その乾いた音色は心なしか秋の気配を告げているようでした。海風に曝された清潔な白い枝根が蛸の足さながらに絡み合ったその根方のあたりには、浜木綿の群生が白い花をいっぱい咲かせていました。強烈な太陽に立ち向かうかのように力強く上を向いて咲き誇る真夏とはちがい、いくらか花の盛りが過ぎたとはいえ、その色も香も尚凋落の兆しを見せず、長く太い茎をにゅっと突き出した先に白い小花をこんもりと群れ咲かせ、海風に乗せてその甘酸っぱい香りをあたり一面に漂わせていました。スヨはその香りの中に坐って二人の女の子を見るともなく見ていたのですが、その姿につい自分の幼かった日のそれが重なり、あの怖ろしい浜辺での出来事が思い出されておぞましい気分が湧き立ってなりませんでした。しかし海風はやさしくおくれ毛を撫で、浜木綿のむせるような高い香りは、髪の毛や着物を透して肌の中にまでも染みこみ、燦々と振りそそぐ太陽の熱を存分に吸いこんだ砂浜は、スヨの腰のあたりを快いぬくもりで包んでいました。

「スヨ《スヨ》　ヘーク《早く》　カンコー《こっちへいらっしゃい》」

「ヌーガ《どうして》　ウンナンティ《そこで》　ガシティヤシュン《そんなことをしているの》」

「スヨ《スヨ》　ヌーガ《どうして》　ウラヤ《あんたは》　クノグロヤ《この頃は》　ガンシ《そんなに》　ボーットベヘリヤ《ぼんやりばかり》　シュン《しているの》　カンコーチバ《こっちへいらっしゃいってば》」

波打ち際から甲高い声が海風に乗って聞こえてきました。そこには五、六人の娘が賑やかに笑いさざめきながら、スヨに向かって口々に呼びかけていたのです。

着物の裾を端折り、赤や桃色の腰巻をのぞかせた娘たちの足許には、波打ち際に沿って小波に揺れ動くオーサの緑の帯が横たわり、その背後に或いは明るく或いは深々と色相をさまざまに変化させた海面が、やがて目の覚めるようなコバルトブルー一色に染まっていって、遂に濃い群青となるその遥かな沖のあたりでは、裾礁に砕ける波の穂が白い飛沫を上げているのが望み見られました。

娘たちは皆幼い頃から馴れ親しんだ遊び仲間ばかりでしたが、スヨは黙って片手を上げただけですぐには立ち上ろうともしませんでした。とても仲間入りをする気分にはなれず、むしろ皆が早くその場を立ち去ることを願っていたのでした。近頃スヨは誰にも近付きたくなって、できるだけ人目を避けるようにしていたのでした。今日とても気が重かったのですが、母のウチヨから、「キュウヤ《今日は》　ウラ《お前の》　ウガミナリバ《拝み祭なのだから》　ウラガ《お前が》　ドゥシ《自分で》　ハマイジ《浜へ行って》　キヨミティ《浄めて》　コンバ《こなければ》」と言われ、用意してあったウディキマチ（お月待ち）に使う品々を入れた笊を小脇に抱えて浜へ降りて来たところ、波打ち際で声高にふざけ合う娘たちを見かけたので、その目を避けるように浜木綿の群れの中に坐っていたのでした。

家を出しなに母は明るさを装って言っていました。

「ウラビヨッキャ《お前の病気は》　ガンシ《そんなに》　トゥビチリ《飛び散り》　ハネチリ《跳ね散り》　ウティユンムンナ《うつるものでは》　アランドヤー《ないんだよ》　ムカシ《昔》
ハラ《から》　ヒキトゥ《血統と》　タハベチドゥ《呪いだと》　イヤットゥスカナ《いわれているじゃないか》　ウンショーコンニャ《その証拠には》　マメシャ《混り合い》　クメシャ《こみ合い》
シー《しながら》　マゼン《一緒に》　クラチュン《暮らす》　トゥジックヮンキャンニャ《妻や子供には》　ウットゥンチュウヤ《うつった者は》　ウラスカナ《居ないからね》
ガンシシー《それに》　ムシカスィリバ《もしかしたら》　ウラアッリャ《お前のそれは》　ワルサン《悪い》　ビョクヌ《病気の》　ハナヤ《兆しでは》　アランタンムンナ《なかったのでは》
アランカヤー《ないのかね》　ガンバ《だって》　ニャー《もう》　キュラサ《きれいに》　カレティ《枯れてしまって》　アトヤ《あとは》　サチコスカナ《咲いてこないじゃないか》　キット《きっと》　ガンシ《そう》
アタンヨ《だったんだよ》　タマガユン《怖れる》　ビョクヤ《病気じゃ》　アランタンヨ《なかったのよ》　ウヤックヮシ《親子で》　アンマリ《あんまり》　シワシー《心配して》　キーバ《気を》

マワシ《廻し》　スィキチャン《過ぎて》　ムンアタンヨヤー《しまったのさね》　キット《きっと》　ガンショ《そうだよ》」

もしその言葉の通りであったならどんなによかったでしょう、そうであればこの先の人生がどんなにつらくても平気で堪えてみせられる、とスヨは思いました。実のところ左の二の腕の瘡は枯れ、ただ度重ねた灸の跡で皮膚の引き攣りが残っているだけで、ほかにはどこにも何の変化も現われてはいないので、スヨを内心ほっとさせていたのでした。どうかこのままでいられますように。だから人目を忍ぶように裏山へ登り、神が宿るといわれているクバ（蒲葵）の木の根元に額づき、

「カミヌミスディ《神の御袖を》　フティタボチ《振り給いて》　ワヌン《我に》　ユティコーチシュン《寄り来たらんとする》　アクガミ《悪神を》　ウィーヤラチ《追い払い》
タボレ《給え》　ワンマムティ《我を守り》　タボレ《給え》　トートーガナシ《トートーガナシ(神の尊称)》　トートーガナシ《トートーガナシ》」

と祈ったことも度々でした。

（この瘡はムレの兆しではなかったのだろうか。はじめはたしかに父も母もはっきりとそれの結節だと認めたのに。でもムレなら赤紫色をしたお多福豆大のじくじくした結節が次々に吹き出てきて、爛れてみにくく崩れる筈なのに、一向にその症状が現われないのはどうしてかしら。母が毎日クビ木の皮を煎じて飲ませたり、浜木綿の葉を焙って貼り付けたり、結節の上にびっしりと灸をすえたりしてくれたおかげでうまく治ってしまったのかしら。でもムレが治ったなど聞いたためしがないから、ただ一時的に潜んでいるだけなのかしら。世の中には思わぬことが多いから、もしかしたら私の病魔は退散してしまったのではないだろうか。でもまさかそんな僥倖があるわ

けがないでしょうに。）
あれこれ考え迷うと、或る時は自分に都合がよいように考えたかと思うとすぐに又反対にひどく不幸な考えにとらわれてしまい、堂々巡りを繰り返すばかりで埒があきませんでした。それにしても一緒に住む妻や子供にうつった例がないという母の言葉はスョにとって大きな支えでした。そういえばナハザトの集落には数人のムレに罹った人がいるのに、その家族からは一人も患者が出てはいなかったのです。あのムタおじと長い年月を共に暮らしているキクおばでさえ、あんなにきれいな肌でいられるのは、やはりムレはうつるものではなくて、ヒキ（血統）とかタハべ（呪文を唱えての呪い）が原因だと昔からいわれている通りかも知れないとスョは思いました。

「スョ《スョ》　ヘーク《早く》　カンコー《こっちへいらっしゃい》」

「ヘーク《早く》　カンチー《こっちへ来て》　マゼン《一緒に》　ユリエーチョー《寄り合いなさい》」

明るく屈託のない仲間の呼びかけに、スョはつい気持ちが軽くなり、誘いこまれるように、（ムレヤ《ムレは》　ウティリュンムンナ《うつるものでは》　アラム《ない》）と自分に宣言するように言い聞かせ、笊を小脇に抱えて立ち上がると波打ち際の方へ足早に歩いて行きました。

「ウレ《ほら》　スョ《スョ》　ヘークコンタン《早く来なかった》　バチジャ《罰じゃ》」

サヤが走り寄りながらふざけて指先で海水を撥ね掛けてきました。

「コラッ《こらっ》　ヌッチスィット《何をする》」

スョも負けずに掛け返すと、サヤは素早く逃げてチサを盾にしつつ遠くに離れ、

「クマガディ《ここまで》　コーコー《おいでおいで》　ウニンクヮ《鬼の子》　ジャヌクヮ《蛇の子》」

と口を尖らせおかしな恰好で踊って見せました。そのサヤを夢中になって追っかけ廻すスョが又おかしいと、マチが笑いころげるその横で、わらべ歌を歌いながら波頭を避け避けじゃんけん遊びに興ずる者もいました。海風に黒髪のほつれ毛をなぶらせ、何がおかしいやら頬を紅潮させて笑いさざめく娘たちの仲間入りをして飛び跳ねていると、スョは何もかも忘れて子供の頃に立ち返った思いに浸ることができました。

「カシティ《こんなに》　アスディ《遊んで》　ウラングトゥンシ《いないで》　ヘーク《早く》　ウガムヌドーク《祭の道具を》　キヨムィティ《浄めて》　ヤーハチ《家へ》
ムドロディ《帰りましょう》」

「チャーヤ《そうね》」

この娘たちも皆ウディキマチの祭に使う祭具を潮水で浄めに来ていたのでした。

集落では神月に当たる旧暦の一月、五月、九月の三度に亙り月の神に一身の守護を祈願するウディキマチ（お月待ち）といわれる祭を行なう習慣がありました。もっとも蒲柳の質だったり又は災難に会った者でユタ神の占いの結果神の託宣があった場合に行なうことになるのですが、一度祭ると生涯その祭を続けなければならないといわれていました。日取りは祭主になる者の生れ年の干支《えと》によって、十三夜の月の神には丑寅、十五夜は戌亥、十七夜は子、二十三夜は午、二十

四夜は辰巳、二十五夜は卯、二十八夜は未申酉というふうに決まっていました。なお二十三夜の月の神は又旅の神でもあるので、旅先の者の安全を祈って留守宅でその祭を行なうのが常でした。

　サキトの所では、スヨが浜辺で災難に出会った年から、毎年ずっと祭を続けてきましたが、今年からはサキトのためにも行なうようにとのユタ神の指示がありました。二人共に子年でしたから、祭は同じ日でよかったのです。当日のウチヨは朝早くから団子にする糯米を臼で砕いて篩《ふるい》にかけたり、幾種類かの料理をこしらえたりしてせわしげに働いていましたが、日の落ちる前にはすっかり用意が整いました。スヨも母の言いつけ通りに先ず父の分の供え膳を用意し、浜辺の岩蔭から掬い取ってきた人の踏まない白砂を盛って作った線香立て、それに榊を生けた花瓶、盃、蘇鉄焼酎を満たした御神酒徳利一対などを並べました。

「ウシュンメダカ《ウシュンメも》　ムチダカ《お団子も》　ウェスィリヨヘー《お供えしてね》」

　とウチヨが言っていましたのでスヨは、ウシュンメ（水に浸けた米）を入れた皿と、山盛にした団子のクヮームチ（子餅）の上に平たいウヤムチ（親餅）を二つのせた白木の重箱も膳の上にのせました。それで供え膳の一式が整いましたが、そのあとスヨが自分の分としてもう一組の膳を用意したのは言うまでもありませんでした。

　ウモテ（母屋）の八畳と六畳を開け放ち、月の出が一番先に拝める東側に、用意の整った供え膳二組を置き、部屋の真ん中あたりには大鉢や大皿に盛り付けた料理を並べると、それですっかり準備は終わったのです。

一日じゅう気ぜわしく立ち働いたウチョにくらべ、サキトは部屋の片隅であぐらをかき、相変わらず黙りこくって、きせるを灰吹きに音高く叩きつけては莨を詰め替え詰め替え吸いつけていました。浜祟りに出会った晩から奇妙な鬱ぎに取り憑かれた彼は、何もかも面倒臭く思うようになり、近頃はわざと明るく振舞って殊更に機嫌を取ろうとするような妻の態度さえ煩わしいものに感じられだしました。それでも夕方にはウチョにせかされて、衣服を改め、

「カムサマ《神さまを》　ウガミンショユン《拝みなさる》　チュンキャヤ《人たちは》　ヘーク《早く》　ハマウリティ《浜へ降りて》　ハレ《お祓いを》　シーウモレ《しておいでなさい》」

と背中を押されるようにどうにか浜辺に降りて来て、スョと二人で打ち寄せる波の花を掌に受け、沖へ向かって三回撥ね上げたあと、顔や手なども浄めて来たのでした。

「ティンヌ《天が》　クワジシ《火事で》　エヘトゥリ《焼けている》　アチャヌ《明日の》　ウヮーティッキャ《天気は》　イイヒュウリ《上天気》」と歌いながら家路に急ぐ子供たちの声もいつしか途絶え、西空を茜に染めていた夕焼も次第にうすれて、やがて黄昏の夕闇があたり一帯に漂いはじめた頃、三人は供え膳の近くに坐りました。

「ニャー《もう》　ガンバ《それでは》　ウガミ《拝みを》　ハチメリョーロヤー《はじめましょうか》　トオ《さあ》　ジュウハラサキ《父さんから先に》　センコ《お線香を》　トゥボシン《とぼして》
シヨレ《ください》」

ウチョが箱から取り出した線香を受け取ったサキトは、黙って火を点《とぼ》し線香立てに立てて手を合わせました。

「ウレ《ほれ》　ウレ《ほれ》　スョ《スョ》　クンドヤ《こんどは》　ウラドヘー《お前ですよ》」

母にうながされてスョも父がしたようにしました。

かぐわしい薫りと共に線香の煙がかすかな夜風に乗って流れた庭先には、白い小菊の群れ花が、夕闇の中でぼーっと浮き上がって見え、その根方で虫か蛙か何やら動くものを見つけたらしい飼猫のタマの、伺うように背中をかがめ、前足をひょい、ひょいと出したり引っこめたりしている姿が、灯火を入れない部屋の中からは薄絹を透かしたようにおぼろに見えていました。

「クトゥツシャ《今年は》　ジュウガ《父さんが》　ダレダレシー《弱々しく疲れて》　ウモユムチチ《いなさるからと》　エンリョシー《遠慮をして》　トゥギシニンジョヌ《伽をする人たちが》ウモラティィナ《来てくださらないから》　トゥディィナサヤー《寂しいわね》　ムシカシー《もしかしたら》　ウモリバチウモティィ《見えるかも知れないと思って》　シューキンキャヤ《御馳走なども》　ショーチャンムンドヤー《準備をしたのにねぇ》」

ウチョはトゥギシニンジョ（祭の伽に加わる人たち）が大勢来てくれた賑やかだった去年までの祭のあれこれが思い出され、無性に寂しくてなりませんでした。

この祭は、それを行なわない家の者たちがトゥギシニンジョとして祭の家に集まってきて、夕闇が降りる頃から月の出を拝むまでのあいだ、線香を絶やさないように見守りながら、祭主を中心に飲んだり歌ったり賑やかに過す習わしでした。十五夜とか十七夜の場合は丁度頃合いの伽となりましたが、それが二十八夜ともなると、明け方の空に細い月を拝むまでには夜を徹して線香を継ぎ足しつつ待たなければならず、なかなか容易ではありませんでした。しかし大勢の伽人が集まり、はじめは歌三味線で賑わい合ったり、夜半を過ぎてからは眠け醒ましにアハシムンガタレ（謎謎合わせ）やムンガタレ（昔話）、ケンムンバナシ（妖怪話）などを次々に出して競い合っていると、退屈どころか触れ合いの楽しさには時のたつのも忘れる程でした。又祭を行なう家の子供にとっては、翌朝になるともう一つの楽しみが待っていたのです。それは榊の葉を敷いた皿にクヮームチを盛りウシュンメを少しのせたものをお供えのおすそわけとして隣近所に配って歩く役割りがあって、その折りにそれぞれの家で「ティマドヘー（お駄賃ですよ）」と言われながら貰う黒砂糖の塊や木の実などを、一通り配り終わったあとで頬張り頬張り家路につけたからでした。

「キョーロ《ごめんください》」

サキトの家の戸口に、顔の彫が深く上背のあるギンタおじがひょっこり立ち現われました。

「ウガムヌ《祭の》　トゥギシガ《伽をしに》　チャード《来ましたよ》」

「ハゲー《まあ》　アリギャテサマアリョーッド《有難いことですね》　トートー《さあさあ》　ヌブティウモッタボレ《お上がりになってください》」

伽人の一人も来ない寂しい祭をかこっていたウチョには、カムダハサンチュウ（霊力の高い人）といわれるギンタおじの突然の訪れが余程嬉しかったらしく、これでやっと祭らしい晩になれたと、安堵の思いを溢れさせていましたし、スヨもほかならぬギンタおじなので何やらほっとする気持ちになりました。

「ワンナ《儂は》　チュウリムンナリバ《独り者で》　シューキヤ《料理を》　ムッチヤキーキリャンバ《持ってはこられないから》　トゥギヌ《伽に》　ジサンナ《持参の品は》
クンヌンカハッジャ《これだけじゃ》　サキト《サキト》　ウラヤ《お前は》　ニャー《もう》　セヘッグヮヌ《酒も》　ヌマレユロガヤー《飲めるだろう》」

そう言うなりギンタおじはふところに忍ばせてきたカラカラ（注ぎ口の長い酒器）を取り出し、「オノ《はい》　ニャー《もう》　ニャンニャナヤ《少し位なら》　ヌマレョール《飲めます》」とぼそぼそ返事をしているサキトの猪口に中の蘇鉄焼酎をつぎ入れました。ギンタおじのふところで程よい燗がついたのか、甘い香りがほんのりと部屋に漂い、ふさぎがちだったこの家の人たちの気持ちをほぐしてほっと安らぎを覚えさせるのに役立ちました。

「ギンタウジガ《ギンタおじが》　トゥギシガ《伽をしに》　ウモッタボチ《いらしてくださって》　ジーキ《とても》　ホホラシャリョーッド《嬉しいですよ》」

急に活気付いたウチョは、大鉢に盛られた料理を皿に取り分けて配ったり、トーグラ（炊事と食事をする棟）へ行って吸物を暖めなおしたり、忙しげに働いていましたが、祭主の座のスョは父と並んで坐ったまま、線香を絶やさぬように継ぎ足しつつ、月が山の端に上がる時を見落とさぬようにと、座は立ちませんでした。

酒が入ると、サキトも以前の丈夫だった頃に戻り、ギンタおじと互いに猪口を交わしながら、屈託のない語り合いをはずませ、人数《ひとかず》は少ないながら祭の晩の雰囲気がやっと現れてきました。ところであぐらをかいたギンタおじはしきりに着物の前を気にして引っ張るような仕草を繰り返していたのですが、それを見たウチョは思わず笑い出しそうになるのを、ちょっとスョを気にしながらあわてて下を向いてやっと誤魔化していました。ギンタおじは風土病のクサ（フィラリア病）の持病を持っていたので、睾丸がやたらに大きく膨らみ、まるで股の間に西瓜をぶら提げた具合いになっていました。褌を掛けるわけにもいかなくなってからは、着物をなるべくゆったりと縫って貰い、うまく覆い隠せるようにしていたのですが、あぐらをかくとそこがはだかるので、つい着物の前を引っ張る癖がついてしまったのでした。

　カラカラのおかわりが何回か続いて、酔いも程よく廻った頃には、サキトが蛇皮の三味線を取って弾きはじめました。ギンタおじもそれに合わせ太く張りのある声で島の歌を歌い、サキトが又それに少し嗄れた渋い声の拍子を掛け交わすなどと、座は一段と賑やかになりました。それだけでは収まらずに、ウチョやスョにも歌え歌えと囃し立て、それを受けたウチョが気さくに調子はずれな歌い方をしてサキトに冷やかされました。「ウレ《ほら》　ウレ《ほら》　スョダカ《スョも》　キバレ《やれ》　キバレ《やれ》」とギンタおじにけしかけられたスョも、よく透る澄んだ声で歌いました。

アンマガウカゲヨ《母さんのおかげよ》
ウサヌチフヤヌチ《筬通し綜絖通し》
ヌノウリナラユスィ《布織りが習えるのは》
アンマガウカゲヨ《母さんのおかげよ》

するとすぐギンタおじが返し歌を歌いました。

ジュウガウカゲヨ《父さんのおかげよ》

トゥギャティチノーヒチ《銛突きてぐす引き》
イュウトゥリナラユスィ《魚捕り習えるのは》
ジュウガウカゲヨ《父さんのおかげよ》

島の人は日々の暮らしの折々に、男女が思いを託して互いに掛け合う即興の歌が中々たくみでした。

「スョ《スョ》 ウラヤ《お前は》 イイクヮージャヤー《いい子だなぁ》」

ギンタおじはやさしい目つきでスョを見ていましたが、

「ウチヨ《ウチョ》 ウリキャヤ《お前たちは》 イイクヮ《いい娘を》 トゥメタヤー《授かったなあ》 ヨスフドゥスラティキュラサリ《器量よしで体格もいいし》 コホロッグ《心根も》
ワムイッチャティ《やさしく》 カンシ《こんなにも》 ウタダカ《歌も》 ジョーティナティ《上手で》 スヨヤ《スョは》 フント《本当に》 イイクヮージャ《いい娘だ》
サキトム《サキトも》 ゲンキ《元気を》 イジャチ《出して》 ナマハラ《これから》 サッキャ《先は》 マガックヮ《孫を》 ミリュンムン《授かるのを》 タノシミシュ《楽しみに》ーティ キバティイジクレレヨー《頑張っていきなさいよ》」

としんみり言いました。

その言葉を聞いたスョは、ちょっとはてな、と思ったのでした。人の行く末も予知できるギンタおじが、孫がどうのこうのと、一体どういうつもりなのでしょう、と。

やがて山の端に十七夜の月が静かに現われると、スョは思わず大声を出しました。

「ジュウ《父さん》　ティッキョガナシヌ《月の神さまが》　ウガマレヨータド《見えてきましたよ》」

サキトは膝を正して身繕いをし、深々と月に向かって拝礼をしたあと、新しく線香三本を立て、膳の上にじかに榊の小枝を敷いて五、六個のクヮームチを置き、その上にウヤムチ二個とウシュンメをのせて、日本の御神酒徳利からそれぞれ焼酎をそそぎかけました。そして手を打ちしばらくはじっと祈りを捧げていました。やがて、三人の方へ向き直ると、丁寧なお辞儀と共に一人一人の掌にクヮームチとウシュンメをのせ、御神酒徳利の焼酎もそれぞれの盃にそそぎました。供え物を貰った三人は御神酒を飲み、ウシュンメを三粒だけ頭にのせ、残りは口に含みました。サキトの行事が終わって次にスヨがそれと同じことを繰り返すと、それでウディキマチの祭は終わったのでした。

十七夜の月が山の稜線を離れると、それまで闇の底に沈んでいた森羅万象にあまねくその光が振りそそがれ、あたり一帯が青一色に霞立つ中で、神山の森や集落の茅葺屋根も墨絵のようなやわらかな姿を、くっきりと浮き上らせてきました。そしてそれは何か如何にも奥深く神々しい美しさに包まれていましたので、思わずおごそかな気分に誘いこまれた四人は、それぞれの思いを抱きつつしばらくは無言で月を仰ぎ見ておりました。夜になると全くの闇に包まれてしまう島の人々にとって、月の明るさはどれ程心強い支えになったか量り知れません。南島の月はひときわ大きいばかりでなくずい分と明るいので、その光で書物の文字を読むことさえできました。うす暗い行燈の明りなどより却って物が見えましたから、月夜には夜なべ仕事も捗り、外歩きの毒蛇の危険からも遠ざかれました。南海の孤島の厳しい自然の中に暮らす人々にとって、何といっても周りが暗黒の闇に取り巻かれていることは、言い知れぬ不安でしたが、月光に満ちた明るい夜が巡ってくると、一転して重たい鎖から解き放たれた自在な身軽さが身内に湧き、気分までも何やらやさしく導かれるように思われるのでした。

「ハゲーチャー《あっ、そうだ》　カンジンヌユーチ《肝心の用件を》　ワスレユントゥロアタ《忘れるところだった》　ヨー《あのなぁ》　チニョラヌ《チノウラの》　ギイチタ《ギイチの》
ヤーナン《家に》　ヤマトッチュヌ《内地の人で》　ヤチョヤキャヌ《灸をすえる人が》　ウモチュティ《来て居って》　ヤチョヤチ《灸をすえて》　ウモユムチュスカナ《おられるそうだが》
ウンチュウヌ《その人の》　ヤキンショユン《すえなさる》　ヤチョヤ《灸は》　イキャシュン《どんな》　ビョキナニム《病気にも》　ジーキ《とても》　キキュムチチ《よく効くといって》
アマクマハラ《あちこちから》　ヤチョヤチ《灸をすえて》　ムレガ《貰いに》　チュンキャヌ《人々が》　カヨトゥムチュスカ《通っているそうだ》　サキト《サキト》　ウラダカ《お前も》
イジー《行って》　ヤチョヤチムレバ《灸をすえて貰っては》　イキャールカヤーチ《どうかなあと》　ウモティ《思って》　ウリ《それを》　イイブシャティドゥ《言いたくて》
チャンムンドー《来たんだが》」

忘れていた大事なことをふと思い出したふうにギンタおじが言葉を継いだ時、これまでもずい分灸をすえたのに格別効いたとも思えないサキトは、「オー《はい》」と返事はしたものの余り気乗りを示さなかったのですが、ウチョがそんな夫の思わくをうかがいながらも積極的に膝を乗り出しました。

「チャー《そうですね》　ウッリャ《それは》　イッチャリョーロヤー《いいでしょうね》　ガンシショーロディ《そうしましょうよ》」

普段はいかつくて無愛想に見えるギンタおじが、思わぬ細やかな思い遣りの面を見せてくれたので、スヨも嬉しくて胸がじーんとこみ上げるようでした。そして若い頃から七十に手の届こうとするこんにちまで、ずっと独り身を通し、竹細工で暮らしを立てている変わり者のギンタおじの、皺の刻まれた鼻の高い面ざしと憂いを含んだ深い目を、改めて見直す気持ちで眺めていました。

朝の太陽の光が燦々と降りそそぐ庭に出たスヨが大空を仰ぎ見て、こんなに晴々と天を見るのも久し振りだと思いました。

左腕に忌わしい兆しを見つけてからというものは、心が内へ内へと捲れ込み、身も心も鉛を流しこまれたように晴れやらず、いつもうつむきがちでいたところに、父親までが得体の知れぬ病に取り憑かれ、何もかも末すぼまりに見えてきて、自分たち親子にはもう半年前までの何事もなかったあの明るい日など、二度と訪れてはこないと思いこんでいましたので、こんな爽やかな朝が迎えられようとは、にわかには信じられない気持ちでした。もしかしたら昨夜のウディキマチのおかげかしら、などと思ったりもしたのでした。

僅かながら持っている着物の中から、自分が織った好きな濃紺地に燕と太い十字絣を織り出した絵絣を着て、赤と白の市松模様の半幅帯を締め、髪にはいつぞやミナに貰った光る珠をちりばめた飾り櫛をさし、いくらかはよそゆきの身仕舞いをしてみると、さすがにスヨも晴れやかな気持ちになって、両手を思いきり拡げ、胸の奥までも朝の空気を吸いこみ、広々とした空を仰ぎ見る余裕も生まれたのでした。雲一つない日本晴れの秋空には、南下する仲間にはぐれた渡り鳥が一羽、蒼穹にゆっくり弧を画きながら「ぴっぴー、ぴっぴー」と尾を長引かせた啼き声を集落の上空に響かせていました。

「ジュウ《父さん》　ディディ《さあさあ》　ヘークウモロ《急いでください》　ティノゲトゥ《手拭と》　タバクイレヤ《莨入れを》　ムチンショチナー《お持ちですか》」

出掛ける直前まで世話を焼いている母の声も心なしか弾んでいるとスヨには思えました。

このところ伸ばし放題だった無精髭も剃り、糊のきいた縞木綿の単衣にきちっと帯を締めたサキトは、下駄を履きながらまぶしそうに目を細めて空を仰ぎ、

「ハゲー《ああ》　キュウヤ《今日は》　アリギャテナ《有難い》　ヒヨリジャー《日和だなあ》」

と久し振りに明るい笑顔を見せて、太陽に向かい柏手を打っていました。

こざっぱりと身仕度をした父親を見ると、スヨは身拵え次第でこんなにもちがうのかと、じじむさかった昨日までの父にくらべ、今朝はもう病人とは思えない、などと嬉しくなってきたのでした。

よそゆきの着物に着替え、真新しい藍染めのウチョッキ（被り布）で髪を包んだウチヨも庭に降りて来ましたが、その足もとにまつわりついていたタマは、庭先の白菊の側に立ち止まると、まるで見送りでもする風情で、三人のうしろ姿を見ていました。

日射しよけのクバ笠を被って、莨入れを腰に差したサキトが先に立つと、そのあとに土産物を

両手に提げたスョが続き、ウチョは一番うしろから二本の櫂を肩に担って、三人が一列に並び、集落を東西に走る白砂の敷きつめられたいつもながらの本通りを、海辺の方へと足取りも軽やかに歩いて行きました。半年振りに外へ出たサキトを見ると、行き会う人たちが、

「ニャー《もう》　ストゥハチヌンキャ《外も》　イジラレングトゥンシ《出歩けるように》　ナティ《なって》　イッチャタヤー《よかったねえ》」

などと親しみを目顔に現わして声をかけてくれましたので、サキトもはにかみの表情を浮かべながらも嬉しさを隠しきれぬようで、

「オー《はい》　ウカゲサマシ《おかげさまで》　ニャー《もう》　カンシ《こんなに》　イイナリョーティドー《快くなりました》」

と挨拶を返していました。

よそゆきの改まった姿で夫と連れ立って歩くことなど滅多にないウチョは、幾つになっても嬉しいらしく、その気持ちを隠そうともせずに浮き浮きしていたのです。

久々に見る両親の明るい表情にスョも心が和み、なんだか行く手にとてもいいことでも待ち構えているような気がしてきて、親子連れだってどこぞに物見遊山にでも出かける気分になっていました。

道々屈強な男たちに出会うとウチョは誰にでも無造作に声をかけました。

「フネッグヮ《舟を》　ウミハチ《海へ》　ウルサンバ《降ろさなければ》　ナリョーランムン《ならないんですが》　カセシータボレヘー《加勢をしてくださいね》」

「オー《はい》　デーデー《さあさあ》　カセショーロ《加勢をしましょう》」

頼まれた人たちも又気軽に引き受けて、肩に担いだ荷物は道端に降ろし、賑やかに語らいなが

ら海岸までついて来てくれました。

サキトの発病以来ずっと海端のユウナの並木の蔭に括りつけたままの丸木舟を、浜辺で網繕いをしていた男たちにも手伝って貰って、波打ち際まで掛け声を合わせて担ぎ降ろしました。

先ず病人を茣蓙を敷いた真ん中の敷き板の上に坐らせ、スョが舵取りの場所に腰をかけると、ウチョは舳先がわに乗りこみました。スョとウチョが櫂を漕ぐ段取りなのです。

「ウナグヌ《女の》　チュンキャ《人たち》　ベヘリシ《だけで》　クジイキュンムンナ《漕いで行くのは》　ウッリャ《それは》　クヘサッドー《きついことだ》　ディ《さあ》　マサヒト《マサヒト》　ウラトゥ《お前と》　ワッタリシ《俺の二人で》　トゥモーシイキョー《お供して行こう》」

筋骨逞しいケンド兄いが若者のマサヒトを誘って乗りこもうとしたのですが、ウチョは手を振って遮りました。

「アイ《いいえ》　アイ《いいえ》　キュウヤ《今日は》　カンシ《こんなに》　ナミム《波も》　ティーティムネンバ《全然たたないし》　ヒヨリムイッチャリバ《日和もいいから》　スヨ《スョ》トゥ《と》　ワッタリシ《あたしと二人で》　イキャムネー《大事ない》　イキャムネー《大事ない》　ウヤックヮミチャリ《親子三人》　カナシャ《愛しゃ》　カナシャチ《愛しゃと》　カタレンキャ《語り合いを》　シーガチャナ《しながら》　クジイキバ《漕いで行けば》　チニョラガディヤ《チノウラまでは》　ヌーヌクトゥムネー《なんのことはない》　スグ《すぐに》ティキドゥシュン《着いてしまいますから》　イイガ《いいですよ》　イイガ《いいですよ》」

「ナッタリシ《お二人で》　イッチャリヨールカヤー《大丈夫ですか》　スヨヤ《スョは》　カジ《舵を》　イイフン《うまく》　トゥリキリヨールカヤー《取れますかね》」

不安げに気遣うマサヒトに、スョはにこにこしながら軽口をきいて櫂を持つ腕を叩いて見せました。

「オー《はい》　ウモユンダンナ《おっしゃるまでもありませんよ》　クン《この》　ティジュク《腕前を》　ミチウモレー《見ていてください》」

「ガシティ《そんなことを》　イチ《言って》　フネ《舟を》　クリクリ《くるくる》　モーサンバ《廻さなければ》　イッチャスカヤー《いいがなあ》」

マサヒトも笑って冗談を返していました。

「ガンバ《では》　キイティキティ《気をつけて》　ウモチウモリンショレヨー《行ってらっしゃい》」

「アダンザキヌ《アダン崎の》　ハナー《端を》　モーユントゥキンニャ《廻る時には》　イイフン《よく》　キイティキティ《気をつけて》　カジ《舵を》　エイトウ《しっかり》
シッキレヨヘー《抑えるんだよ》　スョ《スョ》」


男たちが海に入り膝上までの仕事着の裾を濡らして押し出してくれた丸木舟は、ゆっくり静かな海の上を沖へ向かって滑り出しました。遠ざかるその舟影へ目をやりながら、男たちは案じていたサキトが思ったよりも元気そうなことや、うしろ姿を見せて櫂を操っているスョがすっかり美しい娘になったことなどを語り合って、しばらくそのまま汀に立っていました。スョの名が出た時に、つとマサヒトの若々しい頬に赤味がさしたのを誰も気づく者はいませんでした。本当は彼はそのままスョについて行きたかったのです。丸木舟は既にサガンマの浜の沖あたりを、小波一つない海面を舳先で押し分けるように進んでいました。紺絣の着物の袖をたくし上げて掛けた襷の緋の色が、マサヒトの目には沁みるようでした。スョがうまく舵取りができずに舳先を左右に振るようだったら、彼は磯伝いに走って行って、途中からは泳いででも舟に追いつき、自分が舵を取ってやろうと思いながら、櫂を漕ぐスョの腕の動きを見つめていたのでした。

「スョ《スョの》　カジシム《舵取りでも》　ダイジョブジャヤー《大丈夫だなあ》　シワヤネムヤー《心配はいらないようだぞ》」

ケンド兄いがそう言うと、ヤメおじもそれに合わせるように相槌を打ちました。

「チャー《そうだね》　スョダカ《スョも》　テーゲイイ《なかなかいい》　クギニンテジャ《漕ぎ手のようだ》」

「ディ《さあ》　ガンバ《それでは》　ニャー《もう》　ムドロヤー《戻ろうか》」

そう言って男たちが思い思いに引き揚げはじめたので、呆んやり舟の行方を見やっていたマサヒトも慌ててそれに従ったのでした。

小波一つ立たなかったナハザトの入江内では、櫂を漕ぐ毎に舟は面白い位水面を滑っていましたが、岬の端《はな》を廻るあたりはかなり逆波が立っていて、舟足は鈍り、しっかり櫂で抑えたつもりでも、舳先が右へ左へとぶれて安定が取れず、スョは半ば腰を浮かし、顔を真っ赤にして懸命に櫂を操りました。風も少し出てきたようで、きっちりと束ねたスョの髪の毛も乱れ、紅潮して汗で濡れた頬にまつわりつきました。

「ウレ《そら》　ウレ《そら》　キバリヨ《頑張れよ》　スョ《スョ》」

ウチョも顔を上気させつつ一心に難所を乗り切ろうと櫂を動かしていました。

「クマヤ《ここは》　ナミヌ《波が》　ウドゥティ《躍って》　クッグルシャン《漕ぎにくい》　トゥロチョ《場所なんだ》　デー《さあ》　ワーガ《僕が》　カジ《舵を》　トゥロ《取ろう》」

サキトがこう言って立ち上りかけたので、

「アギ《あら》　ジュウ《父さん》　タチンションナ《立たないでちょうだい》　クンクレヌ《これしきの》　ナミガディ《波ぐらい》　ヌーチイヤーレンニャ《なんでもないわ》　ダイジョブ《大丈夫》
ダイジョブ《大丈夫》」

スョは父親を押し止め一層力を奮い起こしました。ウチョもそれに合わせて、

「ガンシドー《そうですとも》　タマサカ《折角》　ジュウ《父さんを》　ノーソチウモティ《治そうと思って》　ヤチョ《灸を》　ヤチムレガ《すえて貰いに》　イキュンムン《行くのに》
ナンギ《難儀を》　シンショラチヤ《かけては》　ヌムナリョーランド《なんにもなりませんよ》　ナムヤ《あなたは》　ドーカ《どうぞ》　ヨーリッグヮシーウモレヨ《じっとしていてください》」

とつけ加えると、

「オー《はい》　オー《はい》」

サキトはおどけて子供のような素直な返事をしていました。

スヨもウチヨも肌衣を汗でびっしょり濡らしてようやく岬を廻り切ると、舟はそれまでの波風が嘘のように思える程静かな入江へ入って行きました。

そこがミヨラの入江でした。島の背に向かって長靴の形に細長く折れ込んだミヨラの入江は、まるで山奥の湖さながらな静けさに包まれ、まわりの山肌や海端の岩、それに浜辺の砂などの総てが美しい錆朱色をしていました。そして明るい青色の海面が両岸の濃緑の山容を絵のように映し出し、入江に入って来る人々はその溢れるばかりの濃い色彩で染めこまれてしまいそうな錯覚を覚えました。左岸は曲りくねった海岸線を持っていましたが、その中程に、隠れ湖のような口の括れた奥深い小さな浦が入り込んでいて、チノウラと呼ばれていたのですが、その磯の近くユウナとアダンの群生したあたりに、茅屋根を覗かせたまるで落人家敷かなんぞのようなギイチおじの家が、たった一軒ひっそりと建っていました。

サキトたちの舟がそのチノウラの入り口に近づいた時、左手のアハハナ崎の突端にわだかまる岩の群れの中でもひときわ海へ突き出た赤肌の大岩の上に、着物の裾を海風に翻しながら腕を組み、浦に近づく舟を迎え受ける姿勢で立っている、背の高い若者の姿をスヨは認めました。一瞬ぎくりとして櫂を持つ手を休めたのは、取り分け自分がその青年にじっと見つめられていた気がしたからです。思わず恥じらいを覚えたのになぜか弾むような気分が湧いてきて胸がどきどきしたのが我ながら解せぬ思いでした。その気分に抗うようにスヨは背筋を伸ばし少し気取った恰好を装ってゆっくりと櫂を漕ぐことにしました。なぜか頬が火照ってくるのが止められませんでした。ちらっと見ただけでしたが、島の青年とはどこかちがっていると思いました。一体どこの誰なのか、これまでこのあたりでは見かけたことのない若者でした。それにしてもその立ち姿がなんとも凜々しく、スヨは生まれてはじめて見るような好もしい印象を受けました。

チノウラの海は殊の外澄み徹り、浅瀬に近づくにつれて底の珊瑚礁の間を泳ぎ廻るさまざまな熱帯魚の群れが手に取るように見えていましたが、やがて真紅や濃緑、紺青などさまざまな色の小石がごろごろした浜辺に、底を軋ませつつ舟をのし上げ、三人は渚に降りてアダンやユウナの木の下陰道を通り抜け、ギイチおじの家の方へ上って行きました。

三百坪はあるかと思える敷地の囲りには、桑と茶の木が植えられていましたが、右手奥の山裾の方は竹藪になっていて、しなやかな青竹が風にゆらゆらと大きく揺らぎ、真昼日の光を受けた葉の群れがちかり、ちかりと反射しているのが見えました。敷地の真ん中にはウモテ、トーグラの二棟が並び西の隅にタカグラ（太い丸木柱に支えられた壁のない高床式の稲を収める倉）とサスィンヤ（鍵屋）が、そして竹藪寄りに家畜小屋が建っていました。放ち飼いの鶏が庭先のあちこちで、陽の光を充分に吸った土の香の立つ地面を突つき廻して餌をあさっており、七、八匹もの小豚が、その側で平たい鼻を前に突き上げるような恰好で、土掘りに余念がありませんでした。そのそばに二匹の白い小山羊がぴょんぴょんと跳ね寄って行くと、小豚は鼻を鳴らして逃げ廻り、驚いた鶏もこっこっと喉を鳴らしつつ半分飛びをしながらおかしな恰好で四方に散って行きました。そんな長閑な風景の中で、ギイチおじは地面に敷いた筵の上に道具を拡げ、藺草で畳表を一心に編んでいましたが、人の気配でうしろを振り向くとそこに三人の不意の来客を認めたのでした。ギイチおじは驚いたふうに立ち上がると、膝にくっついた藺草の屑を払い、三人に向かって如何にも嬉しげな微笑をうかべた挨拶をすませたあと、家の中に向かって、

「ウスナ《ウスナ》　ウスナ《ウスナ》　ナハザトヌ《ナハザトの》　サキトタ《サキトの》　ヤーニンジョヌ《家族が》　ウモチャドー《見えたよ》」

と呼びかけました。うしろに垂らした豊かな黒髪を白い元結いで軽く纏め、着物の上に白い広袖の神衣《カミギン》を打掛ふうに羽織った妻のウスナが、一旦は庭の方に顔をのぞかせましたが、

「イットゥキッグヮ《ちょっと》　マッチウモレヨ《待ってくださいね》　ナマ《今》　カムサマ《神さまを》　ウガドゥウリヨーンカナン《拝んでいますから》」

と言い置いて又部屋の中に引っ込み、しばらくは何やら唱えごとをしている低い声が聞こえていました。ウスナは、このあたりではユタ神として知られていました。サキトが灸をすえて貰いに来た旨を告げると、ギイチおじは家のうしろの段々畑で唐芋を掘っていた娘に、

「ウラコ《ウラコ》　ウラコ《ウラコ》　ヤマトサン《ヤマトさんを》　トゥモーシーコー《お呼びしてきなさい》　ウンキンポ《その辺を》　アッチキュムチ《歩いて来ると》　ウモチ《おっしゃって》
ナンマサキ《さっき》　アハハナ《アハハナ崎の》　ブテッカチ《あたりへ》　ウモユタンカナン《いらしたようだから》　ヘーク《早く》　ヤーハチ《家へ》　ムドティウモレチ《お戻りくださいと》

シリャレティッコ《申し上げてきなさい》」

と大声で言いつけました。畑の細道を駈け降りて来たウラコは、日に焼けたまんまるい顔に取り分けて目立つきれいな歯を見せてにこにこ笑いながら、三人に黙ってぺこんとお辞儀をすると、海辺の方へ駈け出して行きました。

「ヤマトさーん、ヤマトさーん。お客さんでありまーす。すぐ帰ってきてくださーい」

程なく遠くへ呼びかけるウラコの声が聞こえてきました。神衣を脱ぎ、ユタ神から普通の主婦に戻ったウスナは、ウモテの座敷へ三人を招じ入れると、口の中でよく聞き取れぬ挨拶の言葉を長々と繰り返し、何遍も頭を畳に擦りつけるようなお辞儀を繰り返していましたが、挨拶を終えるとトーグラへ何回も通って、お茶と木皿にのせた黒砂糖やパパイヤの味噌漬、大鉢一杯の山羊肉に魚の燻製などを運んできて、三人の久し振りの訪れをもてなしました。

ギイチおじも仕事道具を片付け、着替えをして部屋に上って来ましたが、舟を使って訪ねてくれた知人を心から喜んで迎えるように見えました。人里離れての暮しではなんといっても人恋しい気分が溢れ出るにちがいありませんでした。

「アレ《あら》　ヤマトサンガ《ヤマトさんが》　ムドティウモチ《戻ってこられた》」

ウスナがそう言ったので、みんな一斉に庭の方へ目を向けました。そしてそこにスョはさっきアハハナ崎の岩の上で海風に吹かれて立っていたあの若者を見たのでした。目近に見たその色白でおとがいの長い細面の容貌は、何だかどこかで見たことがあるような気がしたのですが、すぐそれはいつかの夢の中だったと気がつき、するとその瞬間言うに言えぬ甘美な衝撃が身内を走るのを覚えました。

その日からのウチョとスョの二人は、天候さえよければ、サキトを乗せた丸木舟を漕ぎ、灸の治療にチノウラのギイチおじの所へ、一日置きぐらいにせっせと通うことになりました。ヤマト（内地）のニセ（青年）だというので、誰言うとなくいつしかヤマトニセと呼ばれるようになっていた若者の灸は、うすく切った大蒜《にんにく》の上に艾《もぐさ》を置くので、肌の焼ける痛みが殆んど感じられず中々に評判がよかったのです。しかし跡が残らないので勝手になぞってすえるわけにもいかず、治療の度に彼のところへ通わなければならぬことになって、サキトも三十五回の一区切りが終わるまでは、親子三人連れだって通っていたのでした。元来が丈夫なサキトは治療の効き目も早く、灸をはじめて三、七、二十一回もすえる頃には、あの奇妙な胸の中のつかえもすっかり消え、もう全くもとの達者な頃の身体に戻ることができましたが、一応めどの三十五回を全うした方が後々のためにもよいだろうと考えてずっと続けていたのでした。サキトの回復の早さは、灸の効き目もさることながら、彼のヤマトニセへの思い入れも多くあずかっていたのかも知れません。サキトは彼のことを、「アガンシ《あのような》　ムィティラシャリンショユン《立派な》　チュウクサ《人こそ》　マクトゥヌ《まことの》　ニンギンチ《人間として》　タハベ《たたえ》　ウガマッティム《拝まれても》　イッチャリンショユンチュウ《いい人》　アリンショロヤー《でしょうなあ》」と褒めちぎってはばからなかったのです。

島に滞在しているヤマトッチュ（内地の人）の殆んどはこのあたりの集落の中心になっている、向かい側のアガリ島にあるトマリの町に住んでいて、国の出先の役所に交替で赴任して来る役人とか、警察署の警察官や主立った集落に置かれた駐在所勤務の巡査、それに行商に来たまま住みついた商人たちでしたが、彼等の中には、島の人々にはかなり威圧的な態度で臨む者もいて、中には侮蔑の言動をあからさまに示してはばからない者も少なくありませんでした。集落駐在の巡査など、未だ面輪に幼ささえ残した二十歳《はたち》過ぎ程の若者が多かったのですが、まるで自分が一番偉い人間ででもあるかのようにやたらに肩を怒らせて振舞い、誰にでも見下げた言葉使いをして、集落の伝統を無視しても平気な人がおりました。ですから島の人にとってはヤマトッチュといえば、表面では敬いと畏れを抱きながらも、心の底では理不尽なことをする人といった、嫌悪の気持ちさえ含んだ複雑な思いの煙たい存在でありました。

　ところがギイチおじのところに寄宿している青年は、これまで島の人が接したヤマトッチュとはどこかちがって見えました。彼は礼儀正しく控え目で、自分から進んでは物を言うこともなく、島の人に話しかけられれば、言葉少なに丁寧な返答をするというふうで、決して高ぶった態度が見られませんでした。

　長身のからだに紺絣の着物を着て、黒い端紋りの帯をきゅっと締め、いつも胸元を整え背筋を伸ばして正座したその姿にはいかにも若者らしい爽やかさがあり、それにどことなく床しさも備わっているところなど、育ちのよさが滲み出ているように見えました。

細面の色白な顔に切れ長の目が澄み、じっと一点を見つめる時などはふっと寂しげな憂いが漂い、どうかすると翳りを帯びて見えることとさえありました。

寝たきりの長患いで湯浴みからも遠退いているために、肌はずず黒く垢にまみれ、病衣も汚れ果てた病人が担ぎ込まれても、彼は顔を顰めたりはせずに、その背中や腹を丁寧に撫でさすって懇切な治療を施しただけでなく、その灸の効き目が早くて病人やその家族に大層喜ばれていましたので、島の人々のあいだでは次第に評判を高めてきていたのでした。

ギイチおじの所では、かねてから親しいサキトの治療の打ち上げの日には心ばかりのもてなしをしようと考え、その日朝早くからギイチおじは家の前の海で釣り糸を垂れていましたし、ウスナとウラコは裏の畑とトーグラを行き来しては、気ぜわしく柄杓を水甕のふちにぶつけながら水を汲み出したり、包丁でとんとんと俎板を叩く調子のよい音などをそこらじゅうに振り撒いていました。

「キュウヤ《今日は》　サキトウジ《サキトおじの》　ヤチョヌ《やいとの》　ウチャゲヌ《打ち上げの》　ヒニョチ《日》　ジャンカナン《だから》　シューキ《御馳走を》　マンディ《どっさり》

スィローヤー《こしらえましょうね》」

「オー《はい》　アンマー《母さん》」

「ウレ《ほら》　ウレ《ほら》　ウラコ《ウラコ》　クン《この》　ヤマム《山芋を》　ウン《その》　ナブィヌ《鍋の》　ナハハチ《中へ》　イリリヨヘー《入れなさいね》」

「オー《はい》」

明るく弾んだ二人の声を居室に当てられたウモテの客部屋で聞いていたヤマトニセは、かえって気持ちが沈みこんでいきました。治療が終わればサキトの家族、というより娘のスョにこれまでのようにしげしげと会える機会はなくなってしまう、もしかしたらもうこれ限りかも知れぬとまで思えてきたからです。何とも言いようのない寂しさが胸にこみ上げ、我ながらどうしようもない気持ちでした。あのアハハナの岩の上から舟を漕ぐスョの姿を遠目にはじめて見かけた時から、彼の心の中にはその面影が強く焼きついて離れなくなっていました。紺絣の着物に赤い半幅帯という質素な身なりでしたのに、その大柄な容姿には匂い立つようなあでやかな美しさがありましたし、離島の百姓家に生まれ育った娘とも思えぬ、どことないおっとりとした品の良さも備わって見えました。長いまつげの奥の愁いを含んだような大きな黒い目は、これまで一重瞼の細い目ばかり見馴れてきたヤマトニセには、ひときわ魅力的に思えたのでした。彼の所には灸の効き目を伝え聞いた人々が、かなり遠方の集落からも治療に通って来て、彼はそのいずれの人々にも同じように気持ちを傾けて治療をしてはおりましたが、中でもスョの家族は殊のほか気掛かりとなって、その治療日がひどく待たれたのは致し方もないことでした。近頃はその日の来るのが生き甲斐にさえなってしまったのに、恐れていたその最終日がやってきたのでした。ヤマトニセは朝からなんとはなしに落ち着けぬ気分なので、浜辺に降り朝日を受けてきらきら輝く波のうねりに石を投げたり、庭先で走り廻る子山羊を抱き上げてみたりして気を紛らせようとしました。鶏や子山羊も近頃では彼の足もとに近寄って来る程に馴れてきましたが、ただ豚の子だけは感情が有るのか無いのか、食べることと鼻を鳴らして逃げ廻るほかは能がないように見えました。しかしはじめの頃は気味の悪かったその真っ黒な剛い毛の子豚さえ、可愛いいなと思える自分に気付いた時、彼はふっと、この島へ渡って来てからの月日をかえりみる思いになったのですが、それは又スヨを見初めてからの日々を振り返ることでもありました。彼の過去の暗い思いに覆われた日々の中で、スヨのような娘に出会えたことは、どんなに慰めになったか量り知れないものがありました。彼女の姿をはじめて見かけた時に、なぜか運命とでもいいたいようなものに打たれたと彼は感じたのでした。そしてその日以来心の内にはいつもスヨの姿が住みついてしまったのです。小鳥の賑やかな囀りで早朝に目覚めるとすぐに、彼は雨戸を繰って空を仰ぎました。朝焼けの空一面が黄金色に輝いている日は、彼の心も晴れ晴れとした思いで満たされ、スヨたちの訪れが待たれました。しかし雨雲が空を覆ったり、岬で白い波が立ち騒いでいたりすると、丸木舟での通いは無理だろうと考えて、心も暗くむすぼれてしまうのでした。ところが彼は直接には未だ一度もスヨに話しかけたことはなく、スヨからも言葉をかけてこようとはしなかったのです。しかし彼のまなざしを感ずるとスヨがすぐに頬を赤く染め、それを恥じ入るかのように目を膝のあたりに落として、その上に重ねた娘らしくふっくらとした白い指を握りしめる様子などは見てとることができました。その初々しい仕草につられて彼も又ついどぎまぎしてしまい、目の遣り場に困ってしまうのが常でしたので、二人は互いにはっきりと目を交わしたことさえなかったのです。

いよいよ今日限りであの娘に会えなくなってしまうかと思うと、胸の裡にいきなり空洞ができたようで、居ても立ってもいられぬまま、ヤマトニセはまたもや浜辺に降りて行きました。するとどうしてもアダン崎の方へ足が向かうのを留めることができませんでした。そしてナハザトの集落が見通せる岬の岩の所まで来ると、静かな入江の奥に茸《きのこ》が群がり生えたような茅葺屋根が寄り合った南島の長閑な集落のたたずまいが遠望できました。海端に細長く横たわる建物は小学校にちがいありませんが、スョの住む家はどのあたりだろうなどと思いつつ遥かに眺めやっていると、浜辺から漕ぎ出た一艘の丸木舟が小さく目に写りました。その途端、熱いものが胸走るのを覚えました。なぜかそれはきっとスョの家族の舟にちがいないと思ったのです。身じろぎもせずに見つめていると、丸木舟はアダン崎の方向に舳先を向けました。果たしてサキトが舵の櫂を取りウチョとスョが櫂を前掻きにゆっくり漕いでいる姿がやがてはっきりと見えてきました。燦々と輝く太陽の光を受けた青い海を辷るように進む白い帆の丸木舟はまるで絵のように美しい眺めでした。紺絣の着物の袖をたくし上げたスョの緋色の襷が、海の青の照り返しの中で、いつかマサヒトの目に強く沁みたように、ヤマトニセの瞳にも鮮やかに焼き付きました。胸の奥を何者かの手で強く握られたような痛みを覚えると、突き上がる身体の充実が感じられました。ぐんぐん膨らんでいくようでした。思わず両手を握りしめると、じっとりと汗ばむのがわかりました。するとなぜか思わず涙が溢れ出たのです。物心つく頃から「男子は涙を見せるものではない」と仕付けられ、そのように振舞ってきたのにこれは一体どうしたことか、と自分ながら戸惑いました。

しかし同時に快い満足があって、そのまま涙を溢れさせていたかったのも事実でした。やはり気が弱くなっているのかも知れないと彼は考えました。するとスョへの思いが急に激しく燃え立つのを覚えました。もう分別も何も忘れ、できるものなら海の上を駈け寄って、スョの手をしっかり握ってどこかへ引っ張って行きたい昂った気分になりました。

折りからスョも櫂を漕ぎつつ何気なく岬の浜辺へ目を向け、岩の上に立つ人影が目にはいると、それが誰かがすぐにわかって息をのみました。胸はどきどきと高鳴り、からだが小刻みにふるえて止まりませんでした。

「ウレ《ほれ》　スョ《スョ》　ユホヌ《櫂が》　ナガレユッドヤー《流れてしまうよ》」

母に声をかけられてスョはやっと気を取り戻しましたが、漕ぐことも忘れて櫂を左手に握ったまま波の上に流していたのでした。それとも知らずに岸の岩の上ではヤマトニセが胸の昂りを抑えつつ、舟の進みに合わせるように、しかし心は宙に浮かせたまま浜辺を歩きはじめました。

治療室に当てられたウモテの中のネーショ（客間に続く次の間）で、ヤマトニセがサキトの最後の灸を殊のほか丁寧にすえ終わると、ウスナが待ちかまえたように隣室の客間に準備していた打ち上げの祝いの席へ皆を案内しました。

大ぶりの南蛮壺に盛沢山のハイビスカスの花を無造作に生けた床の間を背にした上座にはヤマトニセをつかせ、続いて灸をすませたばかりでうっすらと大蒜の匂いを漂わせたサキトがもう酒が入ったような赤く火照った顔で坐ると、その次に殊更に改まった顔付きのウチョと、そしてスヨが並び、ティスブリ（亭主振り）の座には、衣服を改めたギイチおじが就きました。

ウラコが次々に運ぶ料理は、日常の総菜料理とちがい、ヤマトニセにとってははじめて見る珍らしいものばかりで、前の日に裏の畑から、彼も駆り出されての四人がかりで掘り出した大人の身体程もある化物のような山芋も、形よく八角にふち取りされた田楽になり、極彩色の大鉢にうず高く盛られていました。南島の産物は南瓜でも両手で抱える程も大きく、野の物も山の物もすべてが大ぶりで、味も大まかなものが多いのですが、ウスナはそれを上手に使いこなしおいしい料理にこしらえ、色どり美しく盛り付けてありました。

やがて男たちが互いに盃を頻りに取り交わしだすと、女たちも料理に箸をつけながら話しに花を咲かせ、途中で挫折せずに通い通したことなども話題にしながら、座は次第に賑やかになっていくようでした。

日足の早い冬の日がいつしか西の山に傾きかけた頃、サキトの家族は座を惜しみつつ庭に降りました。ギイチおじとウラコはサキトの全快祝にと、庭で遊んでいた生まれてひと月ばかりの白黒の斑《ぶち》の子山羊を摑まえ、足を縄で結んで舟に積み込むのに大わらわでしたし、ウスナはトーグラで御馳走の残りを土産にしようと、バナナの葉に包んだいくつもの苞《つと》づくりに忙しそうでした。サキトとウチョは丸木舟を浮かべに既に浜へ降り、庭先にはスョだけが残っていました。下駄を履くのさえのろのろと、なんとなく去り難てにぐずぐずしていたのでした。その様子を外縁に立って見ていたヤマトニセは、思い切って心を決めた風情で庭に降り、真っ直ぐにスヨの側に寄って行きました。そしてびくっとして立ち止まったスヨの手に、素早く小さく畳んだ紙切れを握らせ、無言のまま又そそくさと離れて行ったのです。一瞬スヨはくらくらっと目眩がしました。身体じゅうの血が頭にのぼったかのように顔を真っ赤にして、渡された紙切れをそっと懐にしのばせると両手で着物の上から抑えました。胸の鼓動が外に聞えるのではないかと思われる程も激しく鳴り、息遣いも荒く胸苦しい感じになりました。そして呆となって足早に戻って行くヤマトニセのうしろ姿を見送っていると、風呂敷包みを抱えてウスナが出て来たので、はっと我に返り、よろけるように浜へ降りて行きました。

部屋のランプを消し、近頃ようやく馴れて肩や腰に痛みを覚えなくなった固い木綿の古布団と木枕の寝床の中に身を横たえたヤマトニセは、一向に眠りにはいれず、目は益々冴え、熱にうかされたようにさまざまな思いが次から次へと押し寄せてきて、頭の中は激しい楽章の交響曲が渦を巻いて鳴り響いているようでした。目を閉じても開いても、スヨの面影が瞼から消えないのです。大きな黒い目や、上気したようにうす紅色を帯びた顔のふくよかな頬のあたりなどを思い出すと、うつむきがちな彼女がふとふり仰ぎざま、その形のよい唇を触れんばかりに近づけてくる甘美な錯覚さえ湧いてきて、冷たく薄い床の中なのに、からだじゅうが燃えるように火照っていました。彼はもう幾たびとなく腕時計の針を眺めながら、時を刻むか細い音をじりじりした思いで聞いていました。八時に床に就いてから同じ仕草を何遍繰り返したことか、時の流れがいつもとまるでちがい、重く澱んでしまったとしか思えませんでした。胸の鼓動はどきどきと早くせわしげに刻んでいるのに。

突然烈しく地面を叩く雨の音がして、彼ははっと胸を突かれました。選りに選ってこんな大事な時に雨に襲われようとは。しかも雨足は次第に激しくなり荒々しい風の音さえ混ざってきました。ところで暗い闇の中で重く澱んでいた時の流れは、雨風の襲来と共に急に突き動かされていきなり回転をはじめたように思いました。枕元の四角な小さな懐中電灯で照らし見た腕時計の針はもう十一時半をさしていました。彼はさっと跳ね起き、雨戸を繰ると沓脱ぎ石の上の濡れた下駄を履き、傘をさして庭に降りました。懐中電灯の丸い光の輪の中に飛沫を上げて地を叩く雨足がそこだけ幻燈をでも見るかのように、闇の中でふわふわと浮き上がっていました。歩き出したヤマトニセのからだに、風を伴った激しい雨が横なぐりに吹きつけ、傘をさしていてもまたたく間に彼の着物は雨水の雫がしたたり落ち、衿もとから容赦のない冷たい雨水が気色悪くからだの中に流れこんできました。ともすれば強い風に吹き飛ばされそうになる傘の柄をしっかり握り、肩をすぼめ前かがみになって歩きながら、彼はスヨも今頃は雨に打たれて難渋しているにちがいない、と胸が痛みました。十一時半ならどのあたりの磯を歩いているだろう。彼はナハザトの入江沿いの磯を歩いたことがないので、どの位の時間がかかるのやら見当もつかず、岬からの眺めでは、或いは深く或いは浅く、入り組んだ小さな浦々がいくつも連なり続いていて、徒歩でたどるにはかなりの距離があるように思えたのでした。でもきっとスヨは来るにちがいない、と思って疑わなかったのは我ながら不思議でした。

浜へ出たヤマトニセは「あっ！」と小さな叫びを洩らしました。上げ潮がどぶん、どぶんと渚のユウナの木の根方のあたりまで打ち寄せていたのです。彼は潮の満ち干を全く念頭においていなかった迂闊さにほぞを嚙みました。海を見ない土地で生まれ育った彼は潮の満ち干の動きにまでは思いが及ばなかったのです。彼は人目につくことをのみひたすらに恐れ、集落の人たちが寝静まった真夜中の頃おいを見計らって、アダン崎の岬の松の木の下へ来てくれるようにと書いた紙切れをスヨに手渡したのでした。まさかこんなことになろうとは夢にも考えませんでした。こんな満ち潮では呼べば答える程に近いこのチノウラでさえとても行けそうもないのに、ナハザトの集落から来ることは到底不可能に近いわざと思えました。そんな理不尽なことをスヨに押しつけた自分の浅はかさが悔まれました。否、スヨと二人だけで会いたいなどと申し入れたこと自体が取り返しのつかないまちがいだったのだからむしろこうなった方がスヨにも自分にもよかったのだ、と思い直してもみましたが、いずれにしろ、自分の考えの甘さに恥入るばかりでした。そして無垢な島の娘の心を乱し傷つけようとしていた自分が恐ろしくさえなってきました。しかしヤマトニセはこれまでスヨに寄せる想いを抑えに抑えてきたのでした。日常の暮らしのさまから言葉まで彼の生まれ育った土地とは大分に異なった、南島での寂しい日々の鬱積がどんなに抑えきれなかったとしても、いかにも自分は取り返しのつかないことをしでかしてしまうところだった、と今更のようにかえりみられ、この突然の風雨と高潮はむしろ天のさとしのようにも思えてきました。彼は自分の姓名も明らかには名乗れず、島の人たちが誰言うとなくヤマトニセと呼びいつしかそれが通り名になってしまっている自分の状態を深くかえりみました。あの時、三宝にのせた短刀を黙って自分の目の前に置いてくれた父の気持ちに逆らって、「生きていておくれ、どんな地の果てでもいいから生きながらえていておくれ」と泣きすがった母の情愛に負け、母が用意した大金を懐に押し入れて家を飛び出したまま、こうやって今までおめおめと生き延びている自分の罪深い全身が目に見えるようでした。それに、或る晩突然持病のムヌィヤミ（鳩尾《みぞおち》のあたりが激しく痛む病）に苦しみ出したウスナを見かねて、何かといえばすぐに灸師を呼んでいた祖母からいつとはなしに教えられたうろ覚えの灸を施してみたところ、たちどころに痛みが止まり、それっきり永年苦しんだウスナの持病は忘れたようにおさまってしまったことがあったのですが、これには治った当人よりも、かえって灸をすえた方がびっくりしたのに、それをウスナが訪れる人に喜ばしげに語ったのが噂となって広がり、いつの間にかひとかどの灸師のような顔をして治療をしている自分にも、やりきれない思いがしてくるのでした。その灸点とても、諸病それぞれに対応するだけの数を知っていたわけではなく、どの場合も大方背中と腹部に同じ灸点を指していたに過ぎなかったのですから。しかし淳朴な島の人たちが熟れたバナナや朱欒《ざぼん》などを手土産にわざわざ舟を漕いで訪ねて来るのを見ると、むげにも断わりかねて、いつしかそのままずるずると治療を続けていたのでした。だからただ幸いなことに病人が快方へ向かってくれたのと、治療代としての金子は受け取らぬ建て前を守ってきたことだけで、辛うじて気持ちを支えている自分が、今更人間らしい思いを抱くなど天が許す筈はない、と責められたのでした。

家に戻って濡れた着物を取り替えたヤマトニセは寝床の上に坐って腕を組み、今日一日のことを振り返ってみました。何だか長い長い一日だったようでもあり、又忽ちにして過ぎ去ってしまった感じでもありました。いずれにしてもこれまでに経験したこともないような時の流れに身を置いたという思いは消せませんでした。ひとしきり激しく雨風に打たれてきたせいか、昂りも静まり、これでよかったのだとどうにか納得のできる気持ちに落ち着けましたが、その底には何やら空しい寂しさと満ち足りなさがわだかまっていることに気づかないわけにはいきませんでした。

「シューヌ《潮が》　ミッチュルバヤー《満ちているわ》」

そう言ってスョは立ちすくんでしまいました。雨雲は低く垂れ込め、ねっとりとした夜気がびっしり詰まって、目の前に手を突き出されても見えない程の漆黒の暗闇でしたが、からだの中までも生臭く染みこんでくるかと思える強い潮の香と、うねりを伴ってどぼーん、どぼーんと打ち騒ぐ重い波の音で、高潮が岸の近くまで満ちてきている気配を察したのでした。

「ハゲー《ああ》　イキャースィリバ《どうしたら》　イッチャルカヤー《いいかしら》」

千々に乱れる胸の裡は困惑の言葉となってつい唇を洩れました。そしてその人と心を重ねる思いで大切に胸にじかに押し当てていた小さな紙切れを、そっと両手で抑えました。それはもうスヨのからだの一部となって、乳房へ溶け入ってしまったようでした。ノートの端を破って急いでしたためたらしいその紙片には、「今夜一時アダン崎の松の木の下で待って居ます」と鉛筆で書かれていました。その文《ふみ》の主とはまだ一度も言葉を交わしたことはなかったのですが、はじめて会ったその時から、前世からの絆で結ばれてでもいたかのように強く心惹かれ、父がその人の治療を受けているあいだじゅう、付き添って通う月日の重なるにつれ慕わしさはいや増していくばかりだったのです。自分の病気のことをかえりみれば、許されることではないと、それは気も狂わんばかりの懊悩となって心を苛みましたが、しかしだからといって自分で思い留まったり、断ち切れたりできるようなものではなく、夜昼とない想いの深さはむしろ募るばかりで、そのために身も心も細り行く思いではありました。その当の人から思わぬ文を手渡されて息も止まりそうになり、ふるえる指先で開いて見た時の胸の高鳴りは今も尚続いているのです。

さてヤマトニセから文を貰ってからのスヨは、まるで何かに取り憑かれた者のようになってしまったのでした。踏みしめたつもりの足は宙に浮いたようで、遥かなあたりを眺めやる夢見心地の目付きになり、夕餉の時も茶碗と箸を持ったまま食べ物を口に運ぶことも忘れてぼんやりしていたので、母親から幾度も注意を受けました。そのあとはランプもつけずに暗い部屋に一人坐って、目の前に浮かんでくるギイチおじの家の庭先でのヤマトニセの思い詰めた蒼白な面ざしをまざまざと思い浮かべ、乳房の上のあたりに当てた紙切れをそっと抑えて、ちらっと触れた冷たい彼の指先の感触や頬のあたりに感じた彼の少し弾んだ息遣いを甦らせて、思わず掌をそっと頬に触れてみたりしていました。

（あの人にはお目にかかってはいけないのだ！　でもあの人はアダン崎の松の木の下で待つという文をくださった。行かないわけにはいかないわ）。悩ましい反対の考えに考えあぐね、思い迷った末になおもスヨの心は揺れていました。そして左の二の腕の肉を引き千切らんばかりに摑み、その痛みは自分の運命と観念しつつもこの痕跡さえなければと胸をかきむしりたい悲しみに打ちひしがれて、「イキャースィリバ《どうしたら》　イッチャルカヤー《いいのかしら》」と幾度も幾度も繰り返しつぶやいていたのです。

　時計などない家の多い集落の人たちに就寝の時刻を知らせる九時の時鐘が、役場の庭のチーマ木の太い枝に吊られた鐘から、ごーん、ごーんと九つ、いかにも眠りをさそうかのようにゆっくり長い尾を曳きながら静かに伝わり広がるのが聞こえてくる時分には、隣の部屋で両親の床に就く気配がしていましたが、やがて父親のかすかないびきが耳に入ると、スヨはもうどうにもじっとしてはおられなくなって、抗し難い力に引っ張られるように闇雲に家を出てきてしまったのでした。

　そして浜辺に来てみると、彼女の磯伝いを拒むかのように高潮が満々と打ち寄せ、行く手をすっかり塞いでいたのです。

　咄嗟にスヨはこれはすぐにも引き返せという天の知らせかも知れないと思いました。今夜彼に

郵便はがき

料金受取人払郵便

神田局承認

1325

差出有効期間
平成28年6月
15日まで

101-8791

514

千代田区神田小川町3－12
岩崎ビル2F

幻《げん》戯《き》書房

愛読者カード係 行

書籍ご注文欄

お支払いは、本といっしょに郵便振替用紙を同封致しますので、最寄りの郵便局で本の到着後一週間以内にお支払いくださるようお願い致します。（送料はお客様ご負担となります）※電話番号は必ずご記入ください。

書名	定価　　　円	冊
書名	定価　　　円	冊
お名前	TEL.	
ご住所 〒　　－		

愛読者カード

●お買い上げの書名をご記入下さい。

●お名前	●ご職業	●年齢	男 / 女

●ご住所

〒　　　　　　　　　　TEL

●お買い上げ書店名

区・市・町　　　　　　　　書店

●本書をお買い上げになったきっかけ

1.新聞（書評/広告）　新聞名（　　　　　　　　）
2.雑誌（書評/広告）　雑誌名（　　　　　　　　）
3.店頭で見て
4.小社の刊行案内
5.その他（　　　　　　　　）

●本書について、また今後の出版についてのご意見・ご要望をお書き下さい。

幻戯書房営業部　TEL 03-5283-3934

会うことがどんなことになるかを考えると、その先の底知れぬ恐ろしい淵をのぞき見させられるようでした。（私はいそいそと人に会いに行けるようなからだではないのに。本当は世の中から見捨てられる筈の人間が、未だ人に知られていないというだけでこうして人並に世間と交わっていられるだけじゃないの。しかしいずれは醜い姿に崩れていかなければならないのだわ。ああ、しかし母が言ったように私の病気が悪い病ではなかったとしたらどんなにいいでしょう。いいえ、そんなことがあり得よう筈はないのだわ。やはりこの瘡はムレの結節にちがいない。さあ、諦めていさぎよく引き返しましょう）と思う心の下から、（でもあの人はアダン崎の松の木の下で待っているという文をくださった）と又してもはじめのあれかこれかの迷いの所に戻ってきてしまうのでした。そして同じ問いかけを心の内で繰り返しているうちに、どうしていいかわからなくなって又もや涙が溢れてきたので、顔を覆って泣きました。

「アンマー《母さん》　ジュウー《父さん》」

たまらなくなって暗い海へ向かい声を出して呼んでみましたが、どんな答えも返ってくるわけはありません。いっそこのまま目の前の海へ入って行き沖へ向かってどんどん、歩いて行けば、たとえ息の根が止まり言葉が語れなくなっても、この胸の想いだけは消えることなくきっとあのアダン崎の松の木の下へ流れつけると思いました。現し身のままであの人の前に立つよりその方がどれ程ましかも知れはしない、と思いつめて前に進もうとしましたが、なお心を定めかね、とつおいつ迷いの果てに思い留まって立ちつくしてしまいました。（たとえ私が海に溺れても、時が経つにつれて波の動きはやがて退き潮へと移っていくのだから、その流れはアダン崎の方にではなく海峡の出口に近いマチアミ崎の岬に向かうにちがいないわ。そうすれば私の屍もアダン崎には流れ着けないでしょう。私の想いなど自然の動きの前では何の力もありはしない。私が海の中に入って行っても、どうせ果てしのない外海に出て行ってしまうだけですもの）。すると急にそうなっては困るという思いに変わったのです。（私はどんなことがあってもアダン崎へ行かなければならない。だってあの人はそこへ来るようにと文をくださった。私はそれを果たさないわけにはいかないわ。そうだ、何よりもまずあの人の気持ちに添うこと、後のことはその時になってからだわ。さあもう泣いてなどいられない。一刻も早く先を急がなければ）。何はさて置き岬へ行くことだと自分の心にけしかけるように納得させると、スヨはやっと心に決着がついた気になりました。しかしいくら心が逸っても、未だ言葉を交わしたことのないしかも内地の人に人目を忍んで会いに行くことの不安は思いの外に大きくて、とんでもないだいそれたことをしでかそうとしているのではないかと、空恐ろしくなってきましたが、彼から手渡された小さな紙切れに書かれた文字にすがるほかには道がないと思うほかはなかったのです。それは動かすことのできない力を備えていて、スヨには逆らうことなどとても考えられないと思われました。（あの人に待ち呆けなどどうしてさせられるものですか）。とはいっても、文目《あやめ》も分かぬ闇夜では、勝手知った集落うちの道だからこそ、金竹の生垣を手さぐりに勘をたよりにどうにかここまでは来られたものの、この先の複雑に入り組んだ浦々の浜辺や端々《はなばな》の岩礁が打ち続く岬までの遠い道無き道のりを、どうやって辿って行けばいいのやら、それにまた山裾の崖下まで満ち寄せた高潮を避けてどのようにして伝い歩いて行けるものか、考えるだけでも不安にしめつけられてくるのでした。そこが磯伝いで歩けるのは、昼間でも潮が引き切った時だけで満ち潮に向かうとすぐに波が押し寄せてきて、到る所にわだかまる岩礁や崖裾を嚙み、容易に歩くことなどできそうにない場所が多かったのです。真っ暗なので舟を探し出すことも叶わず、途方に暮れるスヨを包みこむように、雨雲はいよいよ低く垂れ込め、闇は益々深まって、雨までが今にも降り出しそうな気配になりました。波のうねりも高まり、打ち寄せ響く音がずしりとからだを揺るがすばかりに恐ろしげに聞こえてきました。

でもこの暗闇の波間を越えて行けば、その向こうにはあの人が待っている、と思った瞬間に明るい光がともったように喜びが身内に湧き上がってきました。何を恐れることがありましょう。(暗闇で目が役に立たなければ手と足の指を使ってさぐって行けばいいのだし、海の深みに落ちたら泳げばなんのことはないんだわ。そしてそれでもし力が尽きるのならそれも致し方のないこと、何もしないで死ぬよりもたとえ一歩でも想う人に近づいて死ねるのならそれこそこの身の幸せ、あの人の希望には添えないとしてもそれはそれできっと許して貰えるでしょう。さあ、アダン崎へ向かいましょう)、こう自分に言い聞かせると、スヨは急に全身に力が湧いてきました。そして履いていた下駄を脱ぎそろえて道の脇と覚しきあたりに残し置き、着物の裾を帯にしっかりはさみ込み、足先で地面をさぐりつつ渚のあたりへ降りて行くと、思わぬ近さに潮が寄せているのがわかりました。思い切って中へ入ると、波が勢い強く打ち寄せて膝の上まで浸ってしまいました。夜光虫の群れがスョの腰巻の裾にちりばめたように取り付き、光のふち飾りとなって耀きました。下着が濡れてしまうとはっきり心が決まり、及び腰だった身も心もしゃんと引き締まって、爪先立てていた足をしっかり底につけ、足もとに注意しつつ渚近くに群がり生えているユウナの並木に沿って進みはじめました。

ぬるりと足裏《あなうら》をすりぬける鮃《ひらめ》に驚かされて思わずうしろへしりぞいたり、砂を被《かず》いてひそんでいたガサマ（暗緑色の大蟹）の爪に親指の先を挟まれて思わず悲鳴を上げたりしながらも、スョは用事深く歩いていくうちに、ごつんと固いものが額に当たりました。ユウナの並木が切れて石垣の端に突き当たったのです。ああここは海に少しせり出して築かれたユンタおじの家の石垣だ、と判断したスョは貝殻の付いたその表面を掌でさぐると、ふっと、なんともいえない安らぎを覚えました。深い暗闇の中で感覚に伝わってくるものは、足の指先でさぐる海底の砂だけで、前に出した両手は宙を泳ぐだけの底深い不安の中で、じかに掌でさわれるものがあったことは、何にも増して心強い思いだったのです。スョは安心して両手をぴったりと石垣につけ、足先では砂の上をゆっくりさぐりさぐりたどり進んで行くと、段々深みにはまって行ってとうとう太腿のあたりまでも海水に浸ってしまいました。波が大揺れに打ち寄せる度にからだがふわっと浮き上がって安定を失い、石垣に吸い寄せられないようにするにはかなりの工夫がいりました。スョのからだに触れて光る夜光虫の群れは、水中に長く尾を引きまるで銀の波の流れのようでした。やがて石垣が途切れると海は次第に浅くなったので、両手を宙に浮かすように前に突き出して進んで行くと、鋭く尖ったもので手の甲が撫でられました。それは風に吹かれるアダンの葉の棘だとわかりましたが、そんならここはウスミおばの家の下あたりなんだわ、とスヨはつぶやきました。息子のマサヒトと母子二人、肩を寄せ合うように住んでいる集落の外れでした。闇に包まれて見えない粗末な小屋の中には、澄んだ大きな目で語りかけるように自分を見るマサヒトがいるんだなと思いました。子供の頃からスヨを庇うように親切だったことなどちらと思い浮かべましたが、何か遠い他人事の感じでした。ところでそのアダンの棘をさけようとしてとうとう腰のあたりまで海水につかってしまい、上げ潮が絶えずうねりを伴って寄せてくるので渚へ押しやられそうになるのを、手で波をかきわけるようにして調子を取っていると、海水を含んで膨らんだ腰巻が浮き上がり、腰から下がすっかりあらわになって恥ずかしさに顔の赤らむ思いでしたが、元禄袖の中にも空気と海水が入り、まるで浮き袋を両脇に抱えたと変わらず、身の動きが思うようにならぬまま、下半身裸の、半ば立ち泳ぎの恰好で進むよりほかはありませんでした。その上滲みこむ海水で着物の肩のあたりまですっかり濡れてしまい、南島とはいえ一月半ばの真夜中、しかも絶え間なく吹く海風に、濡れた着物から体温が奪われ、寒さが肌を刺し通し歯の根も合わずにがちがちと鳴っていました。しかしスヨはそんなことよりも胸に抱いた宝物とも覚しいあの紙切れの濡れてしまったことが何よりも切なかったのでした。

集落の外れを離れるとスヨは一層大胆になりました。もう恰好などかえりみる余裕はなく、或る時は海の中を波に揺られ、別の時は岩の上を腹這いになって手さぐりつつひたすら先を急ぎました。そのあいだにはどうしても貝殻や珊瑚礁の破片で手や足を傷つけましたし、指先に全神経を集中して一寸刻みにさぐり進む暗闇での道中はなかなかに捗らず、気持ちばかりあせっても一体どの位の時間が経ったのか、どちらを向いても何一つ見えない闇の中では、どの辺をどう歩いて来たのか、又今どこにいるのかさえ全く見当がつかず、スヨはいよいよ心細く泣き出したい思いになりました。それにずい分と長い時間が過ぎてしまったように思えたのです。あの人はもう岬で待ってはいないかも知れないわ、でもそれでいいんだわ、いいえ、むしろその方が私にとってもあの人にとってもいいのかも知れない、とスヨは思いました。自分の病を思う時、人の愛を受けるなど許されることではないとはっきり自分に納得させなければいけないのですから。しかしたとえあの人がいなくても岬へ行こうとスヨは考えました。どんなに時間がかかっても、又どんなに難渋をしようとも、とにかく岬の松の木の下まではどうしても行き着かなければならないと思ったのでした。

ひときわ強く波の打ち当たる音が聞こえてきたのは、恐らく大きな岩がいくつも重なり合った場所に近づいたからにちがいありません。するとジャノクチ岩の近くかな、とスヨは思いました。大きな怪獣が岬に向かって口を開けた恰好のその岩は侵入しようとする悪魔から島を守ってくれる島守り岩といわれているのですが、そのあたりは、ほかにも岩礁の群れが海の中程へ突き出ていますから、そこを越すにはどうしても岩の間を海に入って泳がなければならぬ場所のあることもスヨは知っていました。一寸先もわからぬ闇の海を泳いでもし方向を失った時のことを考えると、如何にも怖ろしく、どうしても崖近くわだかまる大きな岩を一つ一つ攀じ登って越すよりほかはないと判断しました。それでためしにそばの岩に手をかけて取りついてみました。濡れて重くなった着物は雫をしたたらせ、腰巻が足にまとわりついて動きがままならず、いっそのこと着物も何もかもみんな脱ぎ捨てて身軽な裸になりたいとさえ思いました。岩にかけた手足に力を入れると、岩肌にびっしりくっついた牡蠣貝が引っ掛かり、それまでの傷口に重ねて掌や肘や足先、膝頭、太腿のあたりまで所かまわずついた傷口に潮水が滲みひりひりと痛みが走りました。しかしスヨはそんな痛みなど何程も苦になりませんでした。今はもう一刻も早く岬へ辿り着きたい一心で、ほかのことなど考えに入りこむ余地はなかったのです。

低く垂れこめていた雨雲は遂に怺え切れなかったのか、突然堰を切ったように激しい音を伴って、雹かと紛う大粒の雨を降らせてきました。篠突く雨足は海面を叩き、岩の上にも飛沫を上げて襲いかかり、飛礫《つぶて》を投げつけるような勢いでスヨを打ち、頭の地肌や肩が痛い程でした。目を開けていることも叶わず、雨水は耳の中や鼻の中にも容赦なく入りこむので、頭を抱え岩の上にしゃがみこみました。背中をまるめ、寒気と雨飛礫を受けてじっとしていると、からだじゅうに針が突き刺さるような痛みに襲われ、吹きつける寒風に耳は千切れてしまいそうでした。雨水が入りこまないように口を閉じようとしても寒さで顎がうわうわとわなないていうことをきかず、歯は音をたてて激しくぶつかり合い、唇もぶるぶるとふるえが止まりませんでした。雨に誘われたのか、風までも何やら急に激しさを増したようで、動きが取れずにスヨはただじっとうずくまるよりほかはありませんでした。南島の天候は気紛れで変わりやすいのが常ですから、その時いきなり小さな台風が襲来していたのかもわかりません。しばらくそうしていたスヨはしかし一刻も早く岬の松の木の下へ行きたいと、そのことばかりに気が急かれていつまでもじっとしてはおられず、目は閉じたままで又岩の上を手さぐりで進みはじめましたが、急に落ちこむように心細くなってきました。しかしそれは目を閉じているからだとすぐに気づきました。たとえ見えずとも目を開けていないとこんなにも気持ちが落ち着かないものかと、そんな小さな悟りさえこの時のスヨには頼みになりました。ああ、月夜だったらどんなによかったろうと、スヨは今更のように月光の有難さが思われてなりませんでした。

「アガッ《痛い》」

もう幾度上げたか知れない小さな悲鳴をスヨはまた口にしました。岩の上を這わせていた指先に小さな衝撃を受けたのです。思わず手を引くと同時に（ハブに咬まれた！）と身が竦みましたが、次の瞬間に（あ、今は真冬なのに）と思い直しました。こんな寒い晩に毒蛇が出歩く筈はないと再びそろそろと手をさし出してさぐると、崖下から這い広がった野茨《のいばら》の繁みだとわかり、やはりハブではなかったと胸を撫でおろす思いでしたが、それは岩の面一帯をかなり広く覆っていたのでした。仕方なく波の打ち寄せる音のする方へ這って行くと、ようやく途切れた場所がわかり、どうにか岩の切れ目に辿り着いて、再び海の中へ入って行きました。そして幾つかの大岩を攀じ登ったり降ったりした後でようやく砂浜に出ることができました。おそらくケンムンワラ(妖怪の群れ住む場所)と島の人たちから怖ろしがられている、ガジュマルの老樹が数本鬱蒼と繁ったカシキンの浜にまちがいないと思いました。枝が風に吹かれてひゅう、ひゅうと太い笛のような音をたてていましたし、山から流れ落ちる小さな滝の音も賑やかに聞こえていましたから。水音のするあたりには蛋白石の玉を繋ぎ合わせたような光の粒が群がっているのが見え、また青白いまるい大きな光の玉が人魂でも浮遊しているようにふわふわと薄気味悪くゆれているのも目に入りました。何とも不気味でしたが、妖しい美しさも感じました。深い闇の中にもなお光のひそんでいることが不思議でした。スヨの濡れた着物にさえ夜光虫がいっぱい銀色の蛍火を光らせていたのですから。なおも暗闇の中を這い進んでいたスヨの掌にごつごつと触れてきた幾本も絡み合い横たわった長いものがあったのですが、それが地表に出ているガジュマルの太い根だとわかった時、自分が嘘のように雨飛礫のさえぎられた場所に居ることを知りました。それはガジュマルの木の下蔭に入ったからでした。スヨの不意の出現に驚いた磯蟹の群れが、がさがさと音をたてて走り廻り、手の甲や足の上、ふくらはぎにも上がってきて、あたしも蟹とおなじ四つん這い、髪の毛からしたたり落ちる雨水で泡を吹いているのと変わりがない、などと思ってスヨはおかしくなってしまいました。昼の間は崖下の木の根や岩の蔭にひそんで姿を見せない磯蟹が、夜中に人知れずこんなにたくさん出歩くのかと、怪訝な思いでした。甲羅や足の真紅の美しい色がはっきり目に見える思いがしました。ばたばたっと突然大きな音を立てた鳥の羽音にびくっと竦んだのは、夜中にガジュマルの木の下を通るとケンムンに悪戯をされると言われているからです。昼間でもうす暗い程こんもりと広がった枝々からは、馬の尻尾のような又は縄がからみ合った具合いの茶色の気根が垂れ下がっていて、その下を通ると化物の手でふわーっとさわられるようで昼間でも気味が悪いのに、まして闇の中では気根だとわかってはいてもつと頬に触れるといい気持ちのものではありませんでした。しかしとにかく嵐のざわめきの中から不意に静寂の世界に迷い出た感じでしたから、ほっとした気持ちもありました。もっともそこを通り過ぎるとすぐに又再び風雨に吹き曝された狂瀾の中に戻らなければなりませんでしたが、そのわずかな間で雨勢はかなり弱まっているような感じがしました。しかし尚行く手には漆黒の闇が横たわり、未だいくつかの浦々崎々が続いていて、困難な道行きを続けなければなりませんでした。

「トートー《とうとう》　チャー《来たわ》ー」

スヨは心の底からそう思いました。目指した人の姿は見えませんでしたが、それは予想していたことでした。両手を拡げて胸を張り、思いきり海の空気を吸いこみました。事を成し遂げた満ち足りた思いが胸一杯に湧いてきて、思わず微笑がこみ上げた程でした。一寸刻みに海中を足先でさぐり、岩を這い、首のあたりまでも海水につかり、からだのあちこちを切り傷だらけにして、血を流したことなどは思い出しもしませんでした。ただ余りに時間がかかり過ぎた、とそのことだけが悔やまれました。九時を過ぎた頃に家を出たのですが、もう何時になっているのやら見当もつかず、きっと長い長い時が過ぎたにちがいないという感じだけが残っていました。そしてこんなに遅くなってしまっては、あの人が待っている筈のないことは当然だと思いました。でもとにかく「私は来たのだわ」という思いの方が強くスヨのからだじゅうに満ち満ちていました。あの人が望んだ通りのことを私は成し終えたと思うだけで充分満足できたのです。その人がいなかった方がむしろよかった、とほっとする思いさえしていました。

おや雨が止んでいる、とスヨは思いました。雲の切れ目から星のまたたきさえ出ていました。あたりがうっすらと見えてきて、岬のガジュマルの木が風に吹かれ、影絵のように空《くう》に浮かんでいるのがわかりました。岬を少し廻った山蔭のタユ爺さんの塩焼小屋もぼんやりと姿を現わし、屋根も廻りの壁もすべて茅で葺き廻したこんもりした形を海端の草叢の中にひっそりと横たえていました。

スヨは岬の端の岩の上に坐り沖の方を眺めました。風はなお颯々と絶え間なく吹き渡っていました。濡れた着物に吹きつける風がスヨの体温を奪っても、熱を持ったようなからだには寒いとは感じませんでした。岩に打ち寄せては砕け散る波の飛沫が、上気した頬にひんやりと吹きかかり、却って快い気分でした。

「アレ《あら》　カンシガディ《こんなに》　アハガティィッチ《明るくなってきたわ》」

雲の切れ目がみるみるうちに広がり、散り散りになった雲がさまざまな形に分かれて南の方にどんどん流れて行くと、スョの目の前には美しい南島の星空がまたたく間に広がって、いつも北の空に輝くナナティブシ（北斗七星）もはっきりと見えてきました。

「アッリャ《あれは》　ナナティブシ《七つ星》」

「クッリャ《これは》　ミティブシ《三つ星(冬の夜更けに輝く星)》」

などと指さしつつ星の姿を追ううちに、スョは思わず思いつきの歌を口ずさんでいました。

ユナハ《夜中》　ミティブシャ《三つ星は》

ティン《天に》　タハサ《高く》　キュラサ《美しい》

カナガ《カナ(君)が》　ウモカゲニ《面影に》

ヒキョチ《引き重ね》　ウガモ《拝も》

冬の夜更けの空高く輝く三つ星に、スョは心惹かれる人の面影を重ねみる高揚した想いの中にいたのでしたが、しかし又「ヤマトンチュウトゥ《内地の人と》　エン《縁を》　ムスブナヨ《結ぶなよ》　ヤマトエン《内地との縁を》　ムスブィバ《結んだら》　ウトゥサン《落さぬ》　ハティヌ《箸の》　ナンダ《涙を》　ウトゥシュッドー《落としますよ》」という島の諺《ことわざ》も思い出され、我ながら笑い出したいような妙な気持ちになってきたのですが、すると却っていっそのことあの人のためならどんなに涙を流しても又命を落とすようなことになっても悔はない、という突き上げてくるような思いに襲われたのでした。

海峡をはさんだアガリ島の東端の、まるいおだやかな形ながら取りわけて峰の高いゲンギン山の頂に、ひときわ大きな星が輝きはじめたのはそれから間もなくのことでした。夜明け前の星空などこれまでに見たこともなく、アハトゥキブシ（あかとき星）の名を聞いてはいてもありありと目にしたのは、スヨは生まれてはじめてのことでした。あれはきっとその星にちがいないと思いました。味爽の深々とした青い空に大きな宝石をちりばめたように、一つだけ目立った輝きを見せたその星の美しさは、生涯忘れることはあるまいと思える程も強くスヨの心を捉えました。

しかしそれが暁の明星だとすれば、やがてそのあたりから空一面に輝き亙る朝の太陽が差しのぼってくることはまちがいありません。スヨは急にそわそわと気持ちが落ち着かなくなりました。昨夜は両親が眠りに入った気配を確かめてから、そっと家を抜け出て来たのですから、又二人が目を覚まさないうちに戻っていなければいけないと思ったのです。というより、娘が一人で真夜中に出歩く姿など人目につこうものなら、それこそ集落じゅうの噂とならずにはおかないだろうと心配したのでした。それを思うとスヨはざわざわと胸が波立ってきて急いで帰りかけたのですが、ふと立ち止まると懐から一枚のハンカチを取り出しました。水色の忘れな草の小花の群れが刺繡されたそのハンカチは、いつぞやミナから貰って大切にしていたものでした。スヨは岬の松の木の手近な小枝を二本引き寄せると、お互いをそのハンカチでしっかりと結び合わせました。そして颪などに吹きほどかれずに長く結ばれていますようにと、手を合わせて拝みました。それは現実にはとうてい結ばれそうもない二人の愛への手向けのつもりでした。それに今宵確かにここまで来たあかしに何かをはっきりと残して置きたかったのです。自分にははじめての、そして恐らくは生涯にただ一度だけの結ばれぬ愛の形見としても。

暁の気配は次第にあたりに濃く漂いだし、山鳥たちの賑やかな囀りの声も聞こえはじめました。東の空がかすかに瑠璃色を帯び、ゲンギン山のおだやかなまるい傾斜の稜線がくっきりと現われてきました。

昨夜あれ程難渋したことなどはまるで遠い夢の中の出来事のようでした。いつの間にか潮はすっかり引いていて、明るんだ入江沿いの浜辺には干潟が現われ、いつもと変わらない単調な波がゆったり寄せては返す汀には、千鳥が二羽連れだって、つつっと走っては離れたり寄ったりしている姿もはっきり見えてきました。スョは小走りに駈け出しました。昨夜牡蠣殻で深く切り込んだ足裏の傷が浜の砂を嚙んで、きりりと痛みが走りましたが、少しも苦にならないばかりか、むしろ何だか誇らしくさえ感じられ、これはあの人への私の想いのしるし、いつまでもこのままで残っていて慾しい、などと考えながら歩いて行きました。

第四章　浜千鳥

月光の満ちた庭先に広げられた筵の上で、ウスナは夜なべ仕事のナリワリ（蘇鉄の実を割って中の果肉を取り出す作業）の手を休め、ヤマトニセに向かい幼な児に噛んで含めて聞かす母親のようにゆっくりと島の言葉のままで話しかけていました。

「ガンバ《では》　ティキヌタティネヤ《次の謎立ては》　ワラベヌ《子供の》　トゥキンニャ《時分は》　キュラーサシュン《とてもきれいな》　イチュギン《絹の着物を》
キチュタンムン《着ていたのに》　フディリバヤ《大きくなると》　ムィムィンヌ《木綿の》　ヤレギン《破れた着物を》　キリヤンバ《着なければ》　ナラングトゥンシ《ならないように》
ナリュンムンナ《なるものは》　ヌートー《なーんだ》」

聞き洩らすまいとウスナの口元をよく見つめていたヤマトニセは、首をかしげてたずねました。

「イチュギンがわかりません」

すると横からウラコがすかさず口添えして教えました。

「絹の着物のことですよ」

ヤマトニセは腕を組み、目を閉じて考えこんでしまいました。

「さあて、何のことかなあ」

ナリワリを手伝っていたウラコは、とかく仕事はうわのそら、気持ちは彼の方にばかり向かっていましたから、つい答えを教えてしまいそうになるらしく、じっとしておれずに両手で膝を叩きながら、さもじれったげな声でせかしました。

「ほれ、ほれ、裏の竹藪の横に生えているものですよ」

「裏庭に生えているもの？」

「おいしい実のなるもの」

ものに力を入れて、ウラコが歯がゆがっても、彼にはなかなか考えつかぬらしく、

「裏にある実のなる木と言えば、唐九年母《とうくねんぼ》、朱欒《ざぼん》、釈迦頭《しやかとう》、パンの木、パパイヤ、マンゴ、バンシロ」

などと言っていたのです。

「もう少し、もう少し」

「わからないなあ。降参します」

ウラコはまるで自分が降参したかのように、「あーあ」と嘆息をついて、

「それはバナナの葉のことですよ。ほれ、若芽の頃には、薄緑色の絹の布のようにやわらかでとてもきれいでしょう。でもだんだん大きく広がっていくにつれて緑の色も黒ずみ、厚い木綿の布のようにごわごわした感じに変わって、風に吹かれるといくつか裂け目が出て来て、きたなくなってしまうでしょう。それを言っているんです」

と説明をしました。

「ああ、バナナの葉のことか、それは面白いなあ。謎々合わせにもやっぱり南の島らしさが現われるのですね」

「ヤマトさんも島のムンガタレ（昔話）やアハシムンガタレ（謎々合わせ）もわかるようになって、もう島の人の仲間入りをなさいましたね」

「はい。おばさんにいろいろ教えてもらいましたから。島へ来た当座は言葉も全然わからず、丸木舟や高床式の高倉等、見る物聞く物がみんな珍らしいことばかりでした。そして浜辺に打ち上げられたさまざまな貝殻や珊瑚の骨片や、道端の植物のどれを見ても思わず手でさわらないではいられないような感動を覚えたものですが、近頃は馴れっこになったせいでしょうか、廻りのなにもかもごくあたりまえのものに思えて、感動が余り湧かなくなりました。しかし月の晩の庭先でのナリワリは何遍おつきあいをしても楽しいですね」

　するとギイチおじがそばから相槌を打って言いました。

「ナリワリは楽しいものです。ここは人里離れた一軒家ですから、まあ、いつもこんな家族だけの寂しいもんですが、集落でのナリワリはそれは賑やかですよ。熟れた蘇鉄の実を収穫する初秋の頃から冬にかけての月のきれいな晩に、女たちが大勢集まってナリワリをはじめると、男たちが胡弓や笛やいろいろ手造りの楽器を携えてやって来て、それぞれ得意の芸を披露し合って伽をするのですが、歌ったり笑ったり、まるで祭の晩のように楽しいものであります」

その晩は月が余りに明るく、寝てしまうのが惜しくなって、ウスナとウラコは庭に筵を広げてナリワリをはじめたのでした。するとギイチおじも庭に降りてきて、抱えて来た筵をぱたつかせて広げ、「ヤマトさん、ナリワリの伽をしましょう」と声をかけて誘いました。ヤマトニセも雲一つない空に冴えわたる満月の美しさに、廻り縁に腰をかけて庭の花々を眺めていたところでしたから、一も二も無くその誘いに応じたのでした。

「ウラコ《ウラコ》　スィヘッグヮ《焼酎を》　ムッチコー《持って来なさい》」

ギイチおじが言いつけると、ウラコは「オー《はい》」とすぐに仕事の手を止めて立ち上がり、台所からカラカラに入った蘇鉄焼酎と、荒切りのコブシュメ（モンゴル烏賊）の燻製、パパイヤの味噌漬などを中皿に山盛りにし、長盆にのせて運んで来ました。

女二人がせっせと働くそばで酒など汲み交わしているのは気がひけるから、夜なべ仕事を手伝いたいとヤマトニセが言い出すと、ギイチおじは両手を前にさし出し押し止めるようにして、

「ナリワリは女の仕事、伽をするのが男のヤクワリ。昔からそう決っているのであります」

とおどけたように言って笑いとばしてしまいました。ヤマトニセはもともと酒は好きではなかったので、生まれてはじめて口にした、癖の強い蘇鉄焼酎にはなかなか馴染めませんでしたが、ギイチおじの夜毎の晩酌に付き合わされて一杯二杯と盃を受けているうちにいつしか馴れてきて次第に数も殖え、近頃では陶然と酔い心地を覚える程にもなっていたのでした。それにしても、

目の前の筵に積まれた、赤くてつややかなまるい蘇鉄の実が、ウスナたちの手にかかると、粥や味噌や餅、焼酎などに変わっていくのだなと、或る感慨を覚えながらせわしげに動く二人の手つきを眺めるばかりでした。手頃な平たい石を当て台にし、左手でその上に載せた蘇鉄の実を右手に持った才槌を振り降ろして割るのですが、交互に動く左右の手が機械仕掛けのように見事な律動を見せて繰り返されると、それにつれて固い殻の割れる乾いた甲高い音がかーん、かーんと調子よく響きわたり、潮の匂いや花の香を含んだ春の夜の甘い空気をふるわせて、入江に囲まれた海の方へも裏の山へも伝わり広がっていきました。ウラコは母親に遅れまいと、割られた殻から薄黄色のやわらかな実を抜き出すのにおおわらわでした。

　満月は中天高く上がり、海からは暖かな春風が磯の香を乗せて小止みなく吹いてきて、庭の木々の葉がさやさやと葉ずれのそよぎを伝え、その根方の草叢では、数知れぬ虫がさまざまな鳴き声を奏でていましたが、ウスナの打つ才槌の音はそれらを導くかのようにひときわ冴えて聞こえていました。少し酔いの廻ったギイチおじが、その音に合わせてやわらかく手拍子を取りながら、今宵のナリワリの楽しさを即興の歌にして小声で歌いました。ちょっと喉に纏いつくようなそれでいて聞く人の心に沁み入る独特の嗄れた声でした。歌い終るとギイチおじは、

「さあさあ、ヤマトさんももっとどんどん飲んでください。飲んで歌って賑やかにやりましょう」

　と言って上体をふらつかせながら盃を突きつけるようにするのでしたが、ヤマトニセにはどう

しても遠慮が残ってしまうのでした。

「でもおばさんたちが働いているそばで酒を飲むのはどうにも気がとがめていけません」

「いや、いや、心配御無用。男の伽があるからこそ女も張り合いが出て、仕事に精が出るというものであります」

「ほんとうにそうなんですよ。女にとって男の人たちに伽をされて働くのは楽しいものです」

ウスナが仕事の手は休めずに、にこにことうべないました。

「さあ、アハシムンガタレを続けましょう」

ウラコが話題を変えるように言いました。

「そうね、ではさっき降参なさったヤマトさんからお出しなさい」

ウスナも笑顔で誘うと、ヤマトニセはすかさず、どことなくおかしな発音ではありましたが、島の言葉を口に出しました。

「ティントゥル《天に懸かる》　ゴーガネ《金の輪》　ヌートー《なーんだ》」

「ウレ《それ》　イジャシンショチャガー《お出しなさったー》」

喜んだギイチおじが思わず大声を出し、ウスナとウラコも、

「アゲー《あら》　ジョーティ《お上手》」

と声をあげて、三人揃って笑いころげました。ヤマトニセが島の言葉を使ったことが、とてもおかしくそして嬉しかったのです。自分たちの方へぐっと彼が近寄って来たと思えたのでした。

この家へ来た当初のヤマトニセは、自分からは決してものを言い出そうとはしないばかりか、話しかけられることさえ避けているようでした。事実、彼は自分の言葉に滲みついた京訛りを出すまいと極度に気を使っていたのです。言葉を交わさないと心の通いも閉ざされ、とかく孤独に見えましたから、そんな彼の様子はギイチおじやウスナを心配させていましたが、次第に打ち解けた様子も見せるようになって、近頃はどうにか心を開いてきたかに見受けられました。しかしほかの人たちには以前と変わらぬ無口な態度を崩してはいませんでした。ウスナには彼が心根のやさしい若者であることがわかっていましたので、無口で無愛想なのは、きっと島の言葉がわからないからだと独り合点し、折ある毎に島の言葉を教えようとしました。そのおかげで今ではヤマトニセは、聞く分には言葉の意味がかなりわかるようになっていましたが、それを自分から使ったことは全くなかったのです。それが突然、

「ティントゥル　ゴーガネ　ヌートー」

と言ってのけたので、三人は思わず笑いころげたのでした。

「ヤマトさんも、とうとうシマンチュウ（島の人）になんなさった。この分なら一、二年もすればもうすっかりシマグチ（島の言葉）が使えるようになりますよ」

ウスナがそう言うのを聞いたヤマトニセは、造作もなげに一、二年も経てば、と口にした彼女の言葉に瞬間胸を突かれる思いをしました。この人は何のためらいもなく、これから先もずっと今のように私を自分の家族の中に加えて考えることを少しも疑ってはいないのかと思ったのです。

数箇月前の或る晴れた日の昼さがりに、向かいのアガリ島の港町トマリの浜辺で、行く先の当てもないまま困り果てていた自分に声をかけ、家に連れ帰り、まるで旅先から戻った息子を迎えるように細やかな愛情で包んでくれているこの一家の人々の親切に甘えてついそのまま置いてもらってはいるものの、いつまでもこうしているわけにはいくまい、とヤマトニセは強く思い返したからでした。いずれ自分の身には何かが起こるに決まっている。その何かにいつどんな形で襲われるかはわからないとしても、このままではいられない。それが起こる前にここを立ち去るべきではないか、と思うのです。（しかし何処へ足を向けたらいいだろう。私には何処にも行くべき当てとてないのだ。近頃はここの暮らしの安穏さに馴染み、ともすればあの過去を忘れたがって、ついこの親切な人たちに寄り掛かっているけれど、しかしいつまでもこうしているわけにはいかない。と言って私はどうすればよいものやら）、と暗澹とした思いに陥っていくのでした。

「ワーキャガ《儂らが》　アンマリ《あんまり》　ワレコハタットゥ《笑いころげたので》　ヤマトサンガ《ヤマトさんが》　ウベヘンショチャスカナ《びっくりしておいでるじゃないか》　ウレ《ほら》」

ふっと翳りがさしたと見えたヤマトニセの表情に、ギイチおじは気付いて、内地の人に島の人になったなどと言った、ウスナの軽はずみな言葉を気遣ったのでした。ヤマトニセが気を悪くしたのではなかろうかと。島の人は内地に強い劣等意識を抱いていましたから、今の言葉が出過ぎた言葉だったかも知れないと、ギイチおじには顧みられたのです。しかしウスナは才槌を振る手元に気を取られ、ヤマトニセの心の動きなど知るよしもなく、なお明るい調子でつけ加えました。

「私が毎日教えてあげますから、早くシマグチを覚えて島の人たちとも仲良くしてくださいね」

それを聞いてあわてたギイチおじは、妻の言葉を取り繕うように言葉を添えました。

「片言ならともかく、島の言葉を使いこなせるようになるのは、とてもむずかしいことだろう。うちの爺さんなどは三十年余りも島に暮らしながら、一生涯島の言葉は使わなかったそうだからなあ」

「おじさんのお祖父さんは島の人ではないのですか」

「はい。内地からの遠島人でした」

ギイチおじはちょっと遠々とした感じで答え、盃に焼酎を注いでゆっくり飲み干してから、しみじみとした口調で言いました。

「これもナリワリの伽話の一つになりましょうかなあ。ひとつ昔の話でもやりますか」

こう言い置いて静かな口調で語り出しました。

「祖父の名は喜入《きいれ》文左衛門と言ったのですが、薩摩藩のお家騒動に巻き込まれ、遠島になって隣りのナハザトに流されて来たと聞いています。海端に牢を造り幽閉して置くようにとの代官所からの申し送りだったそうですが、島の与人《よひと》（最上席の島役人）のウィントノチヌウィンジュ（上の御屋敷の旦那さま）がそれでは気の毒だとおっしゃって、独断で御自分の屋敷内の離れ、つまり今ミナ嬢さまが使っておられるあの部屋ですが、あそこを見せかけだけは牢に仕立てて文左衛門を住まわせ、食事の面倒までもすっかりみてくださったのですね。もともと代々学問を以て藩に仕えてきた家と言われますが、祖父もやがて近在の子供たちを集めて読み書きを教えはじめたところ、ほかの島からも通って来るようになって、なかなか賑わったということです。そのうちウィントノチヌアセ（上の御屋敷の奥さま）の遠縁に当たる娘を娶って、このチノウラの入江一帯の山と土地をもらい、集落の人々の奉仕で家も建て、移り住むことになったのです。後では藩から赦免の命も下ったそうですが、祖父は遂に国許には帰らなかったのです」

「このチノウラの入江の一帯を全部無償でもらったのですか」

「はい。ウィントノチ（上の御屋敷）はこの島だけでなく、ほかの島にも土地をたくさん持っておられますから、浦の一つや二つなんでもなかったのでしょうな。旧藩時代の話ですが、ウィントノチの最も栄えた頃は、農作業や黒砂糖造りのためのヤンチュウ（主家に隷属した家人《けにん》）を二百人の余も抱えていたと歌に残っている程の家柄ですから」

「家造りも全部集落の人々の奉仕だったのですか」

「そうです。家の普請でも、砂糖黍の刈り取りでも、大勢の手の要る仕事は皆で力を合わせてするのは、島では当たり前のことですよ」

「島の暮らしは鷹揚でいいですなあ」

ヤマトニセが思わずそう言ったのは、島の人々の暮らしの内実を知らされた気持ちになったからですが、短い滞在のうちにも彼が見聞した島の人々の暮らしのさまは、まことに思い遣りに満ち、互いが実によく助け合って暮らしていると思えたのでした。ギイチおじの家族は言うまでもなく、これまで彼は島の人々の親切を随分と身に受けて、渡る世間に鬼は無し、という実感を強く抱いたのでした。島の人々に接する時に受ける、あのやさしさと暖かさのまざったやわらかな感じは、それまでに彼の経験したことのないものでした。

「おじさん、私は島へ来て、淳朴で、信心深く、毎日の生活をとても大事にする、床しい暮らしのさまをしっかりと見せてもらえたと思っています。このような自然の中に溶け入った暮らしこそ人間本来のものかも知れませんね。このイリウルマ島は本当に素晴らしい所です」

「さあ、どうでしょうかなあ。近頃の若い者はこんな不便な離島暮らしはもういやだと言って、各島巡行の蒸気船が通うようになってからは、みんなヤマト（内地）に行ってしまうのですよ。ヤマトへ行けばうまいものを食べて、手足を汚さない楽な暮らしが出来るぞ、いい事づくめだ、という募集人の言葉を信じ、小学校を卒業すると、我も我もとヤマトへ出て行くのです。儂には想像もつきませんが、都会の暮らしは、そんな結構なものでございましょうかなあ。うちのたった一人の倅も大阪へ行ってしまいました」

ギイチおじの話を聞きながら、ヤマトニセは島へ渡って来る時に乗った船内でのことが思い出され、ひとしお感慨無量なるものを覚えました。美しい自然に囲まれた島と、馴れ親しんだ身内の者たちに見守られた長閑な暮らしを捨ててまで、島の人たちは何故あんなつらい船旅をして、内地へ出かけて行くのだろう。しかも行った先では不如意なことが多かったと洩らしてもいたのに。自分にはあの船内でのつらさはもう懲り懲り。思い出しただけでも胸元に吐き気が突き上がってくるようでした。彼はその内地の船会社の、乗客である島の人たちに対する待遇のひどさと、船員たちの横柄な態度を見て、どうにも理解に苦しみました。

左程大きくもない古い貨物船を改造したらしい船室は、暗くて狭い階段を降りると、細い通路を挟んで上下二段に余裕なく仕切られ、乗客は薄暗い裸電球の下で、まるで屍体か何かの物のようにすき間なく詰め込まれて、青白い感じで横たわっていました。大洋の浪のうねりにつれて、船はぎしーっ、ぎしーっ、と今にもばらばらになってしまうのではないかと思える程に軋みつつ激しく上下左右に揺れ続け、船酔いに苦しむ船客の嘔吐の呻きと臭いが入り混り、船室内は屍臭をさえ思わせるむかつくいやな臭いが充満していました。子供が乳や水を欲しがって泣き叫んでも、船酔いの母親は動くことさえままならず、用便のために階段を上がろうとすれば、通路にまではみ出た船客が足の踏み場もない程にごろごろしていて、余程あつかましくならなければ容易なことでは通り抜けられぬ状態でした。ようやく甲板へ出ることが出来ても、急拵えの便所の入り口のまわりにまで、到る所に客室に溢れた人々が膝を抱えて坐っているのでした。かなり高い運賃を払っていながら、こんなまるで奴隷船ででもあるかのようなひどい取扱いを受けても、乗客の誰一人として不平を鳴らす者はおらず、お互いが迷惑をかけまいとして、むしろ譲り合っているようでした。船に強い者は、船酔いに苦しむ人が金盥の中に吐いた汚物を捨てに行ったり、動けない母親に代わって子供の面倒を見たり、又ふらつく人を背負って便所に連れて行ってやるなど、まるで身内の者同士のように、世話を焼いていたのでした。生まれてはじめての激しい船酔いの苦しさに生きた心地もなかったヤマトニセも、随分とこの人たちの世話になったのです。

乗船して二日目の昼頃、ようやくヤマトニセは這うようにして甲板へ出ることが出来ました。奈落の底かと思える暗い船室から、急に明るい場所へ出たので、くらくらと目が眩みました。強い太陽は燦々と輝き、青い海原が白い浪頭を立てて果てしなく続き、海風がひゅうひゅうと吹いていました。さっきまでの地獄のような様相がまるで嘘のようでした。しかし掩蓋《えんがい》もない甲板の上に、強い直射日光をもろに受けて、ぐったりと横たわっている人々の姿を目にした時、昨夜の雨風の中でもそのままの恰好で濡れていたのかと思うと、悲しみやら憤りやらわからぬ熱いものが胸の底から湧き上がってくるのを覚えました。

彼は喉が乾いてとても水が欲しかったので甲板に出たのでした。鳩尾を突き上げてくる吐き気に苛まれ胃の内にあるものは大方吐き尽くし、苦い黄色な胃液さえもう出ずにからだじゅうの水分が失われたかのように乾ききっていたからです。折よく船員が通りかかったので、彼は声をかけてみました。

「水が飲みたいんですが、どこにありますか」

「あそこや」

「あそこって、どこですか」

「突き当たり」

「突き当たりは便所ですが」

「そうや。お前ら離島の奴らは便所の水でええんや」

吐き捨てるような言葉を残してその船員は足早に去っていったのです。

飲み水が欲しいと言ったのに、便所の水を飲めとは何ということだ、とヤマトニセは屈辱の余りに蒼ざめる思いをしました。そして船室で聞くともなしに耳にした、島の人たちが内地で南島の出身というだけでひどく馬鹿にされ、思わず拳を握りしめた事も度々だったと話していたことの嘘でないことが、自分も南島の人同様に扱われたことではっきりわかったように思えたのでした。


ギイチおじと話しているうちに、ヤマトニセはその船でのことがまざまざと思い出され、島の人たちがなぜそんな侮蔑を受けなければならないのか、と改めて考えさせられました。彼が接した島の人たちからは、その理由がどうしても引き出せなかったのです。島と内地のかかわりは一体どうなっているのだろうとあれこれ考えると、ギイチおじやウスナが陰膳を供え、文太郎の内地での暮らしの有様を案じて日毎夜毎にその無事を祈りつつ思いを馳せている姿は、根深い不安と願望に揺れ動いているからだと思い及ばずにはいられませんでした。

曾祖父の名の一字をもらって名付けたという文太郎の名が出る度に、ウスナはすぐに涙ぐむのが常でしたが、内地の話が出たので、ウスナは又しても息子のことが思い出されたのでしょう、仕事の手を休め、ヤマトニセへ顔を向けて、しんみりとした口調で語りかけました。

「わたしはヤマトさんがうちに来られて、息子の文太郎が帰って来たようで、とても嬉しいのですよ。うちのひとも内地の人の孫ですから、ほれ、島の人とちがって、目が細くおとがいが長いでしょう。文太郎も父親似だから、どことなく内地の人みたいで、ヤマトさんとも面差しがよく似ているのですよ。トマリの浜であなたをはじめてお見かけした時は、本当にびっくりしました。あんまり文太郎に似ていなさったから。それにあなたは神さまのお告げに現われた方にそっくりです」

「何のことですか、それは」

ヤマトニセはどきりとして、ユタ神（占いや口寄せをする巫覡《ふげき》）であるウスナの顔をまじまじと見つめました。

「ヤマトさん、御存知のように、ウスナはユタ神なので、いろいろと予見をするのですが、あなたとの出会いほどぴたりと言い当てたのは、そう言っちゃウスナになんだが、珍らしいことでしたな。はははは」

ギイチおじはいたずらっぽく笑いにまぎらわしながらウスナの方を向いてちょっと肩をすくめて見せました。もっともウスナは才槌打ちが忙しくて、相変らず気付いてはいなかったのですが。

「そう言えばあの時は驚いたり、喜んだりしましたねえ。あれからもう半年以上も経っているのですね。本当にあの日のことは忘れられません」

ウスナは夫に相槌を打っていましたが、強い印象の残った日を追慕するかのように、手元を休

めて、遠くを見る目つきをしました。跡切れることなく続いていた才槌の音が止み、ウラコまでが神妙な顔つきになって、

「アンマ（母さん）がユタ神だったおかげで、ヤマトさんに逢えたんですね」

と言ってヤマトニセの顔をじっと深い目つきで見つめました。

「おばさん、さっき、神さまが私のことをどうとかおっしゃっていましたけれど、何のことですか」

「それは神さまのお告げで、あなたにお逢い出来たことですわ」

「神さまのことを伺ってもいいですか」

「いいですよ、どうぞ」

「おばさんは、どうしてユタ神になったのですか」

「私はウラコを生んだ後に、わけのわからない病気に罹りましたが、神さまのおかげで元気になることが出来ました。それからのことですよ」

「神さまは私のことをどういうふうに、おばさんにお告げになったのですか」

「ナリワリの伽話は次々と出て来て、尽きませんなあ」

ギイチおじはこう言って、ウスナがユタ神になった経緯《いきさつ》や、ヤマトニセと出逢った日のことなどを、焼酎を飲みながら、ゆっくり、ゆっくり話しだしました。

ウスナはウラコを出産した後の肥立ちが悪くて起き上れないまま、三年程はまことに奇妙な状態に陥っていました。床の上に横たわったまま枕から頭が上がらなくなったのです。いくら持ち上げようとしても、まるで頭に鉛の塊でも詰まったかのように、重くて全然上がらないのです。枕の上で左右に動かすぶんには差しつかえはないのに、上に持ち上げようとすると、梃子でも動かせない状態でした。そればかりか、どんな小さな光を感じても、目が眩しくて開けておられず、そのために年がら年中雨戸を閉め切り、節穴には目張りまでし、その上に屏風を引き廻した暗闇の中で寝ていたのでした。彼女自身も廻りの者も、この症状は恐らく一生涯続くのではなかろうかと気遣っていたのですが、或る中秋の満月の晩に、突然神の知らせを受けたと言って跳ね起き、そばに寝ていた夫も踏みつけ、屏風を引き倒し、はだしのまま裏庭の懸樋の所へ駈け出して行ったかと思うと、不思議なとしか言いようのないこれまで彼女の恐らく知る筈もなかったヤマトの神々の名を声高々と呼び連ね、祝詞《のりと》のような言葉を唱えながら、しばらくその落ち水に頭から打たれていましたが、そのうち狂ったようになって庭で踊り出しました。皎々と照る月光の下で髪振り乱して踊り狂う妻の鬼気迫る姿に、ギイチおじが息をのみ、呆然と見ていると、ウスナはやがて両手を高くかざしながら浜へ駈け降りて行き、ざぶざぶと膝のあたりまで潮水に浸りながら、

「ナナシュ《七潮》　ナナナミ《七波》　ナナバナ《七花》　キヨミティタボレ《浄めて給われ》」

と大声で唱えつつ、打ち寄せて来る波の花を両手で掬っては頭から掛けることを繰り返していたのでした。後をつけて来たギイチおじは、妻はとうとう気が狂ったと思い、「ウスナ！」と叫

ぶとうしろからしっかり抱きかかえ、声を上げて泣きました。しかしウスナはさっぱりした顔つきになって、「白装束の女の神さまがこうせよ、とおっしゃったのです」とにこにこ笑っているのでした。不思議なことに、その時からウスナはまるでおこりが落ちたかのように、頭が軽くなり、光も苦にならなくなったのでした。しかし時々、いきなり失神しては倒れ、その後で神さまが見えたなどとわけのわからぬことを口走ることを繰り返したあとで、突然自分はフドンガナシ（ユタ神）になったと言い出したのです。

そのあとウスナはユタ神の中の親神の所へ通って教えを受け、白装束になって白馬にまたがり、神探しに出かけたりした後で、近在の島々のユタ神たちを招き、ティンミシャクの祭り（大勢のユタ神が集って太鼓を叩き祈りの言葉を唱え、新しいユタ神の誕生を認める祭り）を行なった上で、正式にその仲間に加えてもらったのでした。

或る日、白い広袖の神衣《かみぎん》を打掛風に羽織ったウスナは、祭壇の前に坐って目を閉じ、合わせた手を少しふるわせながら、朝の祈りを唱えていましたが、突然つと顔を上げ、祭壇中央に安置した御神体の刀を目を凝らして見つめ、やがて目を閉じてじっと心を澄ます気配を示していました。それは神のお告げを受けた仕草であることがすぐにわかりました。

「向かい島のトマリの浜へ行きなさい。そしてそこにいる若者を家へ伴って来なさい」

そんな声が聞こえてきて、一人の若者の姿が霧の中から幻のように浮かんで見えました。はっきりとは確かめられませんでしたが、面差しがどことなく息子の文太郎に似ていました。ウスナは気もそぞろに祈禱を終えると、慌てて庭へ跳び出しました。

朝餉の後片付けをすませ、働き着に着替えて手拭をきりりと被ったウラコが、黒ずんだ堆肥を入れたテル籠を、緒の部分を額に掛けて背負い、懸樋の水の落ちるあたりで鎌を研ぐ父親のそばに立っていました。

「ジュウ《父さん》　ナムダカ《あなたも》　ウラコダカ《ウラコも》　ニャー《もう》　ハテッカッチャ《畑へは》　ウモンナヨー《行ってはいけませんよ》　ナマハラスグ《今からすぐに》
トゥマリハチ《トマリへ》　イキャンバ《行かなくちゃ》　ナリョーランドー《なりませんから》」

「アタダン《突然》　ヌーグトゥ《何のことだ》」

啻《ただ》ならぬ様子で家の中から駈け出して来て、いきなり畑に行くななどと言い出したウスナに、ギイチおじもウラコも何事が起きたのかと怪訝な目を向けました。

「ナマ《今》　カムサマヌ《神さまが》　トゥマリハチ《トマリへ》　イキーチ《行きなさいと》　ウモヨータムチョ《おっしゃったんですよ》　ムシカスィリバ《もしかしたら》　ブンタロガ《文太郎が》
トゥマリガディ《トマリまで》　ムドティチュムカム《戻って来ているかも》　ワカリョーランドー《知れません》」

「ヌッチ《何だって》」

咄嗟のことでギイチおじは何のことか見当がつかなかったのですが、すぐにそれはウスナがいつもの神託を聞いたのだと、合点しました。

「ナマスグ《今すぐに》　イキーチ《行けと》　カムサマヌ《神さまは》　ウモチナー《おっしゃったのか》」

「オー《はい》　ガンシダリョーッドー《そうです》　ブンタロネシシュン《文太郎のような》　スィガタヌ《姿が》　ミリャリヨタムチョ《見えましたが》　ムシ

カスィリバ《もしかしたら》　ブンタロガ《文太郎が》　ビョクデムシー《病気にでもなって》　シマハチ《島へ》　ムドティッチャンムンナ《戻って来たのでは》　アリョーラン《ないですかねえ》カヤー」

「ガンシカヤー《そうかなあ》　クネダ《この間》　ゲンキシ《元気で》　キバトゥムチチ《頑張っているからと》　ジョウトゥ《手紙と》　カワセヌ《為替が》　チャンベヘリジ《来たばかり》ヤンムンヤー《なのになあ》」

ギイチおじはこれまでも、ウスナのはずれることの多い予見をちらと思い返しましたが、いつも妻の気持ちは大切にして立てるようにしていましたから、この時も敢えて逆らいませんでした。それに、もしかしたら本当にからだの調子でも悪くした息子が、急に島へ帰って来たのかも知れないと思えたのでした。大阪や神戸などの都会の鉄工所や、又塵埃の多い製糸や製麻の工場での、深夜勤務を含む三交替の厳しい作業は、島から出かけて行った未だ幼な顔の残る小学校を卒業したばかりの若者たちにとっては、かなりの重労働だったらしく、過労から来る肺病や脚気にかかって戻って来る者も少なくなかったのでしたから。

とにかく、ウスナの考え通りに着替えをした三人は、すぐに板付け舟を漕いで、向かいのアガリ島のトマリ港へ急ぎました。

トマリの町はこのあたりの中心地になっていて、近くの島々から人々がそれぞれに自家の産物を持ち寄って集まって来ましたから、船着き場の前の広場では、毎日賑やかな市がたちました。

ギイチおじの所でも、石油や蠟燭など自分の家では作れない必需の品物が切れると、畑で出来た野菜や、藺草を干して編み貯めて置いた畳表などを舟に積んで、トマリの市に出かけて行くことになりました。しかし神託に促されてのその日は取るものも取り敢えず空荷のままで漕ぎ出して来たのです。幸いに空は蒼く晴れわたり、海峡の真ん中に出ても、小波が長閑な音をたてて舟底をぴしゃ、ぴしゃと叩く程の凪ぎきった良い日和でした。

白い砂浜の続く入江内のトマリ港の船着き場には、刳り舟や板付け舟がぎっしりと並んで舫いを取り、背の高い椰子やパパイヤの並木に囲まれた広場では、陽焼けして精悍な表情をむき出しにした人々の取り引きに熱中した声高なざわめきと、豚や山羊などの鳴き叫ぶけたたましい声も入り混った、いつもと変わらぬ喧騒を極めた市場の情景が、南国の強い太陽の照りつける中で繰り拡げられていました。

ギイチおじは船着き場の東の端のあたりに舟を着けると、その近くで最早帰り仕度をしていた夫婦者らしい二人連れに、内地からの下り便の蒸気船が入港したかどうかをたずねてみました。小豚をでも売りに来たらしく、空になったアンペラ袋を片付けていた二人は、その船は真夜中に港に着いたあと、客や積み荷を降ろして間もなく出港して行ったそうだ、と教えてくれました。

とにかく手分けして文太郎を探そうということになり、ギイチおじは市のたつあたりへ、ウスナとウラコは町なかへと、それぞれ分かれ分かれに散って行きました。

しかしかなりの時が経ってから舟に戻って来た三人は、互いに空しい努力だったことを悟りました。それ程大きな町ではないので、文太郎が訪れて行きそうな知り合いの所は大方たずね尽してしまったのです。居ないとわかると、ギイチおじとウラコはむしろほっとしました。それは都会で元気で働いているということにほかならないのですから。しかしウスナは舟べりにがっくりと腰を降ろし、ほつれ毛を頬のあたりに乱して、ひどく気落ちした顔付きをしていました。彼女は神のお告げを大切に思っていましたし、又四年ぶりに息子に逢えることばかりを考えて、ほかに思いが及ばなかったのです。

「トゥミユントゥロヤ《探せる所は》　グスト《みんな》　トゥミティミチャットゥ《探してみたんだから》　ニャー《もう》　アトヤ《あとは》　イキャーシュル《どうするかな》
ウスナ《ウスナ》」

「オー《ええ》」

ウスナは気のない返事をして舟べりに腰を降ろしたまま、市も盛りを過ぎて人影のまばらになった広場の方へぼんやりと目を向けていました。ギイチおじは妻の気持ちがよくわかり、かわいそうで仕方がありませんでした。

「ウスナ《ウスナ》　ディガンバ《さあそれでは》　ニャー《もう》　ウリドゥキダカ《時分どきも》　ワルスィジュリバ《だいぶ過ぎているから》　ビントンキャ《弁当でも》　ヒリャチ《開いて》
ツカラ《から》　マタアトヌクトゥヤ《又あとのことは》　カンゲティンニョヤー《考えることにしようや》」

「オー《ええ》」

ウスナは小さな声でうなずきました。

「ウレ《さあ》　ウラコ《ウラコ》　ビントンキャ《弁当でも》　エヘティンニ《開けてごらん》」

「オー《はい》」

ウラコは舟の中央に敷いてある敷き板の上に弁当の包みを開き、薬罐に入った冷めた茶を注いで両親にすすめました。力なげに横坐りになったウスナは、茶を一口飲み、むすびにちょっと口をつけただけでそっと下に降ろしてしまいました。ギイチおじはそんな妻を見ていると、自分までも食欲が失われていくようでした。ウラコひとりがはち切れそうに太った健康な頬を膨らませて、若さに溢れた食欲を見せていました。

「ブンタロヌ《文太郎の》　タミガディチ《ためまでと》　ウモティ《思って》　カンシワル《こんなにたくさん》　ニギリミシ《おむすびを》　ニキチ《握って》　ムッチチャンム《持って来たのに》ン」

ウスナは香りの高いサネン芭蕉の葉に包まれた、大きなむすびへ目を落としながら、あきらめきれずにつぶやくように愚痴を言いました。妻の淋しげな様子はギイチおじを遣る瀬ない気持ちに追い遣り、何故か自分の不甲斐ない所為のように思えてくるのでした。旧家の娘だったウスナが、親の反対や周囲のそしりを押し切って、百姓の自分の許へ嫁いで来たことがいつも胸の底にあり、彼は妻には野良仕事等は余りさせずに捧げ持つようにして見守ってきたのでした。

「ブンタロガ《文太郎が》　ウランタンムンナ《みつからなかったのは》　アリガ《あれが》　ヤマトナンティ《内地で》　ドゥクサシューティ《元気で》　キバトゥム《働いている》チイュン《と言う》　ショーコドゥアン《証拠だよ》　カエッティ《かえって》　イッチャタムチ《よかったと》　カンゲランバナラムヤー《思わなくちゃいかんなあ》」

ギイチおじのいたわりを、ウスナは軽くうなずいて聞いてはいても、心はどこか遠くに行っているようでした。ギイチおじは妻を早く家へ連れて戻りたいと思いました。ウスナは三人の兄たちの後に女の末子として生まれたので、殊のほか両親にかわいがられ、我儘いっぱいに育ってきましたから、自分の思うようにならないことが起こると、すぐに気持ちを亢ぶらせてしまうのでした。周囲から揉まれることの少なかった幼いままの心は傷つきやすく、その弱い神経を刺戟しないようにと、ギイチおじは常々どれほど心を配ってきたか知れません。その上ウスナはちょっとしたことですぐに熱を出し、激しい頭痛に襲われました。

眉根をしかめてあらぬ方を呆んやりと見ている妻を静かに見守っていたギイチおじは、頃合いを見計らって声をかけました。

「ウスナ《ウスナ》　イティガディム《いつまでも》　カシティシュウティム《こうしていても》　イキャムナランバ《仕方がないから》　ニャー《もう》　ヤーハチ《家へ》　ムドロヤー《戻ろうか》」

「オー《ええ》」

ウスナが承知したので、ギイチおじはほっとした思いで、ウラコをうながし、舟を波打ち際へ押し出しました。

「ワンナ《あたし》　シュービン《おしっこ》　シーキョーロイ《して来るわ》」

突然ウラコはこらえかねるように母親にそうことわりを言うと、あわてざまに舟のそばを離れました。

「ガンバ《それじゃ》　アマヌ《あそこの》　ミシャイジー《お店へ行って》　ユージン《御便所を》　カティムロティコー《貸してもらっておいで》」

「ガンシュンクトゥ《そんなこと》　ワンナ《あたし》　ハティカシャ《恥しいから》　バア《いや》　ウリュクマ《それよりも》　ウンキンポヌ《そこらの》　チュウヌミリヤン《人の見ない》　カゲイジシーコー《蔭へ行ってしてくるわ》」

「メーラベヌ《娘が》　ガンシ《そんな》　ストゥナンティユチシーヤ《外で用を足しては》　ナランドー《いけませんよ》」

母親のたしなめには耳もかさずに、ウラコは砂浜を走って、海端に生えたユウナの木の下に打ち捨てられた板付け舟の蔭に行きましたが、何を思ったのかすぐに息せき切って引き返して来ました。

「アンマー《母さん》　アマナン《あそこに》　アニョン《兄さんに》　ウンママニチウモユン《ようく似た》　チュウヌ《人が》　ウモユタド《いらしたよ》」

「ヌッチ《なんですって》」

「アマナン《あそこに》　ヤレブネヌ《毀れ舟が》　アタットゥ《あったので》　ウンカゲナンティ《その蔭で》　シュービン《おしっこを》　スィローチ《しようと》　ウモティ《思って》
ガン《そこへ》　イジャットゥ《行ったら》　ウンヤレブネヌ《その毀れ舟の》　ナハナンニャ《中には》　ニセヌ《青年が》　ヤスモティウモユタムチョ《寝ていらしたの》
ウベヘティ《びっくりして》　ミチャットゥ《見たら》　カワッタカナ《なんとなく》　ヤマトニセネシ《内地の青年のように》　シーウモユタムバム《しておられたけど》　アニョン《兄さんと》
ウンママニチウモユタムチョ《そっくり似ていらっしゃるのよ》」

「ウン《その》　ヤレブネヤ《毀れ舟は》　イドゥ《さあ》　ダア《どこ》」

「アレ《ほれ》　アマヌサキヌ《あそこの先の》　ユウナギヌ《ユウナの木が》　マンディ《たくさん》　ムェトゥントゥロ《生えている所》」

聞きも敢えず着物の裾を乱して駈け出して行ったウスナは、毀れ舟の中に若者を見つけると、挨拶も交わさずにいきなり問いかけの言葉を出しました。

「あなたは誰ですか」

突然顔の上から降って来た女の声に、崩れかけて砂なども入った舟の中で仰向けになってうつらうつらしていた若者は、驚いて目を開けました。すると目眉の黒々とした中年の女が、真剣な顔つきで、自分にのしかかるようにじっと見下ろしていましたので、上体を起こすと、女がもう一度繰り返しました。

「あなたは誰ですか」

若者は何のことかわけがわからず、目を見返したまま黙っていると、女は言葉を変え重ねて言いました。

「あなたはどこから来られたのですか」

若者は一瞬びくっとしました。

「あなたは、どこから来られて、どこへ行かれるのですか」

そう質されて若者は更に不安になりました。この女は自分を怪しんで尋問していると思い、用心しなくてはいけないと考えたからです。彼は何も答えずに黙ったままなお女の目を見ていました。しかしその黒々と澄んだ大きな目は、言葉の鋭い調子とはちがって、やさしさに溢れているように見受けられ、若者はふっと気持ちがやわらぐのを覚えました。すると又砂を踏む足音がして、男が一人近づいて来たので、若者はほどきかけた心を閉じ、つと身構える気持ちになりました。男のあとから色の黒い目の大きな丸顔の娘もやって来ました。三人はどうやらただの家族らしいと思えたのですが、見知らぬ自分にいきなり尋問のような言葉をかけるこの人たちは、一体何者だろう、心を許してはなるまい、と緊張をほどかずにいると、柔和な顔立ちの如何にも気のよさそうなその男は、腰をかがめるようにして声をかけてきました。

「突然女房が御無礼をしました。実は内地へ行っている倅が、今日の蒸気船で帰って来たのではないかと迎えに来たのでありますが、見当たりませんので探していたところでございます。あなたが倅によく似ておられますので、つい言葉をおかけしたのです。どうぞごかんべんください」

若者はからだじゅうの力が抜けるような安堵に襲われ、ほっとした余り手足が萎えたようになりました。この三人は自分に別段の思惑があったわけではなかったとわかり、素姓が知れてしまうのではないかと怖れて思わず身構えたのに、その心配が無用になって本当によかったと思いました。

「昨夜の蒸気船から降りられたのでありますか」

ギイチおじの問いに若者はうなずきました。

「この島に知り人でもおられるのですか」

どう見ても内地の人としか思えない若者に、ギイチおじは気兼ねをしながらもなお問いかけずにはおられませんでした。若者は色の白い面長の顔に、ちらと寂しげな表情を浮かべると、首を横に振りました。

「それでは、ずっとこの舟の中におられたのですか」

若者はかすかに笑みを浮かべてうなずきました。

「ハゲー《まぁ》」

ウスナとウラコが同時に声を上げました。この土地に知り人も無いのに、真夜中から一人でずっとこの毀れて打ち捨てられた板付け舟の中にいたという若者に、感情の起伏の激しいウスナはもう胸をつまらせ、又身を乗り出して不遠慮な問いかけをするのでした。

「お名前は何と言われるのですか」

若者は目を伏せたまま黙って答えませんでした。肩を落とした何とも言えない寂しげな若者の様子を見ていて、ギイチおじはきっと深い仔細があるにちがいないと考えました。すると遠島人だった祖父のことが思い出され、目の前の若者の姿と重なるようでした。若者の面差しが、自分や倅とよく似ているのも、不思議なえにしというほかはありません。

「ウスナ《ウスナ》　クンチュウ《このかたを》　ヤーハチ《家へ》　トゥモースィリバ《お連れしては》　イキャールカヤー《どうだろう》」

ウスナは声をはずませて同意しました。

「オーオー《はいはい》　ウモユンダンナ《勿論いいですとも》　ウッリャ《それは》　イイカンゲダリョンヤー《いい考えですね》」

「もし行く先の当てが決っておられなければ、私共の所へいらしてください。私の家はこの島の向こうがわの小さな島ですが、どうぞおいでてください」

見ず知らずの行きずりの自分に、暖かな言葉をかけてくれる親切な男を、若者はまじまじと見つめていました。陽に焼けた面長の顔の中の柔和な切れ長の細い目は、如何にも温厚な人柄をうかがわせました。そのそばでまるで息子をでも見るような目を自分に向けている、全くの田舎暮らしとも見えぬどことなく品のよい女も、まんまるな顔にえくぼをこしらえ始終ににこ笑いかけている娘も、みんな如何にもやさしげで人ざわりのやわらかな感じに溢れていました。そして若者は長い船旅の後に辿り着いた遥かな未知の土地で、身内に巡り逢えでもしたかのような、親密な気持ちの湧いてきたのが、我ながら不思議でした。

「どうぞ私共の所へおいでてください。何も遠慮なさることはありません。私共の倅も旅の空で人さまの御厄介になっていることでしょう。その御恩をお返しするだけのことですから」

「その通りでございますよ。あなたは私の息子にようく似ておいでです。お逢い出来たのも何かの御縁と言うものでしょう。家族もこの三人だけですから、何も気になさることはありません。どうか家へおいでてください」

ギイチおじとウスナは真情を現して若者を誘いました。殊にウスナは息子に似たこの若者に心を動かされただけでなく、神のお告げが成就したことにも少なからず興奮していたのでした。一方若者の方も、あの船底での船酔いの苦しさや不快に堪え兼ね、最初の寄港地にやみくもに下船してはみたものの、さて、行く先の当てもなくてどう身の振りをつけたものかと惑っていた矢先でしたから、まさしく地獄で仏に出逢ったような気持ちになっていったのも当然でした。

若者を自分たちの舟へ伴った三人は、家族の者が帰ったと同様の浮き浮きした気分になってい て、改めてみんなで遅い昼食をはじめ、ウスナはしきりに若者に茶やむすびをすすめました。香ばしい緑の葉の包みを開くと、大きなむすびが海苔のように広げた高菜の味噌漬と玉子焼で二重に包まれ、中には歯ざわりのいい味噌漬が入っていました。後になってからそれはパパイヤだったと知ったのですが、その時は何かわからぬままになんとおいしい漬物だろうと若者は思いました。

ウスナはウスナで、内地の人にこんな粗末なものをあげてよいものかどうか、少なからず気を揉んでいたのですが、如何にもおいしそうに頬張る様子を見て、ほっとすると同時に、これまでの彼の旅の難渋が思い遣られ、胸の奥にじーんと熱いものがこみ上げてきました。どうしても息子の文太郎の身の上に重ね見てしまいますから、一層思いがかかったのにちがいありません。又ギイチおじにとってはその上に祖父が遠島送りになった経緯まで偲ばれて、より身近な気持ちを抱かせられたのでした。

若者が食べ終るのを待つようにして碇が上げられ、折からの北風を帆に孕んだ板付け舟は、トマリの港から滑るように海峡に出ると、舳先を南西に向けて走りました。

こうしてヤマトニセ（内地の若者）とギイチおじ一家の同居生活がはじまることになったのでした。

いつしか月は中天高く懸かり、夜はかなり更けたようでした。語らいのあいだずっとウスナとウラコは手を休めずにナリワリを続けていましたので、筵に盛られた蘇鉄の実はほとんど割り尽され、中から採り出されたつぶらな果肉が堆高く積まれていましたが、薄黄色のやわらかな肌に青白い月光を受けてまるで輝く琥珀の集積のようでした。

夜なべ仕事が終わると、女たちはさっさと後片付けをすませ、裏の懸樋の所に手足を洗いに行き、ギイチおじも酔いの廻った足をふらつかせながら、家の中へはいって行きました。

ヤマトニセも自分の居室に当てられたウモテ（母屋）の客室の方に戻りましたが、夜が更けわたると共に、益々冴えを増した月の光が心に沁みて床に入り兼ね、廻り縁に腰を降ろし月を仰いでいました。庭には夜露が降りて黒い土をしっとりと湿めらせ、乱れ咲く南島の真っ赤な大輪の花々や草の葉末には月光を受けた玉露が宿り、いつしか夜気がひんやりと降りていて、秋の夜更けを思わせるさわやかささえ感じられました。夜露で潤いを得たのか、草叢や床下の虫の声がひときわ透き徹った音色をふるわせていました。南の島では虫は年中鳴いているのです。

退き潮になったらしく、寄せ返す波の音が、遠くくぐもって聞こえていました。海の方から小止みなく吹くやわらかな風に乗って、時折千鳥の声も運ばれてきました。細く澄んだその声を聞いていると、ヤマトニセは小学校の頃に習った「浜千鳥」の歌が思い出されました。

青い月夜の浜辺には
親をさがして鳴く鳥が

声を張り上げて夢中で歌った音楽教室での有様が目の前に浮かぶようで、幼かった日の自分の姿や故郷への思いが胸にこみ上げてきました。故郷を逃げるように離れてから早や半年以上も経ち、父や母や祖母は今頃どうしているかと思うと、つい切なくなったのでした。先程ギイチおじが遠島人だった彼の祖父のことを話した時に、「その文左衛門さまとやらが、島流しの刑を受けた時は、二十七歳の若さだったそうですから、きっと両親もまだ健在だったのでしょうに。殊に母親の嘆きはどんなでしたか。私など息子の文太郎とただ別れて暮らしているだけでこんなに寂しくて、いつ元気な顔を見せに帰って来てくれるかと、それればかりを待ち焦がれているんですから」、と言いながらウスナが着物の袖口を目頭に当てたのを見てさえ、ヤマトニセは思わずこぼれかかった涙をやっとこらえる始末でした。まるで自分の母へのいたわりのように聞こえたのです。

ギイチおじの祖父の話は、ヤマトニセの心には殊に強く残りました。遠島送りとなってこの島へ渡って来たその人は、妻を得て島で生涯を終えたというのですが、その時彼はもし自分もそんなふうになれたらいいのにという思いが、ふと心をよぎったのでした。その人が共に暮らしたという島の女はどんな人だったのだろう。きっと目が大きく頬がふくよかで、黒髪の豊かな美しい人だったにちがいないなどと想像を逞しくすると、すぐにそれはスョの姿と重なり、スョのあのいつも潤んだような大きな黒目がちの瞳がまのあたりに浮かんできて、胸の裡が熱くなってくるのでした。ヤマトニセはあの夜以来スョへの想いを抑えに抑えてきたのでした。思慕を募らせてはならない、胸の奥に畳み入れてしまおう、そうすれば月日が流れるうちに想いも流されて淡く霞んでいってくれるだろう、と考えたのでした。しかし時には燃えたつ想いに堪え兼ねて、月夜の浜辺へさまよい出たこともありましたが、アダン崎の岬の方へは決して行こうとはしませんでした。その岬に立てばスョの住むナハザトの集落が一望のうちに眺められるので、決心がくずおれてしまいそうに思えたからです。

千鳥の声をもっと近くで聞きたいと思い、ヤマトニセは浜辺へ降りて行きました。春は一年のうちで最も潮の動きの激しい季節でした。満月の大潮にあたるその晩は潮は渚を遠く退き、入江はすっかり遠浅の干潟になっていました。潮の香が一面に立ち込め、強く鼻を打ちました。常の潮の満ち干では波の下に隠れて見えない珊瑚礁や岩の群れも姿を現わし、そこが磯の香の源ででもあるかのように、ひときわ強い匂いを漂わせていました。ヤマトニセは千鳥の声のする汀の方に歩いて行きました。干潟には薄紫の細長いティボホや薄緑色のタンギラなどの美しい二枚貝が砂の中から姿を半分程出して、細い管潮《くだしお》を吹き上げ、宝貝や大小さまざまな巻貝も、月の光に浮かれ、華やいだかのように珊瑚礁の割れ目の透き間から這い出して巻き殻をふりふりのろのろと歩き廻り、その間を縫って舟虫や蟹も又ちろちろとせわしげに右往左往していましたが、彼の下駄の音が近づくと、つと動きを止めてしばらくは身を縮め、様子を伺っているふうでした。

波打ち際には、月の明るさに誘われてか、二羽の千鳥が連れだって、つつーっと走ったかと思うと立ち止まり、尾羽根を上下に忙しげに振ってはちっちん、ちっちんとやさしげに鳴いて、又つつーっと走り行く仕種を繰り返していました。その恰好が何とも愛らしく、彼はそのあとを追うかのように月夜の青い浜辺の波打ち際を歩いて行ったのです。

夜鳴く鳥のかなしさは
親をたずねて海こえて

と小さな声で歌い続けながら。

彼は何かに惹かれてからだも軽くどんどん歩いて行きました。そしてアハハナ崎を通り過ぎ、塩焼小屋も越え、いつしかアダン崎の岬に来ていたことに気づいたのですが、そこの松の木の下蔭に何やら人影らしいものを認め、思わずぎくりと立ち止まりました。咄嗟のことに彼は幻を見たのかと思いました。目を凝らしてよく見ると、木洩れの月光を肩のあたりに受け、海に向かって呆んやりと立ったその幻影は、まぎれもなくスョのうしろ姿にちがいありませんでした。その瞬間、ああ、とうとうスョは死んでしまった！　という考えが唐突に胸に突き上がってきました。取り返しのつかぬ思いで全身が絞めつけられ、喉の奥が引き攣ったようになってからだが小刻みにふるえました。それなのに反面、言いようのない懐しい感情がこみ上げてきて、涙が溢れました。もう幻でも何でもいいと思い、足音を忍ばせ息をのんで近づきました。少しでも物音をたてると幻の影はすっと消え失せてしまいそうに思えたからです。たとえ亡霊であろうと少しでも長く目の前に見えていて慾しいと彼は願いました。そして自分の眼の底にその恋しい姿をなおはっきりと写し取って置こうと一層近づいて行ったのです。

「あっ！」

スヨは声にならぬ声を上げて身を固くしました。彼女は待ち続けていた人の生霊が現し身を抜けて私に逢いに来てくださった、と思いました。とうとう逢えたんだわ。そしてはらはらと涙をこぼし、「ヤマトさん！」と小さな声で呼びました。

「スヨさん」

スヨは確かに懐かしい声が聞こえたのに、なお空耳だと思いました。しかし再び、

「スヨさん」

と自分の名を呼ぶびっくりしたような声は、まぎれもなくその人の声であることがわかりました。しかしスヨは余りの喜びと驚きに呆然となり、からだが思うように動かず、わざとのようにのろのろとした動作で彼の方へ近づいて行き、黙って深々とお辞儀をしました。ヤマトニセは自分の方にゆっくり近づいて来るスヨを、言葉を忘れたかのように黙って喰い入るように見つめるだけでしたが、ややあって、ようやく言葉が出てきました。

「こんな時刻に、どうして」

「はい、あの晩から毎晩ここへ来ておりました」

スヨは小さなふるえる声で答えました。

来ております」

「あの晩からって、もう三箇月以上も経っていますのに」

「お手紙を戴いた晩にお逢い出来ませんでしたから、あれからずっと毎晩真夜中になるとここへ来ておりました」

ヤマトニセは思いもかけぬスヨの返事に返す言葉もなく息をつめました。冬のあの嵐が通り過ぎた晩の、激しい雨風や高潮を押して、スヨはここへやって来たと言うのですから。そしてそれ以来ずっと夜毎にここへ来て自分を待ち続けていたとは、なんということでしょう。（あの晩からと言えば冬のさなかではないか。しかも今夜のような月の明るい潮の退いた夜ばかりが続いていたわけのものではなく、磯歩きにはむしろ不自由な暗い闇夜の方が多かっただろう。身を切る北風の吹き荒ぶ晩も、又篠つく雨と膨れ上がった高潮に難渋した晩もあっただろうに。その上、海に迫った崖裾の岩の上には猛毒を持ったハブがとぐろを巻いていることだって少なくないし、海の中には咬まれると脳や神経が冒される有毒な海蛇が泳ぎ廻っているというではないか。ナハザトからこのアダン崎までのいくつもの浦々や崎々を巡り越えて、どんなふうに磯辺を伝い歩いて来ていたのだろう）とヤマトニセは思いました。その道中の難行を示すかのように、はだしのままのスヨは、頬にも手足にも血を滲ませていました。彼の前ではいつも口数少なく、うつむき加減に目を落とし、すぐに頬を赤らめて恥じらいの表情を見せる、おとなしそうなこの娘の内がわのどこに、そんな強い意志が潜んでいたのだろう。取り縋るような目を自分に向けるスヨの勢いにヤマトニセは圧倒されそうになりました。それにくらべて自分の優柔さ加減がつくづくと顧みられたのでした。

やがて二人は、岬の端《はな》の岩に腰を降ろし、黙って海を見ていました。冷えた夜気と海の上を吹き渡って来る潮風で、二人の紺絣の単衣は湿り気を帯び、しっとりと肌に纏い付いていました。

「寒くはないですか」

「いいえ」

話の継ぎ穂はすぐにぷつんと切れてしまい、ヤマトニセは自分の方から話しかけなければとあせる程に余計に適当な言葉が見つからず、心臓ばかりが高鳴って、胸内に熱いものが詰ったようで息苦しさを覚えました。

スヨはもう何も考えられませんでした。頭の中はすっかり空になり、考えは働かず、身も心もふわふわと宙に浮き上がっていました。それでいて、耳の奥では聞いたことのない激しい曲が奏でられているような、すさまじい音響が満ち溢れていました。

月の光がくまなく照らす海面は、波の揺れに連れてきらきらと輝いていましたが、時折その中から大きな鱶がぱしっと音をたてて跳び上がっては、光りを散らして海の中へ姿を消したかと思うと、遠く離れたあたりで白い腹皮を見せて又跳び上がっていました。手の届きそうな程もすぐ目の前を、大きな魚の群れが、黒々と海面に背をうねらせながら泳ぎ渡っていくのも見えました。千鳥が一羽、二人のそばを恐れ気もなく尾羽根を振り振り歩いて行きました。小さいながらきりりと引き締まったその姿を目で追っていたヤマトニセは、やっと言葉を見つけました。

「浜千鳥って、名前もきれいですが、姿もかわいい鳥ですね」

スヨはしばらく黙っていましたが、

「浜千鳥って言いますのは、鶺鴒《せきれい》や千鳥の仲間たちのことを、文学的に言い表わした言葉だそうで、浜千鳥と言う名の鳥はいないのだということです」

そう言ってしまってからスヨは、彼の言葉を打ち消すような知ったかぶりを口にしたことが、ひどく悪いことをしてしまったようで、恥しい思いに襲われました。もう取り返しがつかないような気にもなりました。

しかしヤマトニセは明るく応じました。

「そうですか、僕はこれまでずっとあの鳥の名は浜千鳥だとばかり思っていました。では今の鳥はなんと言う鳥ですか」

「あれはたぶん鶺鴒ではないかと思います。別名を妹背鳥とか恋教え鳥などとも言うそうです」

「じゃ千鳥はどんな鳥なのですか」

「千鳥はもっとふっくらとしていて、あんなに尾羽根は振らないんです。そしてぴる、ぴると鳴きます」

「すると、浜辺でよく見かける、胸のあたりが白く膨らんで、背中もまるくて、きれいな灰色のがそうかなあ」

スヨは女の言葉数の多いのははしたないと思いながらも、又彼がたずねることなら、どんなことでもくわしく教えてあげたいと思い、我ながらしゃべり過ぎると顧みつつ、つい口数が多くなってしまうのでした。

「たぶんそうだと思います。千鳥の特長はつつーっと走ったかと思うと、つと立ち止まり、餌を啄ばむとすぐに首を上げて又つつーっと走ることを繰り返します。よく千鳥と間違いやすいのに小形の鴫《しぎ》がいますが、それは餌をあさるのに、下を向いたまま歩きますから、区別がつくんです。足跡も千鳥は、三本だけはっきり残っていますが、鴫の方は三本の先にちょっともう一つ点みたいなのがくっついているのでぼやけて見えます」

「スヨさんはずいぶん鳥のことにくわしいのですね」

「小学校の時の受持の先生が、理科の時間には山や浜に連れて行って、いろいろな実物を目の前で指差しながらくわしく教えてくださいましたから」

折角いい話題が出来て気持ちが弾みましたのに、話し下手なヤマトニセはその先の継ぎ穂を失い、ほどけかけた話の糸は又もやぷつんと切れてしまいました。

スヨは息をつめるように彼の言葉を待っていましたが、しかし本当は言葉などどうでもよかったのです。ただそばにいられるだけで満ち足りていました。（あの方のそばにあたしは今いるんだわ）と、目を閉じてしっかりと自分に言い聞かせ、目を開けては彼の姿をはっきりと確かめました。夜がこのままずっと続いてくれたらどんなにいいだろうと、祈る思いでした。夜が明けてしまえば私は帰らなければならない、とまるで黄泉《よみ》の国からの訪れ人のようなことまで考えていました。しかしいずれ夜が明けるのは確かなのでした。ふと東の空を仰いだスヨは、望みが絶たれた思いで一つの星に目を止めました。

「あら、あの星がもう出て来てしまったわ」

消え入るような悲しげなスヨの声に、ヤマトニセはびくりとして早口で聞きました。

「あの星って？」

「暁《あけ》の明星です。もう私は帰らなければなりません」

「ああ、夜が明けてしまうのですね」

ヤマトニセも、スヨがまるであの世へ帰って行く者でもあるかのような、妙な寂寥に襲われ、何やら不安な思いにかられました。いとしさで急に抱きしめたくなりましたが、こらえました。

「明日の晩も来てくれますか」

「はい」

スヨはきっぱりとうなずき、立ち上がって深いお辞儀をしました。

そう言ってスヨは彼のそばを離れました。彼女のまわりを清純な気配が漂い、ためらいに取り付かれたヤマトニセは、つと差し出しかけた右手を引っ込ました。

「さようなら」

スヨは何度も振り返ってはお辞儀を繰り返しながら、月も傾き、もう満ち潮に向かった浜辺に、長い影法師を引きながら帰って行きました。牡蠣貝の殻で足裏《あなうら》を傷つけでもしたのか、軽く跛を引いているそのうしろ姿を見送りながら、ヤマトニセは、もう引き返すことの叶わぬ運命の手に摑み取られたような、満ち足りた逸る思いと未知の不安のないまざった不思議な感情に打たれて立ちつくしていました。

第五章　火焔の過《よぎ》り

一板戸の側屋戸《そばやど》を人一人が通れるだけ開けておき、その横にスヨは息をひそめて坐っていました。折しも集落の人たちに就寝の時刻を知らせる鐘の音が、ごーん、ごーんといかにも眠りをさそうかのようにゆっくりと長く尾を引きながら聞こえてきました。とその鐘の音がふるわせる夜気の波を這うかのような横笛の音がしているのに気づきました。それは多分「鳥さしフクユ」が集落うちをそぞろ歩きながら吹いているのにちがいありません。嫋々と流れる横笛の音は、一日のなりわいを終え、くつろいだ思いで床に伏した人々の心を、安らかな眠りへといざなうように或いは遠く或いは近く聞こえていました。聞く者の心に沁み入るような横笛の音に、スヨは胸の奥を何者かにぎゅっと握られたような痛みを覚え、はらはらと涙が溢れました。近頃は何事にも感じやすくなってすぐに涙がこぼれてくるのがどうしようもないのでした。もともと感情の豊かなやさしい心根の娘でしたが、この頃は殊に何も彼もが心に強く沁み入ってくるのでした。庭先に咲き盛る炎の色のハイビスカスやデイゴの花を見てさえ胸がこみあげ、又親鳥のあとをぴよぴよ、ぴよぴよ、と懸命に鳴きながら黄色い小さな二本の足で小走りに駈け回るひよこの群れにさえ涙がこぼれてきました。ヤマトニセを想うようになってからの思いもよらぬこの変りようは、我ながら不思議に思える程でした。胸の内にはいつも何かが一杯詰まっているようで、息をするのさえ苦しい時もありました。胸の中だけでなく、からだじゅうに何かを詰め込まれているようで、殆んど空腹を覚えなくなり、食事も少ししか喉を通らなくなってしまいました。耳の奥では絶えず何かの音が鳴り響き、目を開けても閉めても、想う人の俤が浮かんでは消え、ただもうその人を想うことだけで生きているといった塩梅でした。

次第に更け行く夜空を見上げると、立待月はもう中天高く上っていました。

スヨは両親の寝ている部屋の境にそっと近寄って耳をすませました。からだを使う昼間の野良仕事の疲れで、二人は深い眠りに落ち、健康のあかしのような規則正しい寝息が聞こえていました。その安らげな寝息を聞いたスヨは胸の内がうずきました。しかしそれを振り払うように立ち上がると、屋戸口からからだを斜めに外に出て、裸足でそっと庭に降り、足音を忍ばせて家を離れました。そして十七夜の月の光が夜更けの道を照らす中を、スヨは海岸の方へと急ぎました。夜露で湿り気を帯びた道の白砂が、裸足の足裏《あなうら》にひんやりとまといつくようでした。集落の中程をよぎり流れる小川のそばでは、小さな緑色のヒメアマガエルが澄んだ音色で群れ鳴いていました。丁度一年程前自分がムレとわかってウィントノチ（上の屋敷）のミナカナ（ミナ嬢さま）の所へ、その病に効く薬を尋ねに出かけて来た晩に、迷いの余りに此の場所にかがみこみ、ヒメアマガエルの鳴き声を聞きながら草笛を吹いた事を思い出しました。しかしもうそれは何か遠い昔の出来事のように淡く消え去りました。それよりも真夜中に娘の一人歩きの姿など人に見られたら大変、とそちらの方が気掛かりでスヨは駈けるように集落を通り抜け、浜辺へ出てやっとほっとしました。そして思い切り海の気を吸い込むと、すっかり干潟になった浜辺を岬のアダン崎の方へ駈け出しました。

白い砂浜が続くカネク浜はあのムタおじのむごい姿をまざまざと目にした場所ですが、その時スヨは自分の行く末の姿を思い知り、その後は余りの悲しさに自殺を思い定めたことさえあったのに、今はそれらの事すべてが遠くへ霞んでしまったようになって、自分の病気のことをさえ忘れてしまいそうでした。スヨの心の内はもうヤマトニセの俤だけで外の何も入り込む余地などなくなっていたのでした。スヨのすべては彼と逢うこの真夜中のひとときのためにだけあるといってもよかったのです。

カネク浜の渚近くに生えたガジュマルの老樹の蔭に、そのこんもりと繁る枝と葉に抱かれるように建っている、粗末な一間だけのウィーバリャヤー（柱を土中に埋め込み屋根も周囲の壁も茅で葺き廻した小屋）は、ムレで崩れた異形のムタおじと、色白で器量よしのキクおばが、長い年月を寄り添うように暮らしている住処ですが、静まりかえったその小屋を眺めやったスヨには、さすがに改めて自分の病気が顧みられたのでした。あたしはこんなことをつづけていていいのかしら。しかし「ムレヤ《ムレは》　トゥビチリ《飛び散り》　ハネチリ《跳ね散り》　チャーウティリシュンムンナ《簡単にうつるものでは》　アランドヤー《ないんだよ》」と母親は繰り返し言っていますし、現に共暮らしのキクおばでさえうつってはいないのだから、あたしもこうして出歩いてもかまわないのかも知れない、などとスョは自分に言い聞かせるように暗い思いに落ち込むのを振り払いました。でもいつまでもこのままあの人との逢う瀬を繰り返しているわけにはいかないのだということもわかっていました。いつも今夜こそわけを話してお別れしようと思うのですが、彼に逢うとどうしても決心はにぶり、つい解決を先へ延ばす気になり、又次の夜も逢う約束を交わしてしまって、暁の明星を背にして手を振るその人に、振り返り、振り返り深いお辞儀を繰り返しつつ明け方の磯辺を戻っていたのでした。しかしもう今夜こそは決着をつけなければなるまい、とスョは思いました。するとあの結び文をもらってからの来し方が思い返されました。冬の嵐の通り過ぎたあの晩に、激しい雨風と満ちあふれる潮に難渋しながら岬のアダン崎へ出かけた時以来、あたしは一晩も欠かさずに通って来たのだわ、とスョは胸の内でつぶやきました。柔らかな海風がそよぎ、月が明るく、潮もすっかり引いて、道行きに容易な夜もありました。又満ち潮が山裾の崖下にまでふくれ上り、寒夜の篠つく雨風に肌を刺されながら足場もわからずに行き悩んだ夜もありました。一寸先も見えぬ闇夜の海中を行かなければならぬ時など、はじめのうちは両手を宙に浮かせ、足先で海底をまさぐりつつ一寸刻みに歩むしかなく、又岩や崖下を過ぎる時は、手と足の指先に全神経を集中して這いながら進んでいたのでしたが、今はもうどんな闇夜にもスョはどんどん歩けるようになっていたのでした。それは数箇月の間の夜毎の岬通いで、ナハザトの集落の浜から岬のアダン崎までの、折れ曲り入り組んだ複雑な浦々崎々の、干潮の折にできる小さな水溜り、海苔が生えて滑る平らな石や先の尖った岩のひとつひとつ、さまざまな形の珊瑚礁、そこに群がり付く磯貝や牡蠣貝の恰好、満潮になるとそそり立つ岩場、野茨の這い繁った山裾の難所、闇の中でふわーっと頬をなでる垂れ下がったガジュマルの老樹の無気味な気根や、地表に盛り上って絡み合う太い地根等々、その一切がスョの心とからだに刻み込まれ、しっかりと覚えていたからです。彼女の手と足の指はまるで目と変らず、触れる物皆がまざまざと見えるような具合になっていたのでした。そして普通では考えられない事も平気でやってのけられました。山裾の岩場でぬるりと足にかかったものを、片割れ月の薄明りですかして見ると、猛毒を持った大きな毒蛇のハブが横たわっているのだとわかった時でさえ、足先で蹴飛ばしても何とも思いませんでした。ヤマトニセに逢いに行くのだと思うと、此の世に恐ろしいものなど何もなかったのです。風の強い夜に沖合いからひゅう、ひゅうと口笛を吹くような気味の悪い音を出すモーレ（海の亡霊）も、行き遭えばどんなわるさをしかけられるかもわからぬケンムン（河童に似た怪しいけだものですが、集落をはずれた海端の一軒家でその子を妊り、生み落としたその姿が余りにも醜いので気の狂った娘がいました）でさえもうこわいとは思わなくなっていました。しかしはだしの足や手には牡蠣貝や珊瑚礁で生傷が絶えませんでしたが、その痛みはかえって彼への愛のあかしのように思え誇らしくさえ感じられました。

深い入江の海は浦々崎々の山影を水面に映し、景色に陰影を加えておりましたが、入江を抜け出て遮るもののない岬に来ると、目の前がぱっと開け、空気までがひとしお澄みきって感じられ、月の光も急に明るさを増したかと思えました。

その明るい月光の中に岬の岩を背にこちらを向いて立っている人影を認めた時、スヨの胸は激しく波立ち、からだが小刻みにふるえました。そして口の中がからからに乾き喉の奥がひりひりと引き攣るようでした。その人のそばに居たり又その姿を目にするだけで、何故このように口の中の水分が無くなってしまうのか、と不思議でなりませんでした。そしてスヨは思わず足を早め、ヤマトニセの少し手前の所で立ち止まると、

「今晩は」

と深々とお辞儀をしました。

「今晩は」

ヤマトニセも白い歯並を見せてほほえみ返しながら、この娘はいつも初対面のような挨拶をすると、おかしくも又ほほえましく思いました。

彼が歩き出すと、スヨは五、六歩後から静かについて行きました。彼が岬の端の広く平らな岩の上に腰をおろすと、少し離れた場所に正座して彼の方に向いていました。「人前で女は決して膝をくずしてはなりません」と幼い頃からきつく躾けられてきたスヨは、岩の上でもいつも両膝を揃え、その上に置いた右手の上に左手をきちんと重ねて、背筋を伸ばし、礼儀の作法そのまま

のような姿で坐っていたのでした。それは母親のウキョが十三の歳から嫁入りまでの七年の奉公の間に、ウィントノチで見習った行儀作法を、娘のスョにも教え込んでいたからでした。ウィントノチウンマ（上のお屋敷の大奥さま）が、代々その家に伝わるというウナグテイキン（女庭訓）という書物を手本にして、自分の娘たちに女のたしなむべき道（例えば女は他家で夜やすむ時は必ず両足を紐で結ぶ事など）を厳しく教え込んでいるのを、小間使いだったウキョは身辺に見聞きしていましたので、自分に娘が出来ると物心つく頃から、覚えたそれらの事柄を思い起こし、スョにまるでユカリッチュヌイナムン（旧家の娘）のような躾をして育ててきたのでした。スョが百姓家に生まれ育った娘ながら、その性来の美貌と相俟って、どことなくおっとりとした品の良さを備え、その挙措も慎み深かったのは、こうしたウキョの子育ての力が与っていたのにちがいありませんでした。

雲一つない夜空には、南島特有の満天の星が降るようにまたたききらめいておりました。そして中天高くかかっていた立待月はかなり西空に移り、満月のまろやかさから下弦に向かって欠けて行く一沫の淋しさが感じられる情景ではありましたものの、海面《うなも》は銀の小波をたて、幽玄の香があたり一面にたちこめていました。その海面の一点から霞に似たおぼろな七色の光の箭《や》が空に向かって吸い込まれるように流れているのがスョの目には見えていましたが、満ち足りた思いの彼女は、あれは一体何でしょうとちらと思っただけでした。

逢う瀬の時の移りは矢のように早く、やがて東の方ゲンギン山の上にまばゆいばかりの暁の明星が現われて青白い光芒を放ちはじめると、スョははっと我にかえり、去らなければならぬ時刻の来たことを知りました。と、カネク浜での決心が胸の奥をよぎり、「さあ、今こそ」と自分をけしかけてみたものの、一度口に出したらもう二度と逢うことは叶わぬ、と思うと、その最後の言葉をどうしても唇に乗せることができませんでした。とつ、おいつ思い定まらぬままにスョが立ち上ると、ヤマトニセもつられるように立ち上りましたが、ついとスョに近づき、その肩に両手をかけ、唐突にしかしきっぱりと、

「あなたが好きです」

と言ったのでした。その声を耳にした時、スョの胸にふっと懐しい感情が広がりました。あ、この声、この言葉はいつか聞いたことがある！　そうだ、あの時だわ。スョにはあざやかにその時のことが甦りました。そしてなぜかすぐ「運命」という言葉が思い浮かびました。色白の細面の顔も、長身の背を少しかがめるようにして両手をスョの肩にかけたその恰好も、切れ長の目でじっとスョの目を見た表情も、いつかの晩の夢の中に出て来た若者とそっくりでした。岬の岩に打ち寄せる白波、ひゅうひゅうと鳴る松籟の響きまで、夢の時と変りません。夢の中の見知らぬ若者も立ちつくすスョの肩に両手を置いて「あなたが好きです」と、今ヤマトニセが言ったのと同じ口調で言いました。なんという不思議なことでしょう、とスョは思いました。ヤマトニセと

スヨのえにしは前世からの定めでもあったのでしょうか。彼との出会いのきっかけとなった父サキトの発病の晩に、既にスヨは今夜と全く同じ情景を夢に見ていたのですから。

「スヨさん」

突然変にくぐもった声を出したヤマトニセが荒々しくスヨを引き寄せようとした時、咄嗟のことにスヨは、

「いけません」

と叫ぶと物凄い力で彼を突きやりましたが、そのあとへたへたとしゃがみこみ、顔を両手で覆い肩をふるわせて泣きました。

「スヨさん」

「だめです」

そう言ってなおもスヨは顔を乱暴に振り、身をよじって逃げようとしました。

余りに激しいスヨの拒絶に戸惑ったヤマトニセは途方にくれ、ふるえる彼女の肉づきのいい肩のあたりをだまって見おろすばかりでした。この人は亜熱帯植物の繁茂する野山や珊瑚骨片の散らばる砂浜を裸足で駈け廻って育った汚れを知らぬ娘なのだと思うと、男のさがをむき出しにした自分の醜さが急に顧みられ、羞恥でからだが火照ってきました。

「かんにんしてください。もうしませんから、どうぞ泣かんといてください」

思わず郷里の訛りの出たことにも気づかずに、おろおろした彼が遠慮がちにスヨの肩に手をか

けて立たせようとすると、さっと身を引いたスヨがはじかれるように、

「あたしは癩病人です」

と言ったのでした。まるで絞り出すような悲しげな声でしたが、そう言ったあと岩の上にうつ伏して一段と声を高めて泣きました。

しかしヤマトニセは自分のはしたない行動にばかりこだわって、スヨの叫びを言葉通りには聞くことができませんでした。ただただ深く傷ついたスヨがあらぬことを口走ったと思ったのです。彼女はきっと恥らいの余りに動転したにちがいないと考えました。取り返しのつかぬことをしでかしてしまった、とほぞを嚙む思いでした。

「スヨさん、ごめんなさい。どうか気持ちを落ち着けてください」

「いいえ、悪いのはあたしの方です」

少しは落ち着きを取り戻したらしく、スヨは身を起こして小さな声でこう返事をしましたが、自分が言った言葉に又悲しみを誘われたらしく、再び顔を覆ってひとしきり泣きじゃくっていました。如何にも悲しげなその姿を見ると、ヤマトニセの方も悲しくなっていっそ泣きたい位の思いでした。

かねがね慎み深い娘だとは思っていましたが、自分を毅然と拒んだ態度でそれがはっきり確かめられたと思いました。しかし又そのスヨが数箇月前に始めて文を手渡した日の夜更けに嵐をおして岬へやって来て以来、逢えないとわかりながら毎晩岬通いをつづける激しさを持った娘であ

ることもよくわかっていたのです。浜千鳥の話を交わした再会の夜からでさえ、スヨはどんな激しい風雨の夜にも、山裾まで海水が押し寄せる満ち潮にでも、岩鼻を越え海を泳いで必ず毎晩岬へやって来ていたのです。深みの場所を泳いで来た夜など、まるでダイヤモンドの刺繍を施したかのように着物に夜光虫をいっぱいつけていました。そして静かにヤマトニセの横に少し間をおいてきちんと坐り、海を見ているだけなのです。時折話しかける彼にもほほ笑みを添え言葉少なに答えるのみでした。そして東の空に暁の明星が輝き始めるとそれをしおに立ち上り、ひそやかに磯を伝って帰って行くのでした。そのつつましやかな清純さに打たれたヤマトニセは、流浪の旅人に過ぎぬわが身の、明日の日をさえはかり知れぬ境涯を顧み、己を抑えつづけてきたのでした。それが今夜は何故か血が騒ぎ、亢りを抑え切れずについ軽はずみな言葉と行為を噴き出させてしまったのでした。

しかしスヨの激しい拒絶に遭ったことで、ヤマトニセはかえってあやまちを犯さずにすんだ、とほっとする思いさえしていました。逢えるだけでいい、逢うひとときが恵まれるだけで充分なのに、なぜそれ以上の望みを持ったろうかと反省しました。

一方スヨは、もうなにもかもおしまいになってしまったわ、と思いました。とうとう最も恐れていた言葉を口にし、取り返しのつかぬことをしてしまった、と堪え難い寂寥がこみあげました。今夜きりでもうお別れなんだわ、と思うと、抑えようとしても抑えられぬ嗚咽に突き上げられました。

「ほんとうにごめんなさい。どうぞ泣かないでください」

岩の上にうつ伏して泣くスヨの背中をやさしく撫でているうちに、ヤマトニセは自分の気持ちまでこみあげてきて、思わず涙をこぼしてしまいました。うなじに落ちたその涙に気づいて身を起こしたスヨは、死に行くいまわのきわの人をでも見るまなざしで彼の顔をしみじみと見つめました。（この人とこうしていられるのもこの今だけなのだわ）。それは彼の面ざしをしっかり自分の目の底に刻みつけようとするかのようでした。

「どうか気持ちを落ち着けてください、スヨさん」

まばたきもしないで自分を見上げているスヨを見ているうちに、ヤマトニセの心に一瞬、もしかしたらスヨには双方の親同士の間で約束を交わした許婚者がいて、しがらみの多い島内の厳しさに押しひしがれているのではないかという考えがよぎりました。彼がスヨと逢う瀬を重ねていたことは、取り返しのつかぬつまずきだったのではないか、そのためにスヨを苦しめることになっていたのではないかと考えると、スヨがとてもかわいそうに思えてきて、何かなぐさめの言葉をかけたくなったのでした。しかし適当な言葉が見つからぬまま言いあぐねていると、見つめ合うのに堪えかねたかのように目を伏せたスヨが、消え入りそうな声で重ねて宣言する調子で言いました。

「あたしは癩病人なんです」

「何を言うんです」

ヤマトニセはスヨがまだ苦しまぎれにそんなことを口走っていると思ったのです。

「しっかりしてください。心を落ち着けてください、もうさっきのようなことは絶対にしませんから」

スヨは突然左手の袖を引き上げて二の腕をあらわにし、彼に示しました。

「これが癩病のしるしです」

するとヤマトニセは何を思ったかその腕を握り取り、醜く引き攣れたその皮膚の上に自分の唇をしっかり押し当てました。

「いけません。そんなことをなさっては、瘡にさわったらうつります」

「スヨさんが癩病なら僕はうつりたい」

そう言ってから彼は急にからだが浮き上ったのかと思える程、気持ちが軽くなりました。遠く想いみるだけで触れてはならないと思っていたものが、ぐっと身近に近づいて感じられたのです。それは負い目を背負った者同士なら、共々に落ちる所まで落ちてもいいではないか、と少し狂暴に傾く気持ちにも裏打ちされていました。遠慮が遠退き、日頃おだやかな彼にも荒々しい男の情念が噴出しました。彼はスヨを大胆に抱き上げると岩の上に横たえ、手荒に着物の裾を開き、その下の桃色の腰巻も広げて、ふるえているやわらかなスヨのからだに、自分の裸を重ねようとあせりました。スヨは目をつぶっていました。なぜか彼女はおだやかな気持ちになっていました。スヨの病を恐れて、てっきり飛び退くかと思った彼が、却ってぐっと自分に近づいて来たことに信じられぬ程も驚きましたが、それが確かとわかると、言いようのない安らぎが全身に広がってきたのです。スヨは少し身をかたくしながら彼のなすままにまかせていました。何が起こっているのか全くわかりませんでした。ヤマトニセはしかしわななき逸る余りに事を為さぬ途中で終わってしまったのです。彼はしばらくはスヨの頬に顔を重ねてじっとしていましたが、思い切ってからだを起こすと身繕いをすませ、スヨの着物の乱れも直してやりました。つづいてスヨも起き上ろうとしたのですが、内腿のあたりにねばつくものを感じ、恥しさが身内を走りました。それが彼のからだからのものだなどと知るよしもなく、大変！　早く家へ戻って始末をしなければ、と心が急かれたのです。どうして自分は月の厄が巡ってきていたことに気づかなかったろう、予定の日には未だ十日以上もあると思って安心していたのだわ。それで彼にその出血を知られてしまったのではないだろうかと、女のたしなみをおろそかにしてしまった自分が悔まれました。それにしても、これまでなんとはなしにおぼろげに考えていた男女の交りとは、こんなふうにお互いがただ露わにしたからだを重ね合わせることだったのかと、納得できた思いになっていました。

小学校の一年生の頃のことですが、遊び仲間と連れ立って山や海に遊びに行く折に、スヨはヌリコの加わるのがとてもいやでした。それは仲間うちで、ヤシャンクヮ（下品な子）と言われていた彼女が、皆を峠の大木の根方の窪みや海辺の岩の間の洞穴などに連れて行って、真っ裸にさせ、

「ウラヤ《あんたは》　ウナグナリバ《女だから》　マタ《股を》　ヒリョゲティ《ひろげて》　ウチャゲティ《仰向けになって》　ネブレ《寝なさい》　ウラヤ《あんたは》　インガナティ《男になって》
ウンウィーナン《その上に》　ヌティ《乗って》　ヒースィリー《ヒーをしなさい》」

などと言って女の子同士で裸のからだを重ね合わせることを命令したからです。皆はこの遊びを嫌いましたが、落第生で年嵩なヌリコはからだが大きくて喧嘩も強く、彼女の言いなりにならないと、後で仲間はずれにされるのがこわくて、いやいやながらそのおどしに従う外はなかったのでした。スョも二、三度この遊びを強いられたあとでは、腕白者のマサジが時折女の子のそばにつとすり寄って来て、「ヒースィロー」などと耳もとで囁く言葉の意味がわかり、「ヒー」とは男と女が裸のからだを合わせることかと、何となく思ってはいたのでした。

「インガトゥ《男と》　ウナグトゥ《女が》　ヒースィリバ《ヒーをしたら》　クヮーヌ《子供が》　ウマレユムチュッドヤー《出来るんだって》」

あのいやな遊びの後で、ヌリコが目をとろんとさせ、気持ちの悪い笑いを浮かべて言っていたことがふと思い出され、スョはもしかしたら自分は今身籠ったのではないかと、急に不安が広がってきました。

二人は岬の端の岩に腰をおろして黙ったままでした。沖の方で漁火が遠く伸び縮みして波に揺れていましたが、スョはさっきのあられもない姿がこの漁火の人に見られていたような思いがしました。これから先どうなっていくのかもう何も考えが浮かばず、頭の中はただ混沌となっているばかりでした。

ゲンギン山の上に輝く明星がかなり高く上っているのに気づいたスョは、我にかえって立ち上りました。そしてヤマトニセに「帰ります」とぽつんと告げると、気が抜けたような恰好で歩き出しました。するとヤマトニセもつられて歩き出したのですが、まるで何かにあやつられているかのような様子でした。そうして二人はユウナとアダンの木が渚に生え並ぶ白い砂浜を無言で一緒に歩いて行きました。

すっかり潮が引いていた入江の干潟にはいつしか満ち潮が寄せはじめていました。いつのまにかスヨの手を握っていたヤマトニセの指先にだんだん力が籠ってきました。先程の半端な始終に物足りない思いが尾を引くうちに、彼のからだは再び亢ってきたのでした。それが抑えきれず、「スヨ!」と呼びかけて手もとに強く引きつけると、しっかりと抱きしめそのまま砂浜に横たえようとしました。

「ここは月の光が明るすぎます。木のかげへはいってください」

スヨが囁くふうに落ち着いて言いますと、彼は怒ったかの如く頬を赤くして、荒々しくスヨの手を引き大股で並木の下かげへはいって行きました。突然の闖入者に驚いたやどかりや磯蟹や舟虫が慌ててアダンの落ち葉の上をかさかさと思わぬ程にぎやかな音をたてて這いまわっていました。ヤマトニセはスヨの手をしっかりと握りしめ、気のせくままに月の光の斑らに洩れる木々のあいだを、場所を求めて歩きまわりました。搦みついたアダンの根っ子がごつごつと地表に交錯しているのが殊更目につきました。

少し高く段になった奥は、今は使われずに打ち捨てられた砂糖黍畑の跡でした。夏草が生い繁ってむせるような匂いを漂わせていました。ヤマトニセはその青草を褥に見立ててスョを静かに横たえました。葉末に宿った露が彼女の頬に散りかかりました。虫も群れ鳴いていました。

スョは胸を高鳴らせ、かすかにふるえていましたが、彼がすることならどんなことでもさせてあげようと思っていました。もし剣で心臓が刺し貫かれようとも、喜んでそれが受けられると思いながら、目を閉じてからだをかたくしていました。突然スョが「あっ」と小さな声を出したのは、股の奥にずしんと激しい痛みを覚えたからです。どうしてか、ヤマトニセが彼女のからだに木切れの丸い棒を突き入れたようなのです。スョはびっくりしました。何故彼はスョの股のやわらかな場所に、そんなかたい木の棒など差し込むようなことをしたのでしょう。でもすぐに、あ、あの棒かも知れないと思いました。さっき抱き寄せられた時に、彼のズボンのポケットのあたりにはいっていた固い棒がスョのからだにさわったのを覚えていました。これまでの逢う瀬のあとも、別れの度に彼が「じゃまた明日ね」と言いながらスョを軽く胸に抱き寄せる時、いつもそのズボンの左ポケットのあたりに、短い木切れのようなものを忍ばせているのにスョは気づいていましたが、着物の時でさえそれを感じましたから、きっと下穿に物入れのポケットを縫い付けてでもあるのだろうと思っていたのでした。何故そんな木の棒を持ち歩いているのかいぶかしくもありましたが、知らぬ他国の暮しが不安でたまらず、万一に備えて護身用に持ち歩いているのにちがいないわ、と勝手に考えていたのでした。しかし事もあろうに、自分にあの棒でいたずらをしようとは。

しばらくの間その棒とおぼしきものを動かしていたヤマトニセは、やがて小さなうめき声を洩らしスヨの胸にしがみついたかと思うと、彼女の上にからだを乗せかけてきてぐったりとなってしまいました。その重みと男の吐く息を喉のあたりに受けながら、目をつぶったままじっとしていたスヨは、体内に何かひくひくと動くのを感じ不可思議な思いで一杯になりました。生れてから自分でもよく見たこともない、女の秘密と思っていた場所に、棒がはいる所のあるのを、当の私さえ知らないのに、男の彼がどうして知っていたのかと、それが一層不思議でなりませんでした。スヨは尿の出る所と月のものが降りる場所は同じ細い管とばかり思い込んでいました。それなのにほかにも棒切れがはいるような所もあったのだろうか。性に関してスヨが知っていたことは、せいぜいヌリコから聞かされた程度のものでした。両親は勿論他の誰からもそれに就いて教えられたことはなかったのです。というよりもそのことに全く無知で関心のなかった彼女には、たとえ耳にしていても、その意味はわからず、聞かなかったと同じだった、といってよかったのかも知れません。

スヨは小学校六年生の頃までも、島の人たちが、「ウブスナヌハマ《ウブスナの浜へ》　イジキョーティドー《行って来ました》（子供が生まれました）」とか、「ユブィ《昨夜》　アッリャ《誰それは》　ウブスナヌハマ《ウブスナの浜へ》　イジッチャムチバ《行って来たそうな》（昨夜、誰それは子供を生んだそうな）」と言っていることをそのまま真に受けて、子供はウブスナの浜と呼ばれる小さな浦の美しい白浜から拾って来るのだとばかり思いこみ、よそで赤子が生まれたと知ると、母親のウキヨに、

「アンマダカ《母さんも》　ヘーク《早く》　ウブスナヌハマハチ《ウブスナの浜へ》　イジー《行って》　ウナグヌクヮー《女の子を》　トゥメティウモレチョー《探して来てちょうだい》」

などとせがんだものでした。大きくなってからは、さすがに赤子は大きなお腹を抱えた妊婦の腹から生まれるのだとわかりましたが、臍の下についている線が裂けて、そこから出て来るのだと教えた母の言葉をずっと未だに信じていたのでした。

毎晩夜更けて家を抜け出る時に、隣室の両親が物音で目覚めないようにと、スョは前もって部屋の屋戸を細目に開けて置きました。ひそやかな音さえ気にかけながら家の中へはいったスョは、忍びやかに押入れを開け、T字帯と綿花を取り出すと、出血の手当てをしました。ヤマトニセが棒切れを差し入れた時に裂けたのでしょうか、傷口がひりひりと痛み、妙にねばこく内股に付着するものもあったのですから。

外からの夜気で湿っぽく冷えた蒲団の中に身を横たえると、スョはぐったりとなって今夜のことをあれこれ思い返していましたが、やがて深い眠りへと落ちていきました。

「スョ《スョ》　アサバンドー《朝御飯だよ》」

ほんの少しの間まどろんだかと思ったばかりの時に、母親の声で泥睡の沼から引き上げられたスョは、頭が重くぼんやり目を開けながら、ずっとこのまま寝ていたいのに、などと一寸不服がましい思いを心の隅によぎらせながらもやはり起き上って、トーグラ（炊事や食事をする棟）へ歩いて行きました。

昨夜はなんだか大変賤しいことをしてしまったようで、両親に顔を合わせるのがはばかられ、胸がどきどきして、しばらくトーグラの屋戸口で佇んでいると、内から少し愚痴っぽい母の湿った声と、父の叱りつけるような声が聞こえてきました。

「アン《あの》　クヮーヤ《子は》　メーヤ《以前は》　アガンシ《あんなに》　スィカマ《朝》　フェーサ《早く》　ウフィユタン《起きる》　クヮー《子供》　アタンム《だったのに》ン　クノグロヤ《この頃は》　ムトゥチ《すっかり》　ウィフィグルシャ《起きにくく》　ナティヤー《なってしまって》」

「ヌークィーチ《あれこれ》　イーナチョ《言いなさんな》　ウキヨ《ウキョ》」

「キムチャゲサ《かわいそうに》　ビョーキヌ《病気の》　クトゥヌ《ことが》　シワナティダロヤー《気掛かりで》　ユルム《夜も》　イーフン《ろくろく》　ネブララン《眠れない》ムンダロヤー《でしょうね》」

二人のやりとりの言葉は、スヨの胸に痛く刺さりました。とうとう親にさえ隠し事を持つ娘になってしまったと悲しくなり、しばらくは屋戸を開けかねて外に佇んでいました。

空は高く晴れ上り、爽やかな初夏の風が吹いて、集落の朝は澄みきった太陽の光りがまぶしい程に照りつけていました。日照り続きで乾ききった白い道を、人々が仕事のために野山や海へと出払った後の集落は、無人のように静まりかえっていましたが、それでも時折り「ビャー　ビャー」と、間伸びした山羊の鳴き声や、どこからともなく「とんとん、からから」と伝わってくる機を織る筬《おさ》と杼《ひ》の音も長閑に聞こえていました。

両親が野良仕事へ出かけた後、スヨは布を織ろうと機に上りましたが、とうとう杼を走らせる気にはなれず、同じ考えばかりを頭の中に去来させながら、ぼんやりしていました。

スヨはいくら考えてもヤマトニセの奇妙な行為が理解できませんでした。最初の岩の上では、自分のからだが指先で軽くさわられたと思っていたら、何がどうなったかわからないうちに彼は起き上り、スヨのはだけた着物の裾を直してくれる程やさしかったのに、次の古畑の夏草の上では、どうしてあのような乱暴をしたのでしょう。木の棒など出血させるまで差し込むなんて、いったいどうしたというのでしょう。もしかしたら彼は変質者ではないかといぶかった程でした。といってもヤマトニセをうとんずる気持ちなど少しも起こってはこなかったのです。

その一方でまたスヨはこれまで男女の性のかかわりには全く関心がなく、それに知識もなかったのに、昨夜こそ何やらその深みに触れたようで、不思議なこともあるものと、急に大人の世界へ踏み込み開眼させられたような、奇妙な気持ちの落ち着きさえ湧いてきていたのでした。彼女はこれまで自分が見聞きしてきたことが、未熟な幼い世界に過ぎなかったことがよくわかり、今ようやく足が地に着いた気がしてきたのでした。（十八歳にもなっていて、私はこれまでまあなんていろいろのことを知らずに生きてこられたことでしょう。自分のからだでさえちっとも知らなかったんだわ。それだから月の厄の手当てまで母親に手助けしてもらっていたんだわ）と思ったのです。

スヨはヤドリ（物置小屋）の隅に置いてあったアンペラ袋の中から、赤い蘇鉄の実を五個ほど取り出し、才槌で叩き割ってうす黄色の中味を取り出すと、よく洗った石の上に乗せて粉々に砕き、真っ白な晒布で包んで搾り汁を取りました。乳白色のその汁をうずきがおさまらぬ傷口に塗ろうと思ったのです。

両親が仕事に出た後の家の中は物音ひとつせず、部屋には風に揺れるパパイヤの木の影を写した障子を透かして、明るい日射しが満ちていました。その明るい部屋の中でスヨは手にした手鏡に自分の顔を不安な気持ちで写していました。どこかが変ってしまったのではないかと、気掛りだったのです。しかし鏡の中には、いくらか蒼褪めてはいても昨日の自分と別にどこも変らぬ顔が写っていて、何の変化も見受けられませんでした。やがてスヨは前膝を立てた姿で腰を落とし、鏡を下の方へと持っていきました。傷の手当てをするつもりでしたのに、あの棒の入ったところがどこだったのかを確かめたくなったのです。鏡を持つ手がふるえました。未知の世界を覗き見る時の、禁断を犯すような好奇心で胸がどきどきし、顔が火照りやたらと唾が出て、それを飲みこむ音さえはばかられました。誰かが聞きつけて、いきなり障子を開けはしないかと、気づかわれたからです。

「かたっ！」

物音がしたのでスヨはぎくっとからだを起こし、手鏡を置くとすばやく開いた足を合わせ伸ばして、聞き耳をたてていると、「ミャオー」と一声鳴いて飼猫のタマが床下から外へ出て行ったようでした。

なんというあられもない姿で、慎みを欠いたことをしようとしていたのかと、スヨは我ながらはしたなさにあきれて身仕舞いを整えました。しかしあの場所をたしかめてみたいという思いは、どうしても消えませんでした。そうだ、傷の手当てをしておかなくては、などと自分に言い訳をし、スヨは明るい障子の方に向かい、再び股を広げました。白い太腿の間には、障子を透かしたやわらかな光を受けて、輝く亜麻色の毛並がふさふさとして見えました。髪の毛は「鴉の濡れ羽色のようだ」などと人に言われる程黒々としているのに、そこだけ何故かちがう人種のように、金色に光る明るい亜麻色をしているのを以前から訝しく思っていました。もしかしたら先祖が異国の人ではなかったかしら、などと考えたこともありました。スヨは手鏡をもっと近く寄せました。真っ白な肌のあいだに鮮やかな冴えた鴇《とき》色の濡れ光る肉片がありました。瞬間はなんと美しく瑞々しい色だろう、まるで輝く天鵞絨のようだ、と思いました。それはタンギリャと呼ばれる薄緑色の二枚貝の殻の中の紅色の肉片とそっくりでした。しかしなぜか長く見つめていることができず、スヨはすぐに両の膝を合わせ、思わずあたりを見廻しました。胸の動悸は一層激しくなり、全身の血が頭へ上ったかのようにがんがんしてきて、頬や耳朶がかっかっと火照り、耳の中では激しい音が響いていました。

「じゃんじゃん、じゃんじゃんじゃんじゃん」

まるで早打ちの半鐘の音が鳴っているようでした。興奮の余りにこんなに耳鳴りがひどくなったのかと思い、手に持った手鏡も取り落として、呆けたように坐って鳴り止むのを待ちました。

「じゃんじゃんじゃん、じゃんじゃんじゃん」

半鐘のような音は止むどころか、ますます響きを募らせていくようでした。

「クヮジドー《火事だ》　クヮジドー《火事だ》　アダンザキヌ《アダン崎が》　ヤマクヮジドー《山火事だ》」

集落の道を叫びながら駆けて行く男の声が聞こえた時、スヨはやっとそれが本物の半鐘の音だとわかりました。

「クヮジドー《火事だ》　ヤマクヮジドー《山火事だ》　アダンザキヌ《アダン崎が》　ヤマクヮジドー《山火事だ》　グスト《みんな》　イジバティタボレ《出て来てください》ー」

「アダンザキヌ《アダン崎が》　ヤマクヮジドー《山火事だ》　インガンキャヤ《男たちは》　クヮジショードゥクシー《火事装束をして》　キャシガ《消しに》　ウモ《行って》ッタボレー《くださーい》」

あちらからもこちらからも遠く近く人々の叫ぶ声が足音や半鐘の響きと入り乱れ、時ならぬ慌しさに集落は襲われていたのです。家毎に飼われた山羊までが「ビャー　ビャー」と声を揃えて鳴き立てるので、喧騒は一層あおられていました。

「スヨー　スヨー」

「スヨー　スヨー」

サキトとウキョが交互に娘の名を呼びながら、血相変えて外から駆け戻って来ました。

「ウキヨ《ウキョ》　ウンジョギン《ウンジョ衣を》　イジャスィ《出せ》」

サキトは息をはずませて言ってから、手拭でしっかりと頭を包み、ウキョが急いで取り出したウンジョギン（芭蕉布や木綿の襤褸を裂いて織った厚手の布で作った防寒や火消しの際に着用する袖無しの上着）を慌てざまに身に纏うと、その上に縄帯をきつく締め、トーグラの横のハシリ（水使いをする場所）の編竹の上に立ってハンドーからバケツで汲み出した水をたてつづけに頭から浴びて庭に降り、ウキョが手渡した斧を腰に差し込んで長柄の鎌を手にすると、ワラサバ（足の裏半分程の藁草履）をつっかけ、物も言わずに駈け出して行きました。それはあっという間の早業でした。もっともウキョが息もつかぬ手早さで手伝ったからですが。そのようにして夫を送り出すと、ウキョはスヨのいる部屋に行って声をかけました。

「スヨ《スヨ》　アダンザキヌ《アダン崎が》　ヤマクヮジ《山火事》　チュッドヤー《だっていうよ》　チュンキャヌ《人々が》　アガンシガディ《あんなに》　ソードー《騒動を》
シュンムン《しているのに》　ウラヤ《お前は》　ウトゥムカトゥムネンバ《音沙汰も無いのは》　イネブリドゥ《居眠りでも》　シュンニャーイー《しているのかい》」

そう言って障子を開けて部屋の中をのぞくと、顔を紅潮させたスヨが手鏡を前に投げ出してぼんやり横坐りしていましたので、一瞬怪訝な顔をしましたが、すぐに興奮をあおりたてるようにつけ加えました。

「スヨ《スヨ》　ウラヤ《お前は》　ヌーガシュン《何をしているの》　ヤマクヮジチチ《アダン崎が燃えているといって》　シマジョヌ《村中の》　チュンキャヌ《人々が》　ソードーシュウ《騒動をして》
ティ　グスト《みんな》　ハマハチ《浜へ》　ハリクナバシュッドヤー《駈け出して行くのに》」

「オー《うん》」

ところがスヨが余りに気のない返事をするので、ウキョはかえって亢ってくるのか、

「ディディ《さあさあ》　ハマウリティ《浜へ降りて》　ミチンニョディー《見てきましょう》」

投げつけるように言い置くと、さっさと門口の方へ駆け出して行ってしまいました。

「アダンザキヌ《アダン崎が》　ヤマクヮジドー《山火事だよ》　ウナグヌンキャヤ《女たちは》　アハサン《赤い》　シタムン《お腰を》　ムッチ《持って》　ハマハチ《浜へ》　ウレティ《降りて》　コーヨー《来なさーい》」

道の方からミノンマ婆さんの声が聞こえてきたかと思うと、一旦外に出て行ったウキョがまた家へ駆け戻って来ました。

「スヨ《スヨ》　アハクシマキ《赤いお腰を》　イジャチンニ《出してごらん》　キューヤ《今日は》　ニシカデヌ《北風が》　カンシガディ《こんなに》　チューサリバ《強いから》　アダンザキブテヤ《アダン崎のあたりは》　メーユロヤー《よく燃えるだろうね》　ディ《さあ》　ワーキャダカ《あたしたちも》　アハクシマキ《赤いお腰を》　ムッチ《持って》　ハマウリティ《浜へ降りて》　フロディ《振りましょう》　ウラ《お前の》　ミーサン《新しい》　アハクシマキ《赤いお腰を》　イジャチ《出して》　カンヤラチンニ《こっちへよこしてごらん》」

「アンマ《母さん》　ヌッチガ《何を》　ウモユン《言うの》　ハティカシャ《恥しいわ》　チュンメナンティ《人さまの前で》　ドゥヌ《自分の》　クシマキ《お腰など》　フラリ《振れますか》　ンニャー」

「ガシティ《そんなこと》　イチュンダンナ《言っている場合じゃないよ》　トートー《さあさあ》　ヘク《早く》　イジャスィチョ《お出し》」

「バージャ《いやよ》」

「ニシカデ《北風》　ジャンカナン《だから》　エイト《どんどん》　シマブテッカチ《村の方へ向かって》　ヒリョガティ《広がって》　キュムカム《来るかも》　シリランド《知れないんだよ》　クヮジヤ《火事は》　トゥサムチチ《遠いからといって》　ヤッサミチャ《気易く考えては》　ナランド《いけないよ》　ヒリョガリティケヘルバ《広がりはじめるとじきなんだよ》　キャーシュンク《消すのは》　トゥヤ　ヤッケナドヤー《大変なんだから》」

「シュムバム《だけど》　クシマキガディ《お腰まで》　フランティム《振らなくったって》」

「アハクシマキ《赤いお腰を》　フリバヤ《振ると》　ウマッタ《火は》　フトゥンドゥロハッチャ《振っている所には》　コムチュッドヤー《来ないっていうよ》　ガンシシ《そして》ー　カデム《風も》　ウサマティキュムチュッドヤー《収まってくるんだって》　ムカシヌ《昔の》　ウヤフチガナシヌンキャヌ《御先祖さまがたが》　ウモチアン《言い残された》　ユスィグトゥヤ《教えは》　グスト《みんな》　ドゥリヌアティドゥ《道理があってこそ》　ウモチアン《言い伝えられているんだよ》　トートー《さあさあ》　ユングトゥシュー《つべこべ》ラングトゥンシ《言っていないで》　ヘーク《早く》　イジャスィチョー《出しなさい》」

真剣な顔つきで気ぜわしげに言う母の言葉に抗しかねて、スヨはフカフタ（衣類入れ）の中から未だ二、三回しか肌につけていない赤い腰巻を取り出し、押さえつけるように小さく畳んでからウキョに手渡しました。

「スヨ《スヨ》　ウラダカ《お前も》　アハクシマキ《赤いお腰を》　ムッチ《持って》　コーヨー《来るんだよ》　チュリアティム《一人でも》　ウフサリバドゥ《多い方が》　キキ《効き目も》メム　ウフサン《あらたかなんだから》」

気が急くウキョは後の方は駈け出しながら言っていました。

スヨは今日は人の中に出るのがなんとなく気恥しく、ためらわれる気持ちがありましたので、しばらくはじっと坐っていたものの、そのうち生垣の外から伝わってくる、野山での仕事を放り出して駈け降りて来た男や女たちの声高な声や入り乱れた足音が子供の甲高い声と混り合って次々に海辺の方へ移って行くらしい啻《ただ》ならぬ気配に、じっとしておられなくなり、身繕いをしてから髪の乱れをなおし、もう一度自分の顔を鏡に写して見ました。しかしこれといって変った様子も見当らないので、なんとなくほっとする思いで庭に降り、浜の方へ足早に歩いて行きました。

浜辺には、年寄りや子供たちまでが大勢出ていました。そしてアダン崎の岬の方角にもくもくと立ち昇る白煙や黒煙が見え、折からの強い北風にあおられた火はかなり燃え広がっていて、時折真赤な焔が舌なめずりをするかの如く燃え立ち、あたかも立ち木の焼けはじける音や、青臭い焦げた匂いがすぐ近くまで来ているかのような臨場感に満ちていました。

すっかり潮の引いた入江の浜辺を火事装束の男たちがアダン崎へ向って駈けて行く姿が遠くに見え、それを追い立てるように半鐘が鳴り響いていました。火事装束とはいっても、捩り鉢巻にウンジョギンを纏い、頭から水を被っただけなのですが、斧を腰に手挟み、長柄の鎌を手にした姿は、矢張りなんといっても勇ましげに見え、群れて磯伝いに後になり先になりして駈けて行く男たちの姿は、荒事舞台の無言劇でも見ているようでした。そして又沖の方では漁に出ていた刳り舟や板付け舟が一斉にアダン崎の方向に漕ぎ行く様子が眺められ、祭の日の舟漕ぎ競争さながらでした。

一方集落下の長い白浜の波打際では、女たちが海へ向かって横に並び手に手に広げた赤い腰巻を振っている異様な姿がありました。みんな緊張を漲らせ真面目な顔をしていたので、それが却って滑稽な雰囲気をかもし出していました。中でも先頭に立つ恰好で腰のあたりまで潮水につかったミノンマ婆さんは、あちこちに継ぎ布が当たり、色褪せて薄樺色になった古腰巻を先に括りつけた竹竿を、口の中でまじないの言葉を唱えながら応援旗でも振る調子で夢中になって左右に振りつづけると、それに合わすように水際に並んだほかの女たちも、それぞれ唱えごとを口々にしながら思い思いの腰巻を振り廻していたのでした。

「トートーガナシ《神様》　トートーガナシ《神様》　ウマツヌカムサマ《火の神様》　ドーカ《どうか》　シマブテッカッチャ《村の方へは》　ウモチ《来ないで》タボンナヨー《ください》　ウネゲダリョーッドー《おねがいします》　トートーガナシ《神様》　トートーガナシ《神様》」
「トートーガナシ《神様》　トートーガナシ《神様》　カデガナシ《風の神様》　カデンネカワチタボレ《風の向きを変えてください》　カワチタボレ《変えてください》　カデー《風を》トゥレドゥレトゥ《ぴたりと》　ウサメティタボレ《収めてください》　ウサメティタボレ《収めてください》　トートーガナシ《神様》　トートーガナシ《神様》」

人が大勢集まると、たとえ不幸のさなかでも、なんとはなしに華やいだ雰囲気が醸し出されるものですが、火事とはいえかなり離れた岬での山火事のこと、集落に燃え移る心配は少ないとやがて見てとった女たちの間では、切羽詰った緊張もとれ、気心の知れ合った同じ集落の者同士が集って赤い腰巻などを振ったものですから、ちょっと運動会での応援のような浮き浮きした気分にもなってきて、中には声高に冗談をとばす者も出たりして、時々うしろを振り向くミノンマ婆さんにきつくたしなめられておりました。

「アレ《あら》　アマ《あそこを》　ハルソガ《ハルソが》　ハチイキュリ《走って行くわ》」

誰かがそう言ったので、みんなびくっとしてそちらに目を向けると、トーマ爺の娘のハルソが野良帰りのままの姿で、風呂敷包みをカラカラ（焼酎を入れる器）を抱えて、こけつまろびつといった恰好で浜辺をアダン崎の方に走って行くうしろ姿が見えました。

「ワーキャダカ《あたしたちも》　イジンニョディ《行ってみましょ》　ヌーカ《何か》　カセシュン《手伝いをする》　クトゥヤ《ことが》　アルカモシリランドー《あるかも知れないから》」

「チャー《そうね》」

「ガンシジャ《そうだわ》　ガンシジャ《そうだわ》　ディディ《さあさあ》　イキョ《行こ》　イキョ《行こ》」

三、四人が口々に言い合ってハルソの後を追うように駈けて行きました。

あとに残った女たちはにわかに勢いを無くしたようでした。それは今日の山火事を起こしたのがトーマ爺であることをみんな知っていたので、娘のハルソのつらい胸の内が思いやられたからです。みんな口にこそ出しませんでしたが、つい半年程前にタツおじが山火事を起こして他人の山へも火が燃え移った時、「ヤマヌ《山の》　キーチイイバ《木というものは》　ナンジュウネンチイュン《何十年という》　トゥシティキ《年月を》　オホリムケスィランバ《送り迎えしなければ》　ムトゥハッチャ《もとへは》　ムドランムン《戻れないものなのに》　ヤッケナクトゥ《大変なことを》　ショータ《しでかしてしまった》　ドーカ《どうか》　クネッタボレ《勘弁してください》」と叫びながら火の中に飛び込んで死んだ惨事を思い出していたのです。ハルソが焼酎を持って走って行ったのも、タツおじの山火事の時のことを思い起こし、父親の気持ちを引き立てようと考えてのことだろうと思いやりました。小さな島の中では不慮の死など滅多にない出来事ですから、タツおじの死はいつまでも島の人々の心に深く印象づけられていたのでした。もっともハブの多い島なので、ハブに咬まれて死ぬ人も時折はいましたが、ハブは神の使いと思っている人が多く、咬まれて死ぬのはそれだけの理由があったからだと考えられ、「山風邪に行き遭った」などと言って、不慮の死とは受けとられてはいませんでした。

その日の朝トーマ爺は、岬のアダン崎の山裾に一軒だけぽつんと建った塩焼小屋で、塩焚きの火を落とし、焚き上った塩が冷めるまでの間、畑仕事でもしてみようと思い立ち、塩焼小屋の裏の段々畑へ上って行きました。二、三日前に耕した時に抜いた雑草が丁度程よく枯れていましたのでトーマ爺は枯れた蘇鉄の下葉を集めて下に置き、その上に雑草をのせてマッチで火をつけました。火は勢いよくみるみる燃え盛りました。トーマ爺は「カンシガディ《こんなに》　イッチャメーリバ《よく燃えるなら》　エヘブスヤ《草焼きは》　イットゥキナンティ《すぐに》　メーウワユロヤー《燃え終わるだろう》」と独り言を言いつつ竹の棒で枯草の具合を直したりしていると、一陣の強風が海の方から吹き上って来て、火のついた枯草を吹き飛ばし、段々畑の畔に並び植わった蘇鉄の枯れ葉に燃えつきました。物のはずみは恐ろしいもの、まるで仕掛花火さながらに、あたり一帯の蘇鉄の葉に次々とまたたく間に燃え移っていったのです。驚いたトーマ爺は木の枝を切って叩き消そうとしましたが、火は消えるどころか折からの風にあおられ、段々畑の蘇鉄を上へ上へと焼き進み、山裾の木々の下枝から果ては山の林の茂みへと燃え広がってしまいました。

　今年七十三歳のトーマ爺は、若い頃に畑仕事で右足をハブに咬まれ、後遺症のためにかなり歩行が不自由でしたが、力の限りに木の枝で火を叩きつづけました。

　人里離れた岬のことで助人を呼ぶわけにもいかず、ただ誰かが異状に気づいてくれることを念ずるよりほかにすべはありませんでした。

　幸いなことに岬の沖合で一人釣糸を垂れていたマサヒトがそれと気づきました。釣り上げたウンギャルを魚籠に入れ、ふと目を上げて塩焼小屋のあたりを眺めやった時、その後方の山から立ち昇る啻ならぬ黒煙を見たのです。マサヒトはすぐさま刳り舟を岸に漕ぎ寄せ、「トーマウフッシュ《トーマ爺》　トーマウフッシュ《トーマ爺》」と呼ばわりながら、山へ駈け上って行ったのでした。息せき切って駈けつけてくれた若者を認めたトーマ爺はどんなに嬉しく思ったことでしょう。唇がふるえてとっさには言葉も出ない程でした。

「トーマウフッシュ《トーマ爺》　ニャーカンシガディ《もうこんなに》　ヒリョガトゥリバ《広がっていては》　ワッタリシャ《私たち二人だけで》　キャッシャ《消すのは》
ナリョーランド《無理ですから》　ワーガ《私が》　シマイジ《村へ行って》　チュンキャン《人々に》　シリャチキョーロイー《知らせてきますからね》」

言うが早いかマサヒトは山を駈け降り、舟足の重い刳り舟ではまだるいとばかり、磯伝いに力の限りに駈けました。

集落にはいったマサヒトは、

「アダンザキヌ《アダン崎が》　ヤマクワジドー《山火事だよー》　キャシガ《消しに》　イジバティタボレー《出て来てくださーい》」

と大声で叫びながら真っすぐに役場に走って行って、庭のチーマ木に取りつけた梯子に急ぎ登って、枝に吊るされた鐘を乱打しました。

時ならぬ早鐘に驚いた集落の人たちは、やがてアダン崎の山火事と知って、男たちは現場にそして年寄りや女子供は浜辺に駈け向かったのでした。

山火事は放水による消火が叶わないので、消し手は専ら立ち木の枝で叩き消す方法をとったのですが、火勢が増すにつれ岬の端《はな》という場所柄も災いして、四方からの風を呼び、岬の先一帯は殆んど火の海と化して手がつけられない状態となりました。そしてなお消し止めようとする男たちの叫び合う声や、火に追われて逃げ迷う山鳥のけたたましい鳴き声や羽音もかき消さんばかりに、木々の枝は燃えはじけ、炎の巻き起こす風は無気味なうなりを立てていました。

島の山には獣らしい獣がいないのですが、毒蛇のハブがいて、火に焙り出され或いは火を目がけて集まって来るので、火事場の周囲は危険この上もなく、火と蛇の両方に気を配りながらの消火は、なかなか気骨の折れる仕事でありました。ハブに咬まれるとひどい後遺症が残ってその後の人生を狂わせられてしまうこともあるので、消し手の人たちにとっては、火災よりもハブへの心配りの方が一大事だといえたかも知れません。

振りかかる火の粉をものともせずに渾身の力で燃える山肌を叩きつづけていた若者のサジロは、足もとにばかり気をとられてつい頭上の注意をおろそかにしていたところ、木の枝に絡みついていたハブが飛びつき、右の二の腕に咬みついてだらりと宙にぶら下りました。気丈なサジロはすかさずハブの首根っこを摑んで引き剝がし、地面に叩きつけ、手にした枝の根元で頭を砕き潰してしまいました。それはまさに瞬時の出来事だったので、側にいたサキトでさえ気づかなかった程でした。サジロは鉢巻をしていた手拭をはずし、消火に懸命のサキトに声をかけました。

「サキトンメ《サキトおじ》　ヤマカデ《山風邪に》　イキョヨータ《行き遭いました》　トー《さあ》　クピチタボレ《結わえてください》」

「ヌッチ《なんだって》　ダースィラッティ《どこをやられた！》」

「ミギンヌ《右の》　グテーヌクマ《二の腕のここ》」

サジロは右腕をサキトの前に突き出すように示しました。彼の逞しい二の腕には注射針で突き刺した位の二つの小さな跡が見えました。

「サジロガ《サジロが》　ハゴムヌン《ハブに》　クワッタドー《咬まれたぞー》」

サキトが叫ぶと「ヌッチ《なにっ》」という驚きの声と共に四、五人の男たちが駈け寄って来ました。サキトはそばにいたマサヒトともう一人の男に傷口の上下を強く抑えさせ、手拭でその二箇所をしっかり結わえて、取り敢えず応急の血止めをし、

「イチャサティム《痛くても》　クネレヨ《我慢しろ》　サジロ《サジロ》」

とサジロを励ましてから、手助けの二人には、

「ウラッタツリャ《お前たち二人は》　サジロ《サジロの》　グテー《腕を》　チューサミンジュリヨー《強く握っておれよ》」

と確かめておいて、斧の背をしっかと握りしめ、ハブの二つの牙の跡の周囲を縦横に幾筋にも切り裂き、その上に唇を当てて何度も毒を吸い出しては吐き捨てることを繰り返しました。そうすると幾分でも毒の広がりが防げるからでした。その次にサキトは燃えている木の火口を傷口に当てて、じゅうじゅうと焼き焦がしました。

「サジロ《サジロ》　インガジャガ《男だぞ》　キバレヨ《頑張れよ》」

サキトの励ましを聞きながら、サジロは歯を食い縛り額に脂汗を滲み出させて痛みを怺えました。

ハブに咬まれた瞬間は蟹にでも挟まれたかと思う位のちくりとした感じだけですが、その後まるで千匹の蜂に同時に刺されたような、或いは真っ赤に焼けた鉄の棒で抉られるような、猛烈な激痛に襲われるのですが、毒が廻るにつれて筋肉が腐っていき、赤黒く不気味な程も腫れ上ってしまうのでした。

焼き終えたサジロの傷口にサキトは手助けの若者に探させた蓬の葉を揉んで詰め、上から手拭でしっかり縛りました。

「ディ《さあ》　マサヒト《マサヒト》　ワッタリシ《俺と二人で》　ヘーク《早く》　ヤクバハチ《役場へ》　ティレティイキョー《連れて行こう》」

「オー《はい》　ガンシショーロ《そうしましょう》　サジロアニョ《サジロ兄》　イチャサティムクネティ《痛くても我慢して》　キバティアッキンショレ《頑張って歩いてくださいよ》ヨ」

サキトとマサヒトに両側に付き添われ、サジロは火事場を後に海岸の方へ降りて行きました。

「カチユクマ《歩くより》　フネドゥ《舟が》　イッチャッドー《いいぞ》　サジロガ《サジロが》　イキャガチャナ《途中で》　アッキキリャングトゥ《歩けなくなって》ンシナリバ《しまったら》　ヤッケナドー《大変だぞー》」

うしろからマンタおじの気遣う声が追っかけてきました。

「オー《はい》　ガンシショーロ《そうします》」

サキトは振り向かずに答えて足を早めましたが、そのうしろではマンタおじとヤメおじの二人が、その三人のうしろ姿を見えなくなるまでも見送りながら話し合っていたのです。

「ヤクバ《役場に》　ティッガディ《着くまでに》　ドゥクヌ《毒が》　ムネハチ《心臓に》　マワランバ《まわらなければ》　イッチャスカヤー《いいがなあ》」

「アガッサ《あれだけ》　スイダチュタンカナン《吸い出していたから》　ダイジョブダロ《大丈夫だろう》」

「ガンシナリバ《そうだったら》　イッチャスカヤー《いいがなあ》」

「シュンバム《それにしても》　チキャグロヤ《近頃は》　ケッセイチ《血清と》　イュンムンヌディケティ《いうものが出来て》　ヤクバナンティ《役場で》　チュウシャチイユンムンヌンキャ《注射などというものを》　シームロレユングトゥンシナティ《してもらえるようになって》　アリギャテナムンジャヤー《有難いことだなあ》」

「ケッセイチ《血清と》　イュンムンヌ《いうものが》　ネンタンクロヤ《なかった頃は》　ヤマナンティンキャ《山などで》　マジムヌンクヮーリリバ《ハブに咬まれたら》
ドゥヌ《自分の》　ティハギ《手足を》　ドゥウシ《自分で》　ナタウンシ《斧で》　キリウトゥサンバ《切り落とさなければ》　イヌチヌ《命の》　タスカユン《助かる》　ミコムヤ《見込みは》
ネンタンムンヤー《無かったもんなぁ》」
「ユヌナカヌ《世の中が》　ヒリャケティ《開けて》　カンシュン《こんな》　シマッグヮヌムィムィガディ《孤島の隅々まで》　ウカゲサマ《おかげさまを》　ムロユ《戴く》
ンクトゥヌ《ことが》　ディケユングトゥンシナティ《出来るようになって》　アリギャテサマナクトゥヨヤー《有難いことよなぁ》」
「ニャーニャリ《もっと》　ユヌナカヌ《世の中が》　ヒリャケティ《開けて》　シマヌ《島の》　マチムン《ハブを》　グスト《全部》　ウラングトゥンシナ《なくしてしまう》
シュン　ホウホウヌ《方法が》　ディケリバ《出来ると》　イッチャンムンヤー《いいのになぁ》」
「ヤマヤマ《山々》　サクザク《谷々》　ハルヌ《野の》　ムィムィ《隅々》　シマヌ《村の》　ナハナンダンソ《内にさえ》　イキャーッサムウン《仰山いる》　マ
チムン《ハブを》　イキャーシシイ《どうして》　グスト《すっかり》　ウラングトゥンシヤ《なくすることが》　シュル《出来るか》　ガンシャンクトゥヤ《そんなことは》　イミヌ《夢の》
マタイミジャ《また夢じゃ》　ディディ《さあさあ》　カシティ《こうして》　ユドゥウラングトゥンシ《しゃべっていないで》　ドゥドゥウシ《自分自分で》　ヤマカデ《山風邪に》　イキョン《行き遭わない》
グトゥンシ《ように》　キイティキトゥティ《気をつけながら》　ウマティ《火を》　キャーソ《消そう》　ディディ《さあさあ》」
「チャー《うん》　ガンシジャ《そうだ》　ガンシジャ《そうだ》」

マンタおじとヤメおじは、しばらく休んだので一寸元気が出たような気もして、再び木の枝を振り上げ消火をつづけました。

火事場ではまた人さまざまな場面が見られました。

「グルクンウジガ《グルクンおじが》　ウモリンショチャドー《お見えになりましたよ》」

少しおどけたケンドの声でマンタおじとヤメおじが振り向くと、眉が太く目玉がぎょろっとして鰓《えら》の張った渋柿色の顔に汗を滲ませながら、ずんぐり太ったグルクンおじが、腰を落としたがに股のふざけたような恰好で上って来るのが見えました。背負い紐をつけた石油罐を背にし、先に針金の輪で仕掛けを施した竹の棒を肩にかついでいましたが、火を消そうとはせずに、何か探しものでもあるかのようにしきりにきょろきょろとあたりを見廻し始めました。そして火に焙られて出て来たハブを見つけると、手にした棒の先の針金の輪をさっとハブの首にひっかけ、手許の掛け金を引っ張って挟み捕まえてしまいましたが、それを素早く茶壺の内蓋に似た蓋付きの石油罐の中へ投げ込んでいました。それはかなり危険を伴う仕事でしたが、彼の仕草はすっかり板についているのがわかりました。生け捕りにしたハブを役所へ持って行けば、一円で買い取ってもらえるのです。役場では金網を張った木箱にそれを入れて、内地に送り血清を採るのだということでした。集落の足腰の立つ男の殆んどが駈けつけただけでなく、近くの集落からも手伝いが出て、火の粉を被り、身を危険にさらして懸命に消火にあたっているそのさなかに、金儲けのためにせっせとハブを探し歩いているグルクンおじを見て、「ガシティ《そんなことを》　シューラングトゥンシ《していないで》　ウマティ《火を》　キャースィ《消せ》」と怒鳴る声が挙がるかと思うと、「ガンシガディ《そんなに》　カシキョサリバ《抜け目がなければ》　クラヌ《蔵が》　イクーティム《いくつも》　タチジャガ《建つだろうな》」などと冗談を飛ばす者や、「グルクンメ《グルクンおじ》　ハゴムンヌ《ハブが》　イジティッチャドー《出て来たよ》」と手助けする者などもいてそれぞれの面が出ていたのでした。

トーマ爺は自分の不始末が仕出かした事の大きさに、呆然となって火の前に立ちすくんでいました。いつ消えるかもわからぬ程に燃え広がった火の海を目の前にして、いっそタツがしたように、自分もこの火の中にはいって行こうかと何度か思いました。着物はあちこちが焼け焦げ、手足にも火傷を負い、顔もからだも煤で真っ黒に汚れて、目だけが異様に血走っていました。そして喉の奥が乾いてひりひりと痛みました。

「ジュウ《父さん》　ジュウ《父さん》　ダーナン《どこに》　ウモユル《おられるの》」

娘のハルソの声で振り向いたトーマ爺の姿はまるで幽鬼のようでした。「わーっ」と泣き声を上げてすがりついたハルソは、「ジュウ　ジュウ」と呼びつづけてふるえていました。トーマ爺の老いの目からは涙が溢れ、煤に汚れた皺だらけの頬にいく筋もの跡が走りました。

「ハルソ《ハルソ》　マシュヤドリハチ《塩焼小屋へ》　ジュウ《父さんを》　トゥモスィロヤー《お供しようね》」

近くで見ていたギイチおじがそばにやって来て、ハルソと二人でトーマ爺を両脇から抱きかかえるように山を降り、塩焼小屋へと連れて行きました。

小屋では女たちが集まっていて、湯を沸かしたり粥を温めなどしていましたが、疲れ果てて足取りも覚束ないトーマ爺を見ると、「ハゲー《まあ》　ハゲー《まあ》」「ヘーク《早く》　ナハハチウモチ《中へいらして》　チャッグワン《お茶でも》キャ　ミショリンショリー《あがってください》」と声をつまらせて駈け寄りました。

ハルソは小屋の裏の山裾に湧き出る泉から、冷たい水を汲んで来て手拭を絞り、父の顔やからだを拭いて着物を着替えさせ、湯呑茶椀に焼酎をなみなみとついですすめました。トーマ爺はだまってそれを飲み干し、娘の目をじっと見ました。この娘のためにも火の中へはいって行かなくてよかった、とはじめて人心地のつく思いがしました。その時になってやっと側で心配げに自分を見ている、ギイチおじにも気がついたようでした。

「ギイチ《ギイチ》　アリギャテアタドー《ありがとう》　ウラヤ《お前は》　スグチークリティ《すぐやって来てくれて》　ジーキ《とても》　ホホラシャン《うれしくて》　オーシラ《たまらな》ンタドー《かったぞ》」

そう言ってトーマ爺は深々と頭を下げました。

ギイチおじはマサヒトの次に駈けつけてくれたのです。そしてずっとトーマ爺を励まし励まし消火を助けてくれました。

一方ギイチおじの家では、火事と知るとすぐに、火元に最も近いのは集落から一軒だけ離れている自分たちの家だと気づいたウスナが、白い神衣《かみぎん》を身に纏い、祭壇の前に坐って懸命に祈りを始め、娘のウラコは屋根に上って、丸い顔を真っ赤にして赤い腰巻を振っていました。ギイチおじは言うまでもなく火事装束に身をかためて、すぐにアダン崎に飛んで行ったのです。

ヤマトニセはギイチおじと一緒にすぐにも火事場へ行かなければならぬと思ったのですが、どうにも人中には出たくなかったので、家の方を守ろうと考えました。ウスナの指示の通りに甕や桶に水を汲み、掛樋の近くに穴を掘って水溜めもこしらえ、家畜を海辺のユウナの木の下に移し、主な家財道具を安全な浜辺の岩穴へせっせと運び入れました。幸いなことに風上に当たっていたギイチおじの家は難に遭わずにすんだのですが。

変事など起こりそうもなく、いつまでも平和で長閑な日々がつづくとばかり思えた南の小さな島の生活の中にさえ、人々を根こそぎに脅かすような不意の変事が起こり得るのを目のあたりに見て、ヤマトニセは人の運命の上に働く何か人智では計り知れない大きな力が感じられ、強く心が打たれたのでした。

風に煽られて燃え盛る火を消すのが無理だと知った人々は、直ちに延焼を防ぐより外に方法はないと決めて、廻りの木を切り倒すことにしました。殊にナハザトの集落がわの風下の木を薙ぎ倒すのはとても困難でしたが、そうするより仕方がなかったのです。

朝方の十時頃から燃え出した山火事は、午後になって風向きが変わったことも手伝い、三時頃には火勢が衰えに向かって、南西側は峠へつづく赫土道の所で、また南東の方角はタガンマの山の斜面の木を薙ぎ倒した所でやっと延焼を食い止めることができました。

紅蓮の焔は収まり、空を覆っていた黒煙もやがて風に流され、青空が見えるようになりました。それでも人々は再燃を懸念してなかなか火事場を離れようとはしませんでしたが。

「ニャー《もう》　カンシガディ《こんなに》　ウサマタットゥ《収まったから》　マター《また》　ムェユムチュンクトゥヤ《燃え出すということも》　ネンダロナヤ《ないだろうなぁ》ー」

「ガンシジャヤー《そうだなぁ》　ニャー《もう》　シマハチ《村へ》　ムデティム《戻っても》　イッチャヤツカネンカヤー《いいのじゃないかなぁ》」

「タシカナ《屈強な》　ムンヌンキャベヘリ《者たちだけ》　ニャリ《少し》　ノホティ《居残って》　アトヤ《あとは》　ムドュングトゥンシスィロヤ《帰るとしようか》
ー」

「ウリガ《それが》　イッチャロヤー《いいだろうなあ》」

「ガンシスィロー《そうしよう》　ケンド《ケンド》　ウラガ《お前が》　グストンカティ《みんなに》　ガンシ《そう》　シリャチ《知らせて》　アッキ《歩け》」

ヤメおじが傍のケンドに言いつけると、

「オーイ《おーい》　グスト《みんな》　マシュヤドリヌ《塩焼小屋の》　トゥロハチ《ところへ》　アティマティタボレー《集ってくださーい》」

イバン（集落の連絡係）のケンドが大声で伝え歩きました。

やがて塩焼小屋の前の浜に勢揃いした人々は、たそがれ近い浜辺を疲れた足取りで三三五五帰途につきました。

男たちの大方は裸足のままでしたから、消火の最中に足の裏を木の切り株で傷つけて杖にすがった者や、火傷の手や顔を手拭で包んだ者などが入り混じり、さながら落武者の群れのように見えました。中には生け捕りにしたハブの首のあたりを、紐で結んで棒の先に括りつけ、くねくね動き廻るのを肩に担いで帰りながら、

「ヨーネヌ《今夜の》　ダリヤメヤ《晩酌は》　クリ《これを》　ウティジャ《売ってしよう》　ナーキャダカ《あんたたちも》　ワーキャヤーハチ《うちに》　ウモッタボレ《来てくださいよ》
へー」

などとふざける者もいましたが、グルクンおじの姿は見当りませんでした。

集落に近づき、暮れなずむ夕靄の中に遠目には蕈《きのこ》の寄り集りのように見える茅葺き屋根から、

それぞれに立ちなびく炊飯の煙を目にすると、人々は急に空腹を覚え、疲れがどっと襲ってきたような気がしました。

「アンマタガ《母ちゃんたちが》　ユーバンヌンキャワルシー《夕飯なんぞどっさり炊いて》　マッチュッドー《待っているぞ》　ディ《さあ》　ディ《さあ》　イショガロヤー《急ごう》」

誰かがおどけた調子でそう言ったところ、剽軽者のジンタおじがすかさず、

「ハゲー《あーあ》　ワーキャアンマガ《うちの母ちゃんが》　シーアン《作った》　ユーバンナ《夕飯は》　ヌーカヤー《何かなあ》　ティンベヌドゥガキトゥ《蘇鉄粥と》
フィルヌユヨヌ《にんにくの茎の》　ムンジョッグワンカハリカヤー《塩揉みだけかなあ》（飢饉時の最低の食物）」

としみじみと言い返したので、みんなどっとばかり大笑いをしました。

この山火事ではサジロのほかにもマシタ爺とアグニおじが足をハブに咬まれ、後でこの二人はマンキャハギ（足を前に蹴り上げるように振り振り歩くこと）になりました。集落でも一番体格がよく、逞しくて働き者だったサジロは、若い身空であたら右腕を肘の所から切断しなければならない不幸を背負いました。しかしみんな咬まれ所が悪くて死ぬようなことにならなかったのは、不幸中の幸いといわなければならないでしょう。この火事騒動の後、アダン崎のことを誰言うとなく「エヘノサキ（焼けの崎）」と呼ぶようになり、その名はあとあとまでもずっと残っていました。

山火事のあった日の夜もスヨはいつもより早目にアダン崎に行きました。あのいつかの嵐の晩

に磯の松の枝を引き結んだハンカチがどうなったかと、とても気掛かりだったのです。女たちが浜辺で赤い腰巻を振っていた時も、スョはハンカチのことばかり考えていたのでした。彼女は何故かあのハンカチに、ヤマトニセと自分の運命をかけるような思いに陥っていたのでした。ハンカチが焼けてしまっていたなら、二人の先々にきっと何かよくないことが起こりそうな、そんな末すぼまりな予感さえしたのでした。

近寄って見た松の小枝には、風雨に晒されてはいましたが、ハンカチはしっかりと結ばれたままになっていました。思わず大きな溜め息をつく程スョはほっとしたのです。なんとはなしに行く手に明るい光明が射してきたような、そんな充ち足りた思いがしてきました。

岬の森は殆んど焼き尽くされているだろうと思ったのに、トーマ爺の塩焼小屋の裏のあたりから岬の崖にかけての一帯は風上に当たっていたせいかまるまる焼け残っていたのでした。昼間のあの火事騒ぎがまるで悪夢ででもあったかのように、岬一帯は夜の静寂に沈みこんでいました。中天高くかかった下弦の月と満天の星が、降るような光りを地上にそそぎ、昼間吹き荒んで火の手を煽った北風も、あるかなしかの南風とかわっていて、海の上は波一つ立たず、銀色の波を一面に湛えてにぶく光っていました。この変りない空と海にくらべ、昨夜まで黒々と繁っていた岬の山は、大方が焼け果て、裸木となった焼木杭だけが月光に寒々とその姿を晒し、きな臭いにおいがあたり一面に漂い、まだくすぶりの煙をうっすらと残した所では、時折ぱちぱちと燃え残りの枝のはぜる音さえ聞こえてきそうでした。

はるかな気分に誘われるようなくぐもったやさしい声で「クホー、クホー」と夜を徹して鳴いていた梟や、暁の訪れと共にやかましい程の囀りで岬の森を賑わしていた小鳥や山鳩は、住み馴れた塒を失い、どこの森や林に飛び去って行ったのやら、とスヨは思い遣りました。

スヨにとってこのアダン崎の岬は一番心の休まる場所でした。あの松の枝にハンカチを結んだ晩から、これまでの幾夜を一夜とて欠かすことなく彼女はここに通って来て、ハンカチにそっと手を触れ、誰にも明かせない胸の裡を語りかけてきたのでした。

ハンカチが残っていたことを確かめたスヨは、なんとはなしに心弾み、塩焼小屋の方へ歩いて行きました。岬を廻った山裾のかげに、屋根も壁も茅で葺き廻したその小屋は、ひっそりと夜の闇に溶け込み、取り残されたように建っていました。無人の小屋からは灯火も洩れず、塩焼く煙も絶えて、打ち捨てられた廃屋さながらに、一日にしてたちまち荒れ果ててしまったような感じに見受けられました。そのひそやかな掘立小屋を見ているうちに、スヨの胸の中にふと、こんな人里離れた海端の小さな小屋であの人と二人だけで住むことができたら、などと常ならば思いも及ばぬ考えが浮かんでいました。しかしまさか今度の山火事がきっかけとなって、この塩焼小屋があとでスヨの終《つい》の栖《すみか》になろうなどとはまだ知る由もなかったのでした。

〔未完〕

付録

構想メモより

〔編集部註：かごしま近代文学館保管の著者の遺稿の中から、生前に本作品の第五章以降を構想したと思われる、原稿用紙二枚の表裏面に記された内容を抜粋しました。判読できなかった箇所については、■で示しました〕

（一）

一章。二章。三章。四章。

五章。

スョとの初交。初交後のスョ。山火事（山を焼いたイクおじ〔小説内の「トーマ爺」か〕の悄然とした■■。先祖がはぐくみ育てた木や、先祖の生命をキガから救ったソテツ畑をやいた申しわけなさ。すすだらけの足。昨夜の草むらの所へ行く。そこはふみしだかれていた。血がにじむので又浜へ降りて、ユウナの木のかげにスョを■■■■横たえた。どんなに一人で必死に消止めようと頑張ったがあとは火を人がみつけるのをまつより外はない）。山火事の晩の逢引き。目をつむっていると又木の棒をいれられる（こんやも木の棒をさしこまれるのではないかと、こわいような不安におそわれる。あんなやわらかな所に何故あんな固い木の棒をさしこむのかその気持ちがわからない。いくら考えてもわからず、やさしい人柄の彼が、とふしぎに思えてならない。なぜだろう。こんやも又痛い思いをするのか。彼にされる事なら、痛みなどどうでもいい。何をされてもいいと思う。しかし不安は不安だった。その夜彼は彼女のあそこを指先でしばらくなでていた。スヨはくすぐったくて少し身をよじった。しかし彼女は目をつぶってだまっていた。昼間鏡に写してみたあそこを頭の中で思い画いていた。彼の細いしなやかな指先はスヨでさえ知らなかったそこの様子をよくわきまえ知っているかのようにまさぐりそして静かに深く中の方にまでさし入れてきた。今日は木の棒でなくて、指でよかった。あの固い棒はいたいから、と思って目をつぶってからほっとする思いでスヨは彼の指先の感しょくを受けていた。へんにむずむずしたふしぎなかんじだった。彼の指先はしばらくまさぐっていたが静かに引いていった。スヨは自分のあそこがしめっぽく温ってくるようでふしぎな気がしていた。彼はスヨの体にしっかり体をかさねると、又あの木の棒をさしこんできたのでした。そしてその棒を入れたまま、ぐい〳〵押しこんできたかと思うと抜きとり、又入れる事をくりかえしやがて終った。スヨは自分の体内に何か温くふりかかる思いがした）。終ったあと、彼は「ありがとう」と小さく言った。スヨはだまって目をあけた。彼の顔が間近にあり目玉が、一つ目小僧のように大きく一つになってみえた。

①スヨとの交わり。②山火事。③山火事の晩の逢引き。④スヨ妊娠と悩み。三十三夜。月待ち

の夜。家出。⑤ひとまずブイチおじ〔小説内の「ギイチおじ」か〕の家へ。⑥ブイチおじイクおじから小屋借りる。⑦ブイチおじの家での仮祝言。⑧新居づくり。⑨新所帯、荷物おいてある（ウチヨ　ヒロヒトをたのむ荷物運ぶ）。

（二）

月待ちの夜。スヨつわりと容貌の変化。母子の語らい。ウチヨ病気の進行と思う。近頃体の具合はどうか。何でもないと打ちけす。スヨつわりのこと知らず母に聞く。母病気のせいだと思って嘆く。

（三）

①岬に坐っている。②スヨ帰り際に今夜で終りにしようと思う。癩の告白。③■■■〔小説内の「ヤマトニセ」か〕気が軽くなる。父、死ねと迫っているようなそっとさす冷たい父の目をみて父の心のおくそこをみたような気がした。落ちる所迄二人で奈落の底へおちて行く快感。④スヨを求める。余りに月が明るいので、白い砂浜の上では明る過ぎる。⑤藪ヤナギの間へ入る。しとどにおりた露に髪の毛ぬれる。青草のいきれ。顔にもつゆがかかる。水のみそぎのような、又よく聞く乙女の日への別れには涙を流すという、涙のような思いがした。⑥未遂。⑦浜へ降りる。スヨ帰りかける。もうスヨは来ないような気がする。掌中の珠を失うような失望とやるせなさ。

急に■■■〔「ヤマトニセ」か〕青年が追ってきてスョを抱く。⑧木の棒。⑨スョ両親のかおをみるのが、面はゆいのでつい目をふせ、食事も喉を通らずあたふたと立ってバタン〳〵と機をおる。母はスョの顔が火照っているように、かね〴〵桃色の頬が常にもまして目もうるんでみえる。スョ鏡をみている。近頃はスョだけトーグラにねる。夜中に目覚めてねむれぬ為外に出たりするからという。父母、さもありなん苦しかろうと好きなようにさせるので、夜中の家の出入が可能。

(四)

⑩山火事の様子、イクおじの様子。山火事の晩もいく、夜歩くが別れた。⑪雨が降って塩焼小屋に入る、ハブがいる。⑫前後の塩焼小屋での交わり。⑬お月待ちの夜。父がおこる。⑭スョの家出。⑮塩焼小屋にいる。夜になる迄こうしていようと思う。いっそハリに首を吊ってしまおうかとも思う。おなかがすく。ナンキン豆と、生芋をかじる。黒さとう。イクおじの小屋の様子。夜になる。時折入口にかけたムシロがはためく。ケンムンではないかと思う。イクおじとケンムンの話は集落でも有名。ケンムンとすもう。クヮーヤメ歌。イクおじ訪問(ノイローゼ。ケンムンの話をすると目が輝いている)。

島陰の人生

まるで深山の湖のように静かな、加計呂麻《かけろま》島呑之浦の細長い入江の、奥まった渚沿いの道を岬の方へ歩きながら小さな浦をひとつ廻った時、私は急に胸の血がざわめきはじめたので、思わず立ち止って草藪のあたりを見つめますと、記憶の底に沈んでいた思い出がふき上るように甦ってきました。そして山裾の夏草の繁みの中から、顔を隠すように手拭をま深に被った優しげな一人の女が今にも音もなく立ち現われて来るような気持ちになったのです。実は其処は玉露という島の女が人里離れてひそかに暮し、痛ましい運命に出逢って自らの命を絶つに至った出来事を、子供の頃に見ききした因縁の場所だったのです。彼女は気立てが優しく容姿も美しい人で、娘の頃は殊にその若い肌が桜色に輝いて見えたと言われます。

或る年の春の頃此の南の小さな島に一人の若者がやって来て、村里から離れたその入江沿いの山陰に、粗末な掘立小屋を建てて住みつきました。何でも星占いのようなことをしながら暮しを立てていたそうです。彼は口数が少なく、氏素性を決して明そうとはしませんでした。島の人々はその名がわからぬままに「大和人《ヤマトッチュー》（内地の人）」と呼び、どことなく品のある立居振舞や人柄の床しさ等からきっと仔細ある人に違いないと噂をしていました。いつしか此の若者を愛するようになった玉露は、「大和人《ヤマトッチュー》と縁結ぶなよ、零《こぼ》さぬ筈の涙を零す破目になるぞよ」と一人娘に泣いて諭す両親を捨てて彼の許へ走りました。やがて二人の間にはふた親に似た可愛らしい女の子が生れ、そのあとも元気な男の子を三人も授かって、アダン木やユナ木に囲まれた磯辺での、村人とのつきあいもない孤絶した貧しい暮しではありましたが、親子水入らずの平和な年月を送っていました。そのうち子供たちは峠を越えた隣り村の学校へ賑やかに連れ立って通うほどに成長し、よそ目にはなかなか幸福そうでしたのに、それも束の間のこと、まず玉露の美しい肌に、癩病の兆候がはっきりと現われてきたのです。次いで大切に慈しみ育てた娘が毒蛇のハブに咬み付かれてもがき死に、その上名の知れぬ病に罹った夫は医者にも診て貰えずに他界してしまいました。それまでは夫と一緒に谷合いの窪地に唐芋や野菜を植え、海の魚や貝をいさり、また星占いの礼金も貰って家族六人の糊口を凌いできましたのに、働き手の夫を失っただけでなく、癩の為に指の自由がきかなくなった玉露は、切羽詰った末に、幼児をテル籠に入れて背負い、村々を物乞いして巡るほかはなくなりました。しかしそれを深く恥じた彼女は、人に顔を見られぬよう手拭をま深に被り、道の端を忍ぶような足どりで歩き、家々の勝手口にそっと佇むだけで、物乞いの言葉を自分からは決して口に出そうとはしませんでした。人が気付かぬ時は黙って次の家へ移るという風でしたが、人々は彼女の姿を見つけると気をきかせて手早く食べ物や古着等を彼女のテル籠の中に入れ、慰めの言葉をかけていました。

ところで高等科をやっと卒業させた上の男の子二人を内地へ就職させ、末の子も小学二年生になったという時に、玉露は或る晩自分の側に眠っていたその子を紐で絞め殺してしまったのです。翌日村の駐在所に呼ばれた彼女が、庭の土の上にじかに正坐している姿を私は見ました。その左脇にはテル籠と杖と、人前ではめったに取ったことのない手拭をきちんと畳んで置き、指の曲がった両手を前について深く顔を伏せてかしこまっておりました。大きく髷に結った黒髪の根が緩みほつれ毛が彼女が噎び泣く度に瘡のできた頬にかかってひとしお哀れを誘いました。鹿児島の本署から赴任したばかりの年若い巡査が両手を腰にあてて縁側に突っ立ち、如何にも汚らわしいものを見る目付で、それでいて逃げ出したい恐ろしさを振り払えない様子もかくせずに、声だけは居丈高に固い訊問の言葉を口にする度に、玉露は地面にうつ伏したまま消え入るばかりの泣き声でそれに答えていました。巡査は一刻も早く切り上げたかったらしく、型通りの取り調べだけで釈放したのですが、彼女の坐っていた場所や通った跡には気でも狂ったかのようなしつこさでいつまでも薬を撒き散らしていました。

取り調べの様子を遠巻きにして見ていた村の女たちは、玉露と一緒に泣きながら村はずれの橋の辺まで見送りました。彼女は峠への赤土道をテル籠を背負い杖をたよりに、藁草履をはいた足を引摺り引摺りゆっくり登って行きましたが、その悲しげな後姿は赤い夕陽を受け、哀れな愁いを漂わせながら暮れなずむ山道に消え去りました。

この事件は末の子までハブに咬み付かれて動顚した玉露の不意の狂行だったという事で済まさ

れましたが、それっきり、ぷっつりと彼女の物乞いの姿は見かけられませんでした。人々はほかの島へでも渡ったのでしょうと別に気にも留めずにいたのですが、内地から帰って来た息子たちが、小屋の裏の大きな松の木の根方に紐を首に巻きつけたまま、よりかかるように坐って死んでいた母親を見つけました。

解説　加計呂麻島でのピクニック

しまおまほ（エッセイスト）

祖母・島尾ミホが暮らしていた奄美大島名瀬《なぜ》市内の浦上《うらがみ》にある一軒家は、二〇〇七年に彼女が亡くなって以来、両親とわたしが島へ行く際に利用する別宅となった。わたしたちが奄美を訪れるのは毎年三月（ミホの命日）、八月（叔母・マヤの命日、節踊り）、十一月（祖父・敏雄の命日）の三回とだいたい決まっていて、それ以外の間は無人なので、警備会社に管理を依頼している。

そのため、東京の自宅には時々こんな連絡が入る。

「〇月〇日〇時〇分　侵入を知らせるランプが点灯したため解錠し確認しましたが、異常はありませんでした」

「侵入」はだいたい小さな動物だったりエアコンのつけっぱなしのせいだったりするのだが、警備の報告がある度に主のいない空っぽの家の中の様子と、その庭でそよぐ蔦を張った薔薇、バンシロの葉が瞼に浮かんでは、フッと消える。

やはりあの家にはもう、マンマー（祖母のこと）はいないのだなぁ。

亡くなってすぐは、奄美大島のどこへ行っても祖母の気配を感じて落ち着かない気持だったが、最近ではそんな気配も鳴りを潜めている。『海嘯』は、祖母がいないことにももう慣れてしまったはずのわたしの元に彼女の残酷なほどの真直さとその場を支配する緊張感を生々しく蘇らせた。

浦上の家を建てる以前、祖母はマヤと二人、同じく名瀬にある佐大熊《さだいくま》という海の見える住宅地で暮らしていた。一九九五年、十七歳になる直前の夏休み。わたしはひとりで彼女たちを訪ねた。三階建ての白いコンクリートの借家は、引っ越してからそれなりの時間が経っていたはずなのに、部屋のほとんどが段ボールに埋め尽くされていて、熱く目の奥まで突くような陽射しと青い空、広い海の景色とは窓一枚隔てて対照的な眺めだった。自宅以外で食事をすることはなく、外出はすぐ近くのスーパーと車で十分ほどの大叔母・和ちゃんの家に行く程度。部屋の中で三人、いつもお団子のようにくっついて、祖母の思い出話を聞いたり、写真を見たり、洗濯物をたたんだり。居間のブラウン管は置物のような佇まいで、退屈な時スイッチを入れたい誘惑に何度もかられたけれどこちらからテレビを観たいなどと言い出せるような雰囲気ではなかった。

「奄美大島って沖縄みたいな所なんでしょ？　いいなあ」

「海で泳ぎ放題だね！　BBQもできたりするの？」

荷物に囲まれた部屋の中から海沿いの景色を眺めては、そう声をかけてきた友人たちと学校で顔を合わせたらどんな夏休みだったと言えばいいのだろうと不安な気持ちになった。幼い頃から祖母は気楽に接する事のできる相手ではなかったから、そもそもこの旅にも前向きではなかったのだ。ただ、父に勧められてしぶしぶ一人、飛行機を乗り継いでやってきた。普段、祖母との付き合い方は「用心深くするように」と何度も注意していた父が、なぜ急にわたしを祖母の元に送り出したのだろう。東京を離れる前、父からは「わたしの母をよく観察してきなさい」とだけ声をかけられた。祖母が島に移り住んでから彼女を訪ねたのは、家族でわたしが初めてだった。島の思い出をよく話す父も、祖母のいる島へ行こうとしなかった。わたしにとっては、一九八六年の祖父が亡くなる年の夏以来の奄美大島だった。

「マホのココは、ジッタン（祖父のこと）にそっくりネー」

そう言って、毎日のようにウットリと愛おしそうにわたしのうなじや足の甲を撫ぜる祖母。東京での暮しぶりを聞いてくることはほとんどない。少女の瞳で、わたしから「島尾隊長」の面影を一途に探しているようだった。わたしは、それを困惑しながらも黙って受け入れるしかなかった。

滞在中、一日だけ生い茂った深い緑と白砂、静かに波を湛える海を前にピクニックをした日があった。当時瀬戸内町立図書館に勤務していた澤住男さんの運転で加計呂麻島へ日帰りで遊びに出かけたのだ。わたしにとって、初めての加計呂麻島だった。クネクネとした山道で車が左右に振れる度、後部座席に祖母とマヤとの三人でくっついて座るわたしたちの身体も右へ左へ、前へ後ろへガクンガクン揺さぶられた。一番体重の軽いマヤはわたしと祖母に挟まれて笑って時々「ヒャー」と声を出しながら揺れを楽しんだ。わたしもようやく外の空気に身を置くことができたのが嬉しくてわざと大きく揺れて笑った。祖父が亡くなってから人前では喪服を着ていた祖母が、この時はなぜか普段着だったこともわたしたちの気持ちを明るくした要因のひとつに違いなかった。

瀬戸内の港でお弁当を買って、海上タクシーで呑ノ浦の入り江へ。祖母は陽射しが眩しいだろうからと言って自分のサングラスをマヤにかけさせた。人よりも少し不自由そうに歩き、言葉がうまく話せないマヤの小さな身体にそのサングラスはひときわ大きくて、顔のほとんどを覆った。動くたびにズルズルと鼻筋から滑り落ちそうになるので、マヤはそれをいちいち両手で一生懸命押さえた。なんともうっとおしそうだったが、だからといって祖母に返そうとはせず、その厚意を無駄にせんとばかり必死に両手で押さえていた。

四十歳半ばにもかかわらず、子どものような体格と装いをしているマヤが濃い紫のグラデーションがかかったサングラスをかけて野性的な加計呂麻の自然の中を歩く姿は傍目に何もかもが不釣り合いのように見えて、またそれはマヤの不健康な部分を際立たせていて、その光景はわたしの気持ちに影をさした。

マンマーはどうしてこの不自然さに気づかないのだろう。マヤさんには障害があるとはいえ、すべやかな肌と紅潮した頬、ニッコリと笑うその表情に健康的な美しさが間違いなく宿っているのに。そして、その美しさはこの加計呂麻の景色と何の矛盾もないはずなのに。

そんな疑問が心に見え隠れしながらマヤと貝を探して浜辺を歩いていると、わたしに向かって、祖母が芝生に座ったままこう叫んだ。

「マホー！　下着になって泳ぎなさいー！　昔はここでみんなそうしてたのョー」

わたしはギョッとして、

「イイエ、わたしは泳ぎが下手ですからネー」

と、祖母の口調を真似て返した。

すると祖母は続けて、

「気持ちいいわョー。下着なんて帰るまでにすぐ乾くわョー」

と言うので、わたしはもう一度、

「本当に泳げないんですョー」

と返事をして、声が届かないようさらに離れた浜へ移動して誤魔化した。

帰り道にも祖母は、

「あの入り江で、男の子も女の子も下着で泳いだのョー。裸の時だってあったのョ」

そう言って、わたしが海に身体を入れなかったことにガッカリした様子だった。

その夜、佐大熊の自宅でマヤとわたしは祖母の子守唄を聴いた。

吞ノ浦の入り江のように、行きつ戻りつする心の細やかな揺れを祖母の作品から読み取る度に、複雑な心境になる。

マヤと小島のクマを道連れに、不自然なほど俗世と隔たりを持って暮らしていた祖母が、こんな風に人の胸の裡を表現するなんて。

着物や座布団の色、柄まで丁寧に鮮やかに想起させるのに、どうして人々の記憶には自分の喪服姿を残そうとしたのか。

佐大熊で過ごした夏休みから二年、わたしは再び呑ノ浦を訪れた。その年、初めての本の出版が決まり、祖母と共に呑ノ浦の入り江で雑誌の撮影が行われたのだった。

祖母は、頭からつま先まで黒装束。マヤにかけさせていたような大きなサングラスをかけて白浜に立った。

「敏雄が亡くなってから、ずっと喪服でおりますの」

撮影隊の誰もがグッと息を止めてその姿を上から下まで眺めていたのがわかった。

わたしは大学に入学して間もなく、また初めてのボーイフレンドができたばかりだった。伸びかけの髪を束ね、ピンクのスカートとスニーカーを履いて祖母の隣に寄り添った。

二年前と、島の景色は変わらなかったけれど、わたしも祖母も違っていた。

少し大人になったわたしと、対外的な姿勢を崩さない祖母。

出来上がった写真を見て、わたしは二年前のピクニックがとても懐かしく、また三人で加計呂麻に来れたらいいのに、と思った。

島尾ミホ（しまおみほ）作家。一九一九年十月二十四日、鹿児島県大島郡瀬戸内町加計呂麻島生まれ。東京の日出高等女学校を卒業。加計呂麻島の国民学校に代用教員として在職していた戦時中、海軍震洋特別攻撃隊の隊長として駐屯した作家の島尾敏雄と出会う。敗戦後の四六年、結婚。七五年『海辺の生と死』で南日本文学賞、田村俊子賞を受賞。二〇〇〇年、アレクサンドル・ソクーロフ監督の映画『ドルチェ―優しく』に主演。著書として『祭り裏』のほか、『ヤポネシアの海辺から　対談』（石牟礼道子共著）、『島尾敏雄事典』（志村有弘共編）などがある。〇七年三月二十五日、脳内出血のため奄美市浦上町の自宅で死去。

銀河叢書

海《かい》嘯《しょう》

二〇一五年八月十五日　第一刷発行

著　者　島尾ミホ

発行者　田尻　勉

発行所　幻戯書房

郵便番号一〇一－〇〇五二
東京都千代田区神田小川町三－十二
岩崎ビル二階
ＴＥＬ　〇三（五二八三）三九三四
ＦＡＸ　〇三（五二八三）三九三五
ＵＲＬ　http://www.genki-shobou.co.jp/

印刷・製本　精興社

ISBN978-4-86488-076-3　C0393

✿「銀河叢書」刊行にあたって

敗戦から七十年。

その時を身に沁みて知る人びとは減じ、日々生み出される膨大な言葉も、すぐに消費されています。人も言葉も、忘れ去られるスピードが加速するなか、歴史に対して素直に向き合う姿勢が、疎かにされています。そこにあるのは、より近く、より速くという他者への不寛容で、遠くから確かめるゆとりも、想像するやさしさも削がれています。

長いものに巻かれていれば、思考を停止させていても、居心地はいいことでしょう。

しかし、その儚さを見抜き、誰かに伝えようとする者は、居場所を追われることになりかねません。

自由とは、他者との関係において現実のものとなります。

いろいろな個人の、さまざまな生のあり方を、社会へひろげてゆきたい。

読者が素直になれる、そんな言葉を、ささやかながら後世へ継いでゆきたい。


幻戯書房はこのたび、「銀河叢書」を創刊します。

シリーズのはじめとして、戦後七十年である二〇一五年は、〝戦争を知っていた作家たち〟を主なテーマとして刊行します。

星が光年を超えて地上を照らすように、時を経たいまだからこそ輝く言葉たち。

そんな叡智の数々と未来の読者が、見たこともない「星座」を描く――

銀河叢書は、これまで埋もれていた、文学的想像力を刺激する作品を精選、紹介してゆきます。

それは、現在の状況に対する過去からの復讐、反時代的ゲリラとしてのシリーズです。

本叢書の特色

初書籍化となる貴重な未発表・単行本未収録作品を中心としたラインナップ。
ユニークな視点による新しい解説。
清新かつ愛蔵したくなる造本。

二〇一五年内刊行予定

第一回配本　小島信夫『風の吹き抜ける部屋』＊
　　　　　　田中小実昌『くりかえすけど』＊
第二回配本　舟橋聖一『文藝的な自伝的な』＊
　　　　　　『谷崎潤一郎と好色論　日本文学の伝統』＊
第三回配本　島尾ミホ『海嘯』＊
　　　　　　石川達三『徴用日記その他』＊
第四回配本　野坂昭如『マスコミ漂流記』

……以後、続刊（＊は既刊）

風の吹き抜ける部屋　小島信夫

銀河叢書第１回配本　同時代を共に生きた戦後作家たちへの追想。今なお謎めく創作の秘密。そして、死者と生者が交わる言葉の祝祭へ。現代文学の最前衛を走り抜けた小説家が問い続けるもの――「小説とは何か、〈私〉とは何か」。島尾敏雄への追悼文を含む随筆や評論を精選した、生誕100年記念出版。　本体4,300円（税別）

最後の祝宴　倉橋由美子

横隔膜のあたりに冷たい水のような笑いがにじんでくる――60年代からの“単行本未収録”作品を集成。江藤淳との“模倣論争”の全貌をここに解禁！　さらに、初期15年間の全作を網羅した300枚に及ぶ一大文学論「作品ノート」など、辛辣なユーモア溢れる50篇350枚を初めて集成した、最後の随想集。　本体3,800円（税別）

少し湿った場所　稲葉真弓

「こんな本を作ってみたかった。ごったまぜの時間の中に、くっきりと何かが流れている。こんな本を」。2014年8月、最期に本書のあとがきをつづって、著者は逝った。猫との暮らし、住んだ町、故郷、思い出の本、四季の手ざわり、そして、半島のこと……その全人生をふりかえるエッセイ集。　本体2,300円（税別）

保守の辞典　西部 邁

人間は“言葉を操る動物”なのだが、刺激力と流通力を持つ言葉の海で、“言葉に操られる動物”となって溺死する例があまりにも多い。時々刻々と動いていく危機に満ちたこの国の状況の中で、「実存」「解釈」「実践」を結びつける保守思想のキーワードを解説し、「言葉のあるべき図柄」を描く。　本体2,100円（税別）

螺法四千年記　日和聡子

ふるさとはかくも妖しき――現在（いま）という地平線に交錯する、神、人、小さな生き物たちの時空。〈此岸と彼岸〉〈私と彼方（あなた）〉の景色を打ち立てた、境界を超える新しい文学。本書は偶然や必然、時間や空間が出した、現時点におけるひとつの答えであり、結果であり、報告書である。**野間文芸新人賞受賞**　本体2,300円（税別）

残しておきたい日本のこころ　重松 清編

「私が幼い折に祖母から昔ばなしをきく体験を持ったことはさいわいであったが、私の妻もおなじような体験をもっていたことは興味深いことだ。しかも妻の場合はもっと全身的なもののような気がする」――島尾敏雄「昔ばなしの世界」ほか、それぞれの作家が伝える“民話”の記憶と魅力。　本体2,200円（税別）

幻戯書房の好評既刊